Tracy Wolff enseigne l'écriture à l'université, et passe le plus clair de son temps plongée dans les univers de son invention. Mariée depuis douze ans au héros de ses rêves, elle est l'heureuse maman de trois garçons qui s'appliquent à lui faire s'arracher les cheveux. Tracy a signé de nombreux romans, relevant aussi bien de la fiction contemporaine que du paranormal ou du suspense érotique.

Du même auteur, chez Milady :

Backstage :
1. *Déchaîne-moi*
2. *Enlève-moi*
3. *Emporte-moi*

Ethan Frost :
1. *Dévastée*
2. *Enchaînée*
3. *Terrassée*

Hotwired :
1. *Dérapage contrôlé*

Tracy Wolff

Enchaînée

Ethan Frost – 2

Traduit de l'anglais (États-Unis) par Claire Allouch

Milady

Milady est un label des éditions Bragelonne

Titre original : *Addicted*

ISBN : 978-2-8112-2651-0

Bragelonne – Milady
60-62, rue d'Hauteville – 75010 Paris

E-mail : info@milady.fr
Site Internet : www.milady.fr

Pour Jenn

PROLOGUE

— Réveille-toi, marmotte ! s'exclame Ethan en s'installant sur moi pour m'embrasser les joues, les lèvres et le front.

Je souris et m'étire.

— C'est toi qui voulais zapper le boulot ce matin. Je n'ai pas besoin de me réveiller.

— Non. J'ai appelé Maryanne pour lui dire que j'avais besoin de toi dans mon bureau pour un projet très important ce matin, me corrige-t-il en se glissant en moi.

Je gémis et me cambre de plaisir.

— Tu appelles ça comme ça ? Un projet important ?

— Le plus important de tous.

Nous faisons l'amour avec autant de tendresse ce matin que nous y avons mis de sauvagerie hier soir. Autant de paresse qu'il y a eu de frénésie. J'aime ça. De toute façon, j'aime tout ce que me fait Ethan. Depuis le premier jour, et pour toujours.

J'ai beau me sentir coupable de ne pas aller travailler, je sais qu'Ethan et moi avons besoin de ce moment. Après tout ce qui s'est passé hier, je ne suis pas prête à le quitter. Je devine dans son regard et ses gestes possessifs qu'il ressent la même chose.

Il bouge lentement, allant et venant selon un rythme fluide qui attise pourtant le feu qui brûle entre nous. La tension monte entre nos deux corps couverts de sueur, et nous ne tardons pas à basculer dans l'extase. Comme si c'était écrit.

Ethan me serre longuement contre lui dans un geste protecteur. Il joue avec mes boucles qui partent en tous sens et m'embrasse l'épaule et le dos. Au début, je suis un peu anxieuse à cause de la position – dos à lui –, mais après tout ce qui s'est passé hier soir dans la même posture, ce serait idiot de m'en faire maintenant.

Je fais de mon mieux pour laisser la panique refluer. Oh, je sais bien que je ne serai jamais normale, qu'il y aura toujours une part de moi sur laquelle Brandon aura prise, même si je ne souhaite rien tant que le contraire. Mais pour l'instant, je veux me concentrer sur Ethan et sur tout ce qui va bien se passer dans ma vie – dans nos vies.

Après un moment, son estomac se met à gronder, et il se lève en riant.

— On prend une douche avant le petit déj' ? propose-t-il en me tendant la main pour que je me lève.

Mais je me sens paresseuse, détendue, et je n'ai pas envie de bouger. Pas tout de suite. J'ai envie de rester entre les draps, dans notre odeur, plongée dans ce que nous sommes tous les deux ensemble.

— Vas-y d'abord. Je n'ai pas envie de sortir du lit.

— D'accord, répond-il avec un sourire indulgent. Je me douche, et ensuite je t'apporte le petit déjeuner au lit. Qu'est-ce que tu en penses ?

— Tu te remettras sous la couette, toi aussi ?

— Ça peut s'arranger, concède-t-il en haussant un sourcil.

Ça me fait toujours craquer.

— Dans ce cas, je suis pour.

Il se penche pour me donner un baiser rapide qui se transforme en baiser-pas-si-rapide. Mais mon estomac décide de tout gâcher en se mettant à gronder à son tour. Ethan s'écarte aussitôt.

— J'expédie la douche et je reviens te nourrir. Réfléchis à ce qui te ferait envie.

Il n'est dans la salle de bains que depuis quelques minutes lorsque mes plans de grasse matinée sont mis à mal. La sonnette retentit, et même si je me garde bien d'aller ouvrir la porte – ce n'est pas chez moi –, le visiteur se manifeste de façon insistante. Je finis par prendre conscience qu'il connaît le code du portail. Du coup, j'attrape le peignoir d'Ethan et m'enroule dedans. Peut-être que la femme de ménage a oublié sa clé…

Mais lorsque j'ouvre enfin la porte d'entrée, je suis terrassée par la terreur. J'en ai les jambes qui flageolent tellement que je dois me retenir au battant pour ne pas tomber.

— Salut, Cloclo. Ça fait longtemps que je ne t'ai pas vue.

Le monde semble voler en éclats autour de moi. Ce n'est pas Magdalena qui attend sur le seuil qu'on la fasse entrer. C'est mon pire cauchemar, Brandon Jacobs, qui me regarde en chien de faïence… le visage mille fois plus abîmé que celui d'Ethan.

Il s'avance vers moi. L'instinct prend le dessus, et je claque la porte, pousse le verrou, puis m'adosse au battant, comme pour être certaine qu'il ne pourra pas entrer.

Je lève les yeux et rencontre le regard sombre et tourmenté d'Ethan. Les secrets qu'il a gardés risquent de me briser à jamais.

Chapitre premier

— Chloe…

Ethan pose les mains sur mes bras. Pourtant, je ne les sens pas. Je suis incapable de percevoir autre chose que le froid glacial qui m'envahit peu à peu, courant sur ma peau, dans mes veines, et jusque dans mon âme. Je suis gelée, et la douce réalité n'est soudain plus qu'un puzzle aux pièces coupantes et déchiquetées, impossibles à assembler.

— Qu'est-ce que…

Ma voix se brise, et les quelques syllabes que j'ai réussi à articuler semblent tomber dans l'abysse noir et sans fond qui nous sépare désormais.

Ethan ne répond pas. Il se contente de me regarder, les yeux fiévreux, le visage démoli par les coups qu'il a reçus hier.

La sonnette retentit de nouveau. Puis une nouvelle fois, et encore une autre. La cacophonie sans fin s'ajoute à l'impression de confusion qui m'oppresse, comme si rien de tout ça n'était réel.

Pourtant, ça ne l'est que trop. C'est en train de se passer. Pour de vrai…

Je ne comprends pas.

Non, c'est faux. En vérité, je refuse de comprendre.

Je respire un grand coup et tente de réfléchir. Mon esprit reste vide.

D'un côté, j'aimerais retourner au lit, recommencer la journée depuis le début pour échapper au cauchemar dans lequel je viens de m'enfoncer. Mais ça ne marche pas comme ça. Ce n'est pas un rêve, et je ne peux ni le repousser, ni m'enfuir, ni me cacher, quel qu'en soit mon désir.

Pourtant, bien que j'en sois consciente, je veux essayer.

Je bouscule Ethan et m'élance vers l'escalier. Je vais retourner dans sa chambre, à l'autre bout de la maison. Revenir il y a dix minutes, quand la vie semblait presque avoir un sens.

Je cours, animée par un sentiment d'urgence. Dans ma tête, une voix stridente exige des réponses, la vérité, et je sais que je ne pourrai pas la faire taire éternellement. Mais pour le moment, alors que le froid me glace si intensément, je feins de ne pas l'entendre.

Je veux l'oublier comme j'ai oublié Brandon et le viol que j'ai subi, il y a si longtemps.

Comme j'ai oublié mes parents.

Comme j'oublie cette saloperie de sonnette en cet instant.

Mais la chambre d'Ethan ne m'offre pas le refuge que j'espérais. Le lit ressemble à un champ de bataille.

Nos habits gisent en vrac sur le sol. Et les souvenirs – des images de nous deux – me guettent dans tous les coins.

— Chloe, dit Ethan, juste derrière moi, d'une voix rauque, douloureuse et dévastée. Chloe, je suis désolé.

Mon cœur, déjà fragile et fissuré, explose dans ma poitrine, et chaque éclat me transperce, jusqu'à me déchirer entièrement.

— Ethan…, réponds-je malgré moi dans un murmure.

— Je peux…, soupire-t-il, laissant sa phrase en suspens.

— Tu peux quoi ? Tout m'expliquer ?

La gorge en feu, les lèvres douloureuses, j'ai du mal à formuler une réponse.

Je lutte pour reprendre mon souffle, mais j'ai les poumons comprimés et ça me fait mal.

Mon corps entier n'est que douleur. Chaque centimètre carré, chaque cellule, même…

Pourtant, je ne peux plus reculer. Les souvenirs m'envahissent. Ils s'abattent sur moi, me criblent comme autant de coups de feu, à une vitesse vertigineuse. Je ne peux ni m'enfuir ni esquiver. Je suis contrainte d'encaisser le choc.

— Par pitié, dis-moi ce que l'homme qui m'a violée fait sur le pas de ta porte, l'air encore plus amoché que toi.

Ethan se détourne et se passe la main dans les cheveux. Il ne répond pas, alors que je brûle d'entendre son explication. Un mot, n'importe quoi, qui me prouve que les choses ne sont pas ce qu'elles paraissent.

Je voudrais lui crier de me répondre. Après tout, c'est lui qui m'a suivie, qui a tenu à avoir cette conversation. Mais je ne parviens qu'à rester plantée là, à attendre. Parfois, j'ai l'impression que ma vie se résume à ça.

— Brandon est mon demi-frère. Ma mère s'est remariée après avoir divorcé de mon père.

Les mots tombent dans le gouffre qui nous sépare, et pendant de longues secondes, je ne comprends pas.

Quand je saisis enfin le sens de ses paroles, elles me heurtent de plein fouet comme un tsunami, et c'est tout juste si je ne titube pas sous le choc.

Je me retiens de m'effondrer par terre en hurlant. J'ai les genoux qui tremblent, le souffle court, et le cœur – ou ce qu'il en reste – tellement affolé qu'il semble sur le point de jaillir de ma poitrine.

Pourtant… si mon corps est en panique, mon esprit fonctionne parfaitement. Je suis toujours capable d'assembler les pièces du puzzle, et les réponses que je découvre sont insupportables. La prise de conscience me vrille le cerveau et me noue l'estomac.

— Tu étais au courant.

— Chloe…

Une fois encore, il tend la main vers moi et je le repousse.

— Tu savais depuis le début, et tu m'as fait l'am...

Incapable de prononcer le mot, je me tais un instant avant de reprendre.

— Ça ne t'a pas empêché de coucher avec moi. Tu m'as écoutée te raconter ce qui m'était arrivé... Est-ce que tu as la moindre idée de ce que ça me coûtait de te parler de ça ? Et tout ce temps-là, tu savais... Tu n'ignorais rien... Bon sang...

— Non, ma chérie.

Il parvient à esquiver mes mains qui cherchent à le maintenir à distance, et m'attire contre lui. Ses bras puissants me bercent autant qu'ils m'emprisonnent.

— Je ne l'ai su qu'hier ou avant-hier, quand je suis rentré chez ma mère. Elle t'a reconnue sur une photo dans un magazine, tu sais, quand les paparazzis nous ont repérés au zoo. Elle m'a dit qui tu étais, et... Je ne savais pas, Chloe. Je te jure que je ne savais pas, répète-t-il d'une voix de plus en plus rauque.

Je le repousse, anxieuse de retrouver ma liberté. Mais il resserre son étreinte et, pendant quelques interminables secondes, je redoute qu'il ne me laisse pas m'éloigner. Qu'il me faille lutter pour m'échapper.

Après tout, il est le frère de Brandon. Peut-être que ce genre de vice est génétique.

Mais, pour finir, il me suffit de demander.

— S'il te plaît, dis-je dans un murmure. Lâche-moi.

Il ouvre aussitôt les bras et recule, hors d'atteinte. C'est ce que je lui ai demandé, ce dont j'ai besoin, mais je me sens perdue, égarée. Je devrais lui en vouloir, et ça viendra peut-être quand je serai remise, mais, pour l'instant, je n'éprouve que du chagrin. Une peine immense, qui me submerge et oblitère tout le reste.

Je voudrais hurler jusqu'à n'avoir plus de voix, laisser libre cours à ma rage jusqu'à ce que ma douleur s'estompe. Me noyer dans la confusion et l'horreur qui viennent de nouveau de déferler sur ma vie.

Mais des bribes de souvenirs de la nuit dernière se fraient un chemin dans ma tête, et malgré mes résolutions, je ne peux m'empêcher de les mettre en perspective.

Ethan qui rompt avec moi.

Ethan, accablé, comme si sa vie venait de s'effondrer.

Ethan qui me poursuit et me prend contre le mur comme si nous étions les deux seuls survivants sur Terre.

Pendant un instant, mon corps réagit au souvenir de ses bras autour de moi, de nos corps unis. Peut-être qu'il ignorait tout de l'histoire avec Brandon lorsque notre relation a débuté. Peut-être dit-il la vérité. Après tout, il ne m'a encore jamais menti.

Cette fois, lorsque mes jambes se remettent à flageoler, c'est autant de désir que de douleur. L'addiction que j'ai pour cet homme me fait trembler.

Je le regarde dans les yeux. Une tempête passe dans ses iris bleus. J'essaie de lire la vérité en lui, de déterminer ce qui a de l'importance et ce qui n'en a pas.

Mais, en réalité, tout compte désormais, et le passé plus que tout. Essayer de feindre le contraire ne peut qu'empirer la situation. À présent que j'ai découvert le pot aux roses, la présence d'Ethan me ramène tous mes souvenirs avec une clarté aveuglante. Je ne peux ni fuir ni me cacher. Tout est là, dans ma tête, mon cœur, mon âme.

Le viol.

La trahison – le fait qu'il ait acheté le silence de mes parents.

La joie de Brandon lorsqu'il a gagné la bataille, et son comportement odieux.

Les mois et les années à me faire bousculer, peloter, dans la cage d'escalier du lycée, par tous ses sales gosses de riches de copains, qui me traitaient de salope, de pute, et de mille autres noms que j'ai désespérément essayé d'oublier.

Ce sentiment de n'être en sécurité nulle part.

— Hier soir, tu savais.

— Oui.

— Et tu ne m'as rien dit.

Il ouvre la bouche, puis la referme sans un son. Il semble aussi écœuré que moi.

— Non.

Que pourrait-il dire d'autre ? Son frère m'a violée. Son propre frère.

Mon estomac se contracte, et j'ai peur de vomir.

Mais je ne suis plus comme ça, je ne suis plus une gamine qui court s'enfermer dans les toilettes, malade de peur, harcelée. Je ne suis plus la jeune fille si désireuse de plaire à ses parents qu'elle s'est laissé convaincre de taire la vérité, de vendre son silence.

Non, je ne suis plus cette gamine. Je lui ai tourné le dos en quittant ma famille pour aller à la fac. En commençant à construire ma vie selon mes propres règles.

Pas question que je me retrouve de nouveau dans ses baskets, piégée et terrifiée, à cause d'un simple mensonge d'Ethan et du retour malvenu de Brandon dans ma vie.

— Il faut que j'y aille.

— Chloe, je t'en prie…, supplie-t-il en tendant le bras vers moi.

— Ne me touche pas ! réponds-je dans un cri qui ressemble à un sanglot.

Ethan s'immobilise aussitôt. C'est la première fois que j'élève la voix depuis le début de ce cauchemar.

— Laisse-moi seule. J'ai besoin de…

Incapable de finir ma phrase, je me détourne pour ramasser mes vêtements par terre. Je voudrais les enfiler, mais pour cela il faudrait que j'enlève mon peignoir, et me trouver nue devant Ethan Frost est la dernière chose dont j'aie envie à ce moment. Surtout après m'être montrée à lui sous toutes les coutures.

Je tourne les talons et me dirige d'un pas mal assuré vers la salle de bains. Je m'attends à ce qu'il m'arrête d'une main sur l'épaule ou d'un bras autour de la taille. Mais, non content de ne pas me suivre, il ne bouge pas un muscle dans ma direction. Il semble aussi pétrifié que moi. C'est à peine s'il respire.

Non que je m'en sorte tellement mieux. J'ai le souffle coupé.

Mais inspirer est difficile, alors que ma vie tout entière – passée, présente et future – pèse sur ma poitrine, m'écrasant peu à peu.

Et c'est plus dur encore lorsqu'on prend conscience que rien n'est conforme aux apparences – et qu'il en sera peut-être toujours ainsi.

Chapitre 2

La porte de la salle de bains se referme derrière moi et je m'appuie contre le battant. Sans cela, je risquerais de tomber.

J'ai envie de hurler. De crier, tempêter et lancer des objets. De tout casser dans cette pièce si vaste et luxueuse afin qu'elle reflète ma dévastation intérieure.

Mais une autre part de moi n'aspire qu'à s'en aller, s'éloigner d'Ethan, de ses mensonges, de la confusion et du chagrin qui m'habitent. De Brandon et de la nouvelle souffrance qu'il vient de m'infliger.

Des larmes roulent lentement sur mes joues. Je les essuie d'un geste rageur. Je ne pleurerai pas, en tout cas pas ici, alors que Brandon rôde toujours. Il m'a déjà démolie une fois. Plutôt mourir que de lui donner le plaisir de me détruire encore. Je ne veux pas ressembler à l'œuf Humpty Dumpty qui se brise en mille morceaux dans la comptine. Je ne laisserai personne me mettre dans cet état, alors que j'ai fait tant d'efforts pour dépasser mon histoire.

Pendant de longues secondes, je me concentre sur ma respiration. Je tente de faire entrer de l'oxygène dans mes poumons oppressés. La tâche n'est pas aisée, et je dois lutter contre les sanglots qui menacent, mais je parviens enfin à inspirer un grand coup. Peu à peu, j'arrive à dominer mes émotions. Plus ou moins.

Je laisse tomber mon peignoir sur le carrelage froid et m'habille à la hâte, sans prendre la peine de me regarder dans le miroir. Je fais semblant de croire que mon apparence ne m'importe pas en cet instant, mais c'est bien plus compliqué que cela. Et bien plus simple à la fois.

J'ai peur de ce que j'y verrais. Peur que les nouvelles fractures de mon âme ne soient que trop lisibles sur mon visage. Je ne peux pas me permettre de voir ça. Pas si je veux sortir de la salle de bains, descendre l'escalier et rejoindre ma voiture. Ce qui implique de passer devant Ethan la tête haute, puis devant Brandon comme s'il n'était pas là.

C'est ce que je vais faire. Ce que je *dois* faire.

Je m'approche du lavabo, attache mes cheveux en queue-de-cheval avec un élastique que j'ai laissé dans un tiroir un jour où j'avais dormi là. Je me lave les dents avec la brosse qu'Ethan m'a donnée puis m'asperge le visage d'eau froide. Toujours sans me regarder.

Puis je redresse les épaules avant de chercher mes clés de voiture dans ma poche. Et de me retrouver les doigts emmêlés dans les maillons de platine et de diamants de la chaîne qu'Ethan m'a offerte après notre première nuit d'amour.

Cette même chaîne que j'ai arrachée de ma taille hier soir au milieu de notre dispute, et qui menace de faire voler ma résolution en éclats alors que j'ai déjà tant de mal à l'affermir.

Mais je ne me laisserai pas détourner.

Cherchant à éviter de nouvelles tensions avec Ethan – et il y en aura forcément si je la lui rends maintenant –, je décide de la laisser sur la tablette de la salle de bains. Mais c'est bien plus difficile que je ne l'aurais cru.

Peut-être qu'en l'abandonnant ici, je renonce à bien plus qu'un bijou de chez Tiffany…

Mais je refuse d'y penser. Je dois me concentrer sur les obstacles à franchir pour m'échapper. Une étape à la fois…

Serrant les dents, je m'efforce d'écarter les doigts et de regarder les maillons glisser pour former une pile élégante sur la tablette de marbre. J'en ai l'estomac noué, et je me détourne en hâte avant d'avoir eu le temps de changer d'avis, de commettre un acte idiot et impardonnable.

Je carre les épaules, ouvre la porte de la salle de bains, aussi prête que je peux l'être pour ce qui doit être ma dernière dispute avec Ethan Frost.

Mais il n'est pas là. La chambre, déserte, semble refléter le vide de mon cœur. Seuls les draps froissés et les sensations qui demeurent entre mes jambes me rappellent que tout allait bien il y a seulement une heure...

Je ne veux pas y penser. Tout ce qui compte, c'est que je sorte d'ici en un seul morceau. Je passe une bonne minute à chercher mes chaussures, mais elles ne sont nulle part. Je tente de me rappeler où je les ai perdues la nuit dernière – dans l'entrée, dans la cuisine, quelque part entre les deux ? – sans y parvenir. Et comme je n'ai pas envie de les chercher, il ne me reste qu'à conduire pieds nus jusque chez moi.

Ce n'est pas grave. Ça m'est déjà arrivé.

Je me drape dans ma dignité comme dans une cape et me dirige vers la porte d'entrée sans regarder à droite ni à gauche. Je m'attends à ce qu'Ethan, tapi dans un coin, surgisse comme un spectre. Mais il n'en fait rien. Je feins de croire que j'en suis soulagée – et c'est le cas –, mais cela me blesse aussi. Et me met en colère. Je compte donc si peu à ses yeux ?

C'est une pensée absurde, puisque c'est moi qui lui ai demandé de me laisser seule. Mais, d'un autre côté, la situation elle-même est absurde. Absurde, terrible et terrifiante, tout en même temps.

Je traverse la maison à grands pas, comme chargée d'une mission, et ne m'arrête qu'une fois devant la porte d'entrée. Je m'immobilise seulement quelques secondes, le temps de reprendre contenance. La sonnette s'est tue depuis quelques minutes, ce qui ne peut avoir que deux explications. Soit Ethan a fait entrer Brandon, soit il est sorti lui parler. Dans ce cas, s'ils sont tous deux dehors, le chemin vers ma voiture va me sembler long... Mais je ne tressaillirai même pas.

Priant pour que ce ne soit pas le cas, pour qu'Ethan ait invité son salopard de frère sur la terrasse, dans son bureau ou dans le salon – n'importe où ailleurs que dans l'allée que je dois forcément emprunter –, j'écarte le battant. Mon cœur se serre lorsque je les vois tous deux. Les poings serrés, l'air furieux, ils semblent prêts à se battre. Derrière eux se trouve une décapotable rouge ; de toute évidence, la voiture de Brandon.

Merde.

Pourquoi suis-je surprise ? Rien n'est facile pour moi depuis hier soir. Aucune raison que cela change...

La tête haute, les épaules droites, je ne leur accorde pas un regard alors que j'avance à grands pas vers ma voiture. Je sens les yeux d'Ethan rivés sur moi, débordants d'inquiétude. Pendant un instant, je suis sur le point d'abandonner ma détermination, mais je me souviens alors qu'il aurait dû me raconter toute l'histoire hier. Il aurait pu m'épargner ceci. Ou plutôt nous épargner tous les deux.

Je cède à un nouvel accès de colère. J'ouvre la portière d'un geste brusque, monte en voiture et mets le contact. Puis commence à jurer comme un charretier à voix basse lorsque le véhicule refuse de démarrer.

Pas maintenant, bordel ! Pas maintenant... Je t'en prie... N'importe quand. Même au milieu d'un bouchon ou après une grosse journée de travail. Voire un matin où je suis déjà en retard. N'importe quand, mais pas juste maintenant.

Les dieux de la mécanique sont sourds à mes suppliques – bien évidemment –, et cette sale machine refuse de fonctionner. J'essaie une troisième puis une quatrième fois, mais rien ne se passe.

À ma cinquième tentative, Ethan ouvre ma portière. Il ne s'impose pas, ne me bouscule d'aucune façon, mais sa seule présence suffit à ce que je me sente acculée.

— Laisse-moi te déposer, Chloe.

— Pas la peine.

Nouvel essai. Rien d'autre ne se produit que le bruit désagréable d'un démarreur fichu.

— S'il te plaît, ma chérie…

Il évite toujours de me toucher, mais l'effet est le même. Malgré ma détermination, mon corps tout entier réagit à sa voix rauque et grave, ce qui ne fait qu'accroître mon malaise. Malgré moi, j'ai les mains qui tremblent.

— Je n'ai besoin de rien.

J'attrape mon sac à main et me faufile devant lui en sortant de la voiture. L'appartement que je partage avec ma meilleure amie, Tori, n'est qu'à trois kilomètres. En marchant vite, je serai rentrée dans vingt minutes.

— Eh ben, on peut dire que les temps ont changé, commente Brandon, appuyé sur sa voiture avec nonchalance. À une époque, c'était nettement plus facile de la faire monter dans une caisse... Mais après tout, entre les deux frères, ce n'est peut-être pas toi qu'elle préfère.

Les mots m'atteignent comme des balles. Mon estomac se soulève et je crains de perdre contrôle. Mais je me reprends.

Ethan pivote aussitôt pour saisir Brandon à la gorge. Il étrangle son cadet si fort que c'est tout juste s'il n'a pas les yeux qui jaillissent des orbites. En tout cas, il ne peut plus respirer.

— Puisque tu ne m'as de toute évidence pas écouté la première fois, je vais répéter pour que tu comprennes, gronde Ethan sans le lâcher, malgré les gestes désespérés de Brandon pour se libérer. Je t'interdis de la regarder, de lui parler, de l'approcher. En fait...

Je n'attends pas d'entendre la suite, ni de voir ce qui va se passer. Je préfère profiter du fait qu'Ethan soit occupé pour passer derrière lui et m'élancer dans l'allée.

Je ne suis même pas arrivée à la grille qu'il est déjà à mes côtés.

— Chloe, ma chérie, tu es pieds nus. Tu ne peux pas rentrer chez toi comme ça.

Je ne m'arrête pas, ne lui accorde pas un regard. Les dalles sont chaudes sous mes pas, et je sais que je ne tarderai pas à ressentir la brûlure. Mais ça m'est égal. La douleur du ciment brûlant n'est rien à côté des émotions qui font rage en moi. En réalité, elle m'apporte plutôt une distraction bienvenue en détournant mes pensées de la colère et du chagrin, de cette trahison qui m'écrase.

Je suis sur le point de craquer, et je ne souhaite pas le faire ici, ni maintenant. Pas alors que j'en veux tellement à Ethan. Ni tant que Brandon est à quelques mètres de là, les yeux rivés sur moi comme un prédateur. Je sens son regard sur moi, son plaisir malsain qui imprègne l'air qui m'entoure. J'ai du mal à respirer, à réfléchir, mais je suis déterminée.

— Attends-moi ici, me supplie Ethan, désespéré.

Je ne l'ai jamais vu ainsi. Tremblant, effondré, incapable de se contrôler.

— Tu n'as pas besoin de remonter et de le voir, reprend-il. Reste ici, je vais approcher la voiture…

Il m'attrape de nouveau le bras, mais cette fois je le repousse de toutes mes forces.

Le coup n'est pas assez violent pour le faire reculer comme je l'aurais voulu. Mais il reste pétrifié, les yeux agrandis par la détresse. Ces yeux si bleus que je dois lutter pour ne pas y plonger et m'y perdre.

Il me lâche aussitôt, comme si je l'avais brûlé. Je n'éprouve pas le moindre remords. Comment le pourrais-je, alors qu'il m'a déchirée, transpercée d'une telle façon que mon corps entier semble n'être plus qu'une plaie sanguinolente, et que respirer est une torture ?

— Je ne te ferai pas de mal, Chloe, souffle-t-il d'une voix douce, les mains levées en signe d'apaisement.

Trop tard. Mais je n'aime pas enfoncer les portes ouvertes, alors je me détourne sans répondre pour reprendre mon chemin. Cette fois, il me laisse partir.

C'est avec un immense soulagement que j'atteins le bout de l'allée. L'océan s'étale devant mes yeux, bleu, sauvage et infini. Un orage se prépare et les vagues se fracassent sur la plage, malmenant les surfeurs matinaux qui boivent la tasse entre deux rouleaux. L'un après l'autre, ils se lèvent sur leur planche. Puis ils tombent, ensevelis, écrasés, dévorés même par l'appétit féroce des flots déchaînés.

Je m'arrête un instant pour les contempler, hypnotisée. J'ai beau me trouver sur la terre ferme, je sais exactement ce qu'ils ressentent. Je me noie dans mon chagrin, dans ma honte, et je suis attirée vers le fond sans pouvoir discerner la surface.

Dans mon dos, j'entends le ronronnement étouffé d'un moteur, suivi de la voix d'Ethan, basse et suppliante.

— Je t'en prie, Chloe, monte. Laisse-moi te déposer, je m'en irai tout de suite après.

Je me retourne brièvement. Ethan est au volant de l'une de ses nombreuses voitures – la Tesla verte –, mais cela ne suscite pas en moi le moindre intérêt, la moindre once de désir. Hier encore, j'aurais tué père et mère pour mettre les mains dans le cambouis de ce moteur sublime, mais, aujourd'hui, je n'ai pas envie de la toucher, et encore moins de m'y embarquer.

Nos regards se croisent et ma gorge se noue.

Ethan semble aussi perdu que moi, aussi fou de rage. Malgré tout ce qui s'est passé, je ne supporte pas de le voir souffrir, encore moins à cause de moi. Je ne souhaite à personne la douleur que je connais, et encore moins à Ethan, le seul homme que j'aie aimé.

Mais pour autant, je ne peux pas rester. Plus jamais je ne pourrai être avec lui. Pas avec le passé qui s'est abattu sur nous comme un tsunami.

Je me détourne et descends la rue vers l'océan. D'un bleu superbe, il s'étend devant moi à perte de vue. Un instant, je songe à marcher droit devant moi, le long de la rue, à travers la plage, puis dans l'eau. Et à continuer jusqu'à être totalement immergée, les flots sombres se refermant sur moi, le courant m'attirant vers le fond.

C'est une idée tentante. Bien trop tentante, quand on sait comment j'ai vécu les années qui ont suivi le viol. Submergée par la peur, l'humiliation, la haine de moi-même.

Je ne veux plus éprouver cela – jamais plus –, je me concentre sur la tâche simple de mettre un pied devant l'autre. La chaleur du trottoir est une aide bienvenue. La brûlure aiguë me permet de rester concentrée, de ne pas sombrer dans la folie.

— Chloe, monte.

La voix d'Ethan résonne juste à côté de mon oreille. Il se maintient à ma hauteur dans la Tesla, mais je ne lui accorde pas un regard. J'en ai fini. Fini avec lui, avec nous, avec cette situation de merde.

— Bordel, Chloe ! S'il te plaît ! Laisse-moi te raccompagner. Je veux juste que tu sois en sécurité. Je te laisserai tranquille après, promis.

Ses mots agrandissent la faille que je sentais en moi. C'est tout juste si je parviens à tenir debout.

Mais je ne fléchis pas. Je continue à marcher. Sans lui répondre.

Je sens une part de moi prête à plier, à obéir aux ordres ou aux suppliques d'Ethan, mais je décide de ne pas m'y soumettre. D'ignorer cette facette de moi au point de la réduire à néant.

Et c'est exactement ce que je veux. Perdue comme je le suis en cet instant, j'ai tout de même une certitude : il est hors de question que je monte en voiture avec Ethan. Que je lui donne une autre chance de me détruire, même sans le vouloir.

Je tourne dans Prospect Street, une des artères principales de La Jolla. Je ne regarde toujours pas Ethan, mais je sais qu'il est là, car j'entends soudain un klaxon furieux. Il persiste à se maintenir à ma hauteur bien qu'il se trouve à présent dans une voie nettement plus rapide.

Un nouveau coup de klaxon retentit, strident et prolongé. Ce n'est que lorsqu'il se tait que j'entends Ethan lâcher une bordée de jurons furieux.

J'ai du mal à résister à l'envie de le regarder du coin de l'œil. Mais je ne suis pas si faible que ça. Plus maintenant, et ça ne m'arrivera plus jamais.

Les klaxons s'arrêtent soudain. Ethan me dépasse avant de faire demi-tour dans un grand crissement de pneus.

Il n'est pas resté bien longtemps… Non que ça m'étonne. La patience n'a jamais fait partie de ses qualités.

Une nouvelle vague de chagrin me balaie, me fait chavirer. Je ne lutte pas – j'ai appris il y a bien longtemps que ça ne sert à rien. Certains combats sont perdus d'avance. Mieux vaut se faire une raison.

Je m'interdis de suivre des yeux la Tesla qui s'éloigne et presse le pas. Plus vite j'arriverai à la maison, plus vite ce cauchemar prendra fin.

Mais je ne suis pas allée bien loin – à peine plus d'un pâté de maisons – lorsque je vois Ethan s'approcher de moi en sens inverse à grands pas. Je recule lorsqu'il arrive à ma hauteur, mais il ne fait pas le moindre geste dans ma direction.

Toutefois, mon mouvement ne lui a pas échappé, et ses yeux s'assombrissent alors qu'il enfouit ses mains dans ses poches d'un air décidé.

— Je ne vais pas te toucher. Je ne vais pas non plus te parler ou faire quoi que ce soit qui puisse te perturber. Je veux simplement m'assurer que tu arrives chez toi en un seul morceau.

Je réplique malgré moi :

— Ce n'est plus ton problème.

— Tu n'as jamais été un problème, répond-il d'une voix chaude et douce que je connais bien.

C'est celle qu'il emploie quand il me serre contre lui dans le lit. Quand il me savonne sous la douche. Ou pour me chuchoter qu'il m'aime.

Une nouvelle vague de tristesse s'abat sur moi et je presse le pas. J'aperçois l'immeuble de Tori au loin, et pendant un bref moment je redoute que ce ne soit un mirage. J'ai tellement hâte d'y arriver – et d'échapper au regard d'Ethan.

Je me mets à courir machinalement. Le bitume brûlant me râpe les pieds, mais ça m'est égal. J'ai le plus grand mal à retenir mes larmes, je suis secouée de tremblements et j'ai la poitrine tellement oppressée que j'ai l'impression de frôler l'infarctus. Je suis sur le point de craquer, et je ne veux pas que ça se produise dans l'une des rues les plus passantes de La Jolla, devant Ethan Frost et un million de touristes.

Quand j'arrive devant l'immeuble, je suis en sueur et j'ai le souffle court. Je voudrais faire comme si j'avais couru, mais il n'en est rien. Ethan non plus n'est pas dupe. Il me regarde avec des yeux peinés, la mâchoire crispée.

Je me débats avec la clé pour ouvrir la porte d'entrée, mais mes mains tremblent si fort que je n'arrive même pas à l'introduire dans la serrure. Ethan tend le bras pour me prendre la clé.

Je lance d'une voix démente, dans un cri étouffé :

— Non !

Il comprend le message et recule.

— Chloe, je t'en prie. Je veux juste…

— Je me fous de ce que tu veux !

J'ai la bouche tellement sèche que j'arrive à peine à articuler, mais peu importe. La seule chose qui compte, c'est que je parvienne à pénétrer dans le bâtiment, loin d'Ethan Frost.

Par miracle, la clé entre enfin dans la serrure au moment précis où je craque. Je pousse le battant comme une furie et m'enfuis en courant. Ethan m'appelle alors que la grille se referme dans un claquement, mais au point où j'en suis, je m'en fiche. Tout ce que je suis encore capable de faire, c'est serrer mes bras autour de moi-même alors que je vole en éclats.

Humpty Dumpty, me voilà…

Chapitre 3

En m'entendant franchir la porte de l'appartement, Tori quitte le canapé d'un bond.

— Chloe ?

Son air d'impatience se mue en horreur lorsque mes jambes me lâchent et que je m'effondre sur le carrelage de l'entrée.

— Chlo ? s'écrie-t-elle en se précipitant vers moi.

Elle me tend la main, mais je suis incapable de la prendre. J'ai mal partout, et respirer relève déjà de l'exploit en cet instant.

— Chloe, qu'est-ce qui se passe ?

Comme je ne réponds toujours pas, elle s'agenouille par terre près de moi, de plus en plus inquiète.

— Qu'est-ce qu'il y a ? Tu es blessée ? Tu as eu un accident… ?

Je me mets à rire, d'un rire rauque qui me déchire la poitrine.

Je veux lui répondre. Vraiment. Ne serait-ce que pour avoir la paix. Mais je ne peux pas. J'ai la bouche sèche, bien trop pour parler, et je crois que mes lèvres ne se souviennent plus de comment on forme des sons.

On dirait que j'ai tout oublié.

Tout sauf Ethan et Brandon, et le vide sidéral qui nous sépare.

Ethan. Son nom est comme un poignard en moi, un morceau de verre dont chaque arête me blesse.

— Dis-moi au moins si tu as mal quelque part, me supplie Tori.

Je secoue la tête avant de poser ma joue sur le carrelage frais. Je suis roulée en boule comme un enfant, les jambes repliées sous moi, le visage contre le sol. Mais cette imitation macabre d'une posture innocente ne m'apporte ni paix ni sérénité. Seulement le désespoir, la colère et l'écœurement. Un écœurement immense…

Brandon. Ethan. Brandon. Ethan.

Leurs prénoms résonnent en écho à chaque battement de mon cœur.

— Chloe, putain ! Qu'est-ce qui se passe ?

Tori penche son visage à hauteur du mien, ses yeux verts débordants de peur et de colère. Elle a des airs d'ange vengeur, tout en rage, en justice bafouée et en cheveux roses. En d'autres temps, je pense que j'apprécierais sa détermination à me défendre. Mais à cet instant précis, ça me fatigue.

— Qu'est-ce qu'il t'a fait, cet Ethan Frost ? demande-t-elle d'une voix impérieuse.

Trop. Il en a fait trop et pas assez. Il m'a dévastée une fois de plus. D'ailleurs, cela ne me surprend qu'à moitié. Je m'y attendais. Et comment… Dès le tout début, quand notre histoire a commencé, j'ai su qu'elle finirait mal. Je n'ai pas imaginé ça – comment l'aurais-je pu ? –, mais j'étais consciente que ça ne se terminerait pas comme dans un film de Disney. Non, ma vie ressemble bien davantage à un conte d'Andersen. Mais malgré cette certitude, je lui ai ouvert la porte. J'ai préféré croire ses belles paroles et les désirs pitoyables de mon cœur au lieu des tristes réalités que la vie s'est chargée de m'enseigner, et plutôt deux fois qu'une.

Et maintenant, j'en paie le prix. Je paie les conséquences de mon optimisme forcené et de mes sentiments naïfs. Une partie de moi pense que je n'ai que ce que je mérite. Et l'autre… est trop démolie pour s'en soucier.

— Je vais bien, parviens-je enfin à murmurer d'une voix rauque, la gorge serrée.

— C'est ça, acquiesce Tori avec un reniflement désabusé. Ça se voit.

Elle passe un bras tatoué autour de ma taille et m'attrape le poignet avec son autre main. En moins de temps qu'il n'en faut pour le dire, elle me relève et m'enlace en une étreinte réconfortante.

Ce n'est pas son genre – sa carapace est un peu trop dure pour cela –, et j'en déduis que ma souffrance est visible à l'œil nu. Cette pensée n'a rien pour me rassurer, car, en ce moment, même la mort semble plus agréable que ce que j'éprouve.

Mais je ferme les yeux en nichant mon visage au creux de son cou, laissant couler mes larmes, brûlantes et irrépressibles.

— Tout va bien, Chloe, murmure-t-elle d'une voix douce en me berçant pendant de longues minutes. Tout va bien.

Ce n'est pas vrai. Tant s'en faut. Mais je suis trop épuisée pour le lui dire, surtout que je sais que je vais devoir inventer une explication. Et je ne m'en sens vraiment pas capable...

Ça fait trois ans que Tori est ma meilleure amie, depuis qu'on s'est rencontrées en cours de bio en première année de fac, à l'université de San Diego. Mais personne n'est au courant de mon passé, même pas elle. Il n'y a qu'Ethan qui sache, et regardez ce que lui en parler m'a apporté.

Je me laisse réconforter par ses paroles. Je me ressaisis peu à peu. Les larmes finissent par se tarir et ma respiration se calme. Je me sens assez forte pour m'écarter.

— Désolée, dis-je avec un geste découragé. Je...

— Ne t'excuse pas ! Ce n'est pas ta faute si Ethan Frost est un gros con. Hier soir, en ne te voyant pas rentrer, j'ai pensé qu'il s'était racheté, mais de toute évidence, ce n'est pas le cas.

Elle se dirige vers le petit bar dans un coin de la pièce pour préparer deux verres de tequila.

— Tiens, dit-elle. Ça va te faire du bien.

Je la regarde, incrédule.

— Il est tout juste 9 heures du matin.

— Tu viens de te faire piétiner le cœur. Un petit verre s'impose, pas d'heure pour les braves.

Comme je ne bouge toujours pas, elle m'apporte ma boisson. Pour un peu, elle me forcerait à la prendre.

— Allez, ça va t'aider, tu verras. Tu te sentiras moins chamboulée.

J'en doute fort. Je ne vois pas comment je pourrais être moins chamboulée alors que je viens de m'apercevoir que l'homme que j'aime est le frère de celui qui m'a violée et martyrisée au lycée, et dont les parents ont payé les miens pour me faire taire. Mais elle n'est pas au courant, et je n'ai pas l'intention de le lui raconter. Pas maintenant.

Et puis, au point où j'en suis, un petit verre ne risque pas d'aggraver la situation. La douleur est si vive que tout ce qui est susceptible de l'étouffer même provisoirement est bienvenu.

Soudain, il me semble que l'alcool est ma planche de salut. Je tends la main vers le verre à tequila et, sous le regard approbateur de Tori, le descends cul sec.

— C'est bien, déclare-t-elle en me tendant le deuxième.

Je l'avale également et ne peux que remarquer la douce brûlure qui naît en moi. Pour la première fois depuis que je me suis trouvée nez à nez avec Brandon ce matin, je ressens autre chose que du froid. Ça ne durera pas, mais c'est toujours bon à prendre. Et si ça m'aide à oublier dans quelle merde je suis pendant un petit moment, ce n'est pas de refus non plus.

— Je te ressers ? demande Tori en versant deux nouveaux verres qu'elle avale coup sur coup.

— Oui, pourquoi pas ?

Ce n'est pas comme si j'avais des choses à faire ce matin. Ethan m'a persuadée de me faire porter pâle afin que nous puissions…

J'ai de nouveau l'estomac noué alors que je prends conscience de la complexité de la situation dans laquelle je me trouve. Je ne veux plus jamais revoir Ethan, plus jamais contempler ses yeux bleus comme l'océan et y voir le reflet de ceux de Brandon. Mais j'ai décroché un stage chez Frost Industries, et je me suis démenée pendant trois ans pour ça. Je comptais dessus pour entrer dans l'un des meilleurs masters de droit l'année prochaine.

À présent, je n'envisage même pas d'y retourner. De revoir Ethan. Pas alors que tout, entre nous, n'est que destruction et désolation. Des dommages collatéraux que je n'aurais jamais pu imaginer.

Mais ai-je seulement le choix ? Je ne vais pas retourner chez mes parents, la queue entre les jambes, pour que mon père utilise son argent sale – souillé par mon sang – pour payer mes droits d'inscription dans une bonne fac ? Cette idée suffit à me soulever le cœur.

— Il arrive, ce verre ?

J'ai un besoin désespéré de penser à autre chose qu'à la merde dans laquelle je me suis mise. C'est absurde, en réalité. Je suis une grande planificatrice devant l'Éternel. Je tiens à tout prévoir, imaginer chaque possibilité et tout ce qui peut déraper avant d'entreprendre quoi que ce soit. Avec Brandon, il y a cinq ans, je n'ai pas réfléchi, pas planifié, et voilà où ça m'a menée. J'ai été violée, brutalisée, harcelée. Quelle ironie que la première fois que je lâche du lest en cinq ans, je me retrouve avec le frère de Brandon ! Retour à la case départ. La psy que j'ai consultée lors de ma première année de fac ne serait pas très contente de moi.

Bien sûr, Ethan n'irait jamais me frapper. Je n'ai aucun doute là-dessus. Il s'est toujours montré d'une grande douceur avec moi. Mais ce que je ressens en ce moment est bien pire qu'une souffrance physique… Savoir qu'il était au courant, hier soir… qu'il m'a fait l'amour alors qu'il n'ignorait rien de ce qui s'est passé entre Brandon et moi…

J'ai bien peur de vomir ma tequila.

Une part de moi sait qu'il est injuste de le lui reprocher – il a bien essayé de rompre avec moi quand je suis arrivée chez lui hier soir –, mais d'un autre côté, je m'en fous. Parce qu'il ne l'a pas fait. Et il ne m'a pas non plus dit la vérité. Au lieu de ça, il m'a prise jusqu'à ce que je ne tienne plus debout, jusqu'à ce que je sois au bord de l'évanouissement. Il m'a dit qu'il m'aimait, et m'a laissée lui murmurer la même chose. Et pendant ce temps-là, il savait. Putain…

Mes pensées doivent se lire sur mon front, car Tori s'empresse de me servir un nouveau verre.

— Bois, ordonne-t-elle en me montrant l'exemple.

Je l'imite, puis la regarde remplir les verres avec la bouteille qu'elle a apportée du bar.

— Assieds-toi, me dit-elle avec un geste vers le canapé le plus proche.

Les jambes un peu flageolantes, je ne me le fais pas dire deux fois. Trois verres de tequila en cinq minutes – à jeun, pour ne rien arranger –, ce n'est pas dans mes habitudes.

— Je ne veux pas en parler, préviens-je en m'écroulant sur le canapé.

Elle s'installe à côté de moi avec un reniflement.

— Il y a des choses qui se passent de mots. Tout le monde sait que les mecs ne sont que des connards. C'est comme ça. C'est un fait immuable. À croire que c'est inscrit dans leurs gènes, ou un truc dans le genre.

Elle trinque avec moi et me fait signe de boire.

Je m'exécute. Une fois, puis une autre, et encore, jusqu'à avoir la tête qui tourne, l'estomac qui proteste et la douleur… elle est toujours là, mais amortie par l'étourdissement de l'alcool.

— Encore un, me dit Tori en remplissant mon verre une fois de plus.

Étendue à plat ventre sur les coussins, je pousse un gémissement.

— Ça ne va pas être possible...

— Arrête, on est juste en train de s'échauffer !

L'inquiétude me prend, et ce n'est pas la première fois quand je pense à Tori et la boisson. Elle a sifflé autant de verres que moi et a tout juste l'air un peu éméchée, alors que je parle d'une voix pâteuse, incapable de lever la tête du canapé. Certes, elle a toujours eu une bonne descente, mais là... c'est différent. Quelque chose ne tourne pas rond.

— Je n'en peux plus...

Je fais de mon mieux pour articuler. Sans grand succès.

— Oh, t'es chiante !

Elle se ressert. Je ne sais même plus à combien de verres elle en est. J'ai perdu le compte de ce que je buvais aux alentours du cinquième, et ça fait déjà un bon moment...

Mon téléphone, posé sur la table basse, se met à sonner. Je n'ai ni l'énergie ni la coordination nécessaires pour l'attraper, et Tori s'en charge. Elle fronce les sourcils en voyant le nom qui s'affiche sur l'écran, avant de le tourner vers moi. La tequila me ferait presque loucher, mais en plissant les paupières j'arrive à déchiffrer « Ethan Frost ».

— Non, dis-je en enfouissant le visage dans les coussins.

Je suis incapable de lui parler maintenant. Je ne sais pas ce que je voudrais lui dire… ni ce que je voudrais entendre. La seule chose dont je sois sûre, c'est qu'il suffirait que j'entende sa voix pour que la douleur revienne, et, cette fois, tout l'alcool du monde ne pourra m'apaiser.

Elle acquiesce et rejette l'appel.

Quelques secondes plus tard, il rappelle.

Tori réagit de la même manière. Il fait sonner le téléphone une troisième fois. Puis une quatrième. Puis une cinquième.

Chaque appel me dégrise un peu plus et accroît ma détresse.

Au sixième coup de fil, je tends la main pour décrocher. Je ne sais pas ce que je vais lui dire, mais ça ne peut pas continuer. Je ne m'en sortirai jamais s'il continue à m'appeler, à me forcer à penser à lui alors que je ne souhaite rien tant qu'oublier. Oublier Brandon et mes parents, le viol et tout ce qui s'est produit par la suite. Oublier Ethan et ce qu'il a représenté pour moi, ce qu'il a fait pour moi.

Mais Tori secoue la tête et refuse de me donner l'appareil. Au contraire, elle choisit de répondre elle-même. Elle se lance dans une diatribe sans même lui laisser le temps de dire « allô ».

— Eh, tête de nœud, puisque apparemment tu es incapable de comprendre le message, je vais être claire. Chloe ne veut pas te parler maintenant, et elle n'a pas non plus l'intention d'écouter le tissu de conneries que tu vas lui débiter. Si elle change d'avis, tu seras le premier informé. Mais d'ici là, arrête d'appeler, bordel !

Elle raccroche d'un geste théâtral avant d'éteindre l'appareil pour que je n'aie pas à me soucier du fait qu'il rappelle ou pas.

— Reprends un verre, m'encourage-t-elle en m'en tendant un de force.

— Non…

— Un seul. Crois-moi, tu as l'air d'en avoir bien besoin.

C'est vrai que ça me ferait du bien. Je le prends. Puis j'en bois encore un.

La pièce se met à tourner et je ferme les yeux avant de plonger tête la première dans l'obscurité.

Plusieurs heures plus tard, lorsque je me réveille, j'ai la tête dans un étau et la bouche plus sèche que le désert. Il me faut du temps pour comprendre où je suis et ce qui se passe. Ça ne dure que quelques instants, mais ce sont les meilleurs moments de ma journée. Je ne me souviens de rien. Et tout va bien.

Certes, j'ai mal à la tête et j'ai l'estomac retourné, mais, à part ça, tout va bien. Je n'éprouve ni douleur, ni colère, ni peur. Rien d'autre que mon amour pour Ethan et la conscience que tout est pour le mieux. Que tout est conforme à mes attentes.

Et puis tout me revient. Et pas lentement, une information à la fois. Non, ça me tombe dessus d'un coup, comme une tornade de regrets. Je suis soudain en proie à une colère noire et je dois me rouler en boule pour ne pas tomber en morceaux.

— Tori ? parviens-je à bredouiller en m'asseyant.

J'ai les cheveux dans les yeux. Je repousse mes mèches désordonnées tout en me levant avec précaution. J'ai besoin d'un Doliprane. J'ai besoin d'éliminer l'alcool de mon corps. J'ai besoin… de quelque chose.

Quelque chose que je ne peux pas avoir.

— Tori ?

Elle ne répond toujours pas.

La bouche tellement sèche que le simple fait de prononcer son nom me fait mal, je me traîne jusqu'à la cuisine. Je me sers un verre d'eau que j'avale en trois grandes gorgées. C'est alors que mes yeux se posent sur un petit mot. Je reconnais l'écriture tarabiscotée de Tori.

Plus de tequila. Partie en racheter.

Ben oui, c'est exactement ce dont nous avons besoin. Nous reprendre une cuite.

D'un autre côté, j'étais bien, dans le coma. C'est le réveil qui fait mal.

Je me dirige d'un pas décidé vers le frigo et en examine le contenu comme si ma vie en dépendait. Je contemple chaque pomme, chaque yaourt, chaque bâtonnet de céleri comme si rien n'avait plus d'importance. Parce que me concentrer sur l'un des petits coups qui marquent l'une des pommes m'évite de penser à ceux que j'ai reçus, à Ethan et Brandon, et de me demander comment je vais me tirer du merdier sans nom qu'est subitement devenue ma vie.

Ça marche. Lorsque je referme le frigo, je ne pense à rien d'autre qu'à la grappe de raisin dans ma main droite et au morceau de fromage dans la gauche. Du moins jusqu'à ce que j'aperçoive le blender posé sur le plan de travail, à côté de l'évier.

Le blender.

Celui qu'Ethan m'a envoyé, et qui a marqué le début de cette foutue histoire.

Laissant tomber le raisin sur le carrelage, je me précipite sur l'engin. Sans même prendre le temps de réfléchir, j'arrache le bol du blender et le cogne de toutes mes forces sur le plan de travail en granit.

Comme il ne se casse pas, je recommence. Encore et encore. Puis j'essaie de le fracasser contre l'évier, et même par terre, mais il est incassable.

Bizarrement, ça ne fait qu'accroître ma colère. Ma relation est en miettes, mon cœur brisé, je suis détruite, mais ce putain d'appareil électroménager est toujours intact. C'est insupportable.

De plus en plus désespérée, et à moitié folle, je fouille dans le tiroir à bazar où Tori range tout ce qui n'a pas de meilleure place. J'y trouve le marteau que je cherche. C'est tout juste si je pense à refermer le tiroir avant de commencer à cogner sur le blender, bien décidée à le réduire à néant.

Il faut quatre coups pour qu'il cède. Enfin, le marteau fend le Plexiglas du bol et y dessine une fissure en forme de toile d'araignée. Pendant une seconde, je regarde les craquelures se former, fascinée par la beauté morbide de la chose, sans bien savoir pourquoi. Puis j'abats le marteau sur la partie abîmée. Le bol s'écrase en milliers de miettes.

Ça ne me suffit pas. Ma colère n'a pas diminué d'un pouce. J'attrape la base du robot pour la démolir à son tour. Elle n'est pas aussi robuste que le bol, sans doute parce qu'elle risque moins de tomber, et il ne me faut qu'une ou deux minutes pour fendre la coque et accéder au moteur. Je commence par le malmener avec le marteau, puis j'y plonge les mains pour en arracher des morceaux.

Alors que je suis en pleine démolition de l'appareil, j'entends un son aigu et puissant. Je suis tellement occupée par ce que je fais que je n'y prête guère attention. Rien ne peut me ralentir alors que j'arrache les fils électriques.

Je lève la base du blender au-dessus de ma tête pour la jeter par terre de toutes mes forces quand la porte d'entrée s'ouvre sur une Tori effarée, bouche bée, les yeux écarquillés. Une bouteille de tequila dans une main et un sac de nourriture de notre traiteur chinois préféré dans l'autre, elle n'aurait pas l'air plus sidérée si elle venait de me surprendre en train de mettre le feu à l'appartement.

Ce n'est qu'en cet instant, alors que je suis plantée là, sur le point de porter le coup d'estoc au premier cadeau qu'Ethan m'ait offert – et au très coûteux carrelage de Tori par la même occasion – que je prends conscience que le son strident qui emplit la pièce n'est pas électronique.

Il ne vient pas du blender.

C'est un bruit humain et il vient de moi.

Je suis en train de hurler.

À pleins poumons.

Cette prise de conscience met un terme à ma fureur destructrice. À bout de force, je laisse échapper le blender. Il heurte le plan de travail avec un bruit sourd avant de tomber sur le carrelage, à quelques centimètres de mes orteils.

La vision de ce malheureux appareil, échoué de travers sur le sol, réussit ce que la frénésie de tout à l'heure a raté : j'en suis secouée au point de redevenir moi-même. Et de me taire.

Tori et moi restons un moment pétrifiées. Nous sommes plantées là, à contempler le champ de bataille que j'ai laissé derrière moi. La cuisine est jonchée d'éclats de Plexiglas, et des morceaux de plastique et de fils électriques gisent sur le sol et les différents plans de travail. Il y en a jusque sur le grille-pain.

Je voudrais m'excuser, mais il y a des choses qu'aucune parole ne peut effacer. Je ne vois pas comment faire oublier à Tori ce dont elle vient d'être témoin. Alors, pour finir, je me contente d'attendre sa réaction.

Elle ne tarde pas. Après une ou deux minutes, elle inspire un grand coup, carre les épaules, comme pour se préparer au combat. Puis elle se dirige d'un pas décidé vers le placard de l'entrée et en sort le balai et la pelle. Sans un mot, elle entreprend de ramasser les débris.

Je tente de lui prendre le balai – c'est moi qui ai mis le bazar, après tout –, mais elle me chasse d'un geste de la main. Ce n'est qu'une fois sa tâche accomplie et les derniers morceaux – ceux qui s'étaient nichés dans le grille-pain ou le mixeur – remisés dans un sac-poubelle qu'elle reprend la parole.

— Alors, est-ce que tu vas envoyer tout ce bordel à Ethan Frost avec « Je démissionne, connard » écrit en gros ? Ou tu préfères que je m'en charge ? Parce qu'on va le faire, et je te mentirais si je te disais que je n'ai pas envie de le lui remettre en personne.

Chapitre 4

Pour finir, aucune de nous deux n'apporte les vestiges du blender à Ethan. Je décide d'aller les jeter dans la benne. L'idée était de grappiller deux minutes de solitude afin de réfléchir, mais je le regrette aussitôt. Le soleil estival m'éblouit et accentue ma gueule de bois, rendant impossible toute pensée rationnelle.

À l'appartement, Tori a disposé le repas chinois sur la table. Elle est en train de servir du vin dans d'élégants verres à pied. Je n'ai pas du tout envie d'aggraver mon état par une dose d'alcool supplémentaire, et j'apporte donc deux verres d'eau.

Tori lève les yeux au ciel, mais ça ne l'empêche pas de prendre la boisson que je lui tends. Elle se donne même la peine d'en avaler deux gorgées avant de passer au vin.

— Alors, tu te sens mieux ? demande-t-elle tandis que je m'assieds en face d'elle. Je ne vais pas te cacher que ta colère avait pris des proportions impressionnantes.

— Ça va, dis-je en me concentrant de toutes mes forces sur le riz que je suis en train de déposer dans mon assiette.

— J'ai l'impression d'avoir déjà entendu cette phrase, mais quand ça ? Ah oui, juste avant que tu fasses un coma éthylique et que tu agresses un blender.

— Pour le blender, j'assume. Mais la tequila, c'est ta faute.

Elle réfléchit un instant avant d'acquiescer.

— Hum, tu dois avoir raison.

— Absolument.

Je prends les deux comprimés de Doliprane qu'elle a placés à côté de mon verre de vin dans une adorable attention. Je m'apprête à la remercier, mais le fait qu'elle ait pu trouver normal de mélanger les médicaments et le pinot gris est un peu inquiétant.

— Alors, comment tu vas donner ta démission ? interroge-t-elle quelques minutes plus tard alors que nous attaquons le poulet sauce piquante. Par mail ? Sur son répondeur ? Ou bien en séchant le travail pendant quelques jours ? Ça serait peut-être un peu infantile, mais au moins cet abruti d'Ethan comprendrait le message.

— Ethan n'est pas un abruti.

— Ne le défends pas, ça fait pitié.

— Mais tu ne sais même pas ce que je lui reproche !

— Normal, tu refuses de me le dire. Mais est-ce que ça compte ? Les détails, je m'en fous. Tout ce que je vois, c'est que, pour toi, c'était la fin du monde. Donc, pour moi, Ethan est un connard, point. Et j'en profite pour te dire que je ne l'ai jamais aimé.

Je manque de m'étrangler avec la bouchée de poulet que je me suis forcée à ingurgiter.

— Ah non ! Tu ne peux pas changer ton fusil d'épaule comme ça ! C'est toi qui m'as harcelée pour que je sorte avec lui, je te rappelle.

Tori réfléchit à cette vérité pendant une seconde avant de renifler d'un air hautain. Elle n'a pas son égal pour ça.

— Oui, sauf qu'à l'époque, je ne pensais pas qu'il se comporterait comme ça avec toi. Mais vu comme il te traite, je ne peux que le détester. Et ça n'est pas près de changer.

Je n'ai pas le courage de discutailler. J'ai à peine assez d'énergie pour rester à table comme si tout allait bien. Maintenant que le choc et la colère sont retombés, c'est encore plus difficile qu'avant. Je n'éprouve plus qu'un immense chagrin.

En plus, elle n'a pas tort. C'est vrai qu'Ethan s'est mal comporté avec moi. Il a fait le mort ces derniers jours, préférant me laisser mariner plutôt que de rompre proprement avec moi. Ensuite il m'a fait l'amour alors qu'il était au courant pour Brandon et qu'il savait comment j'allais réagir.

— Tu démissionnes, en tout cas, répète Tori comme si c'était couru d'avance.

— Et je deviens quoi ? Serveuse dans un bar ? C'est ça qui ferait bien sur mon CV pour l'entrée en master !

— De même que de te lâcher sur un autre appareil électroménager sans défense et passer par la case prison ou hôpital psychiatrique.

— Le blender, c'était spécial. Je n'ai pas l'intention de recommencer.

— Tu dis ça maintenant. Est-ce que tu es prête à prendre le risque ? À retourner là-bas et le voir tous les jours ? Je ne suis peut-être pas un exemple d'équilibre mental, mais même moi, je devine que c'est une mauvaise idée. Je t'ai vue, ce week-end. Je sais dans quel état ça te met qu'il t'ignore. Comment tu vas gérer ça au boulot ? Surtout après ce qui a dû se passer entre vous la nuit dernière…

Je sais qu'elle a raison, et que revoir Ethan ne peut qu'aggraver la situation. Pas seulement entre nous, mais aussi pour moi. Dépasser le viol et me reconstruire m'a demandé beaucoup d'efforts. Mais comment oublier le passé si j'y suis confrontée tous les jours ?

Frost Industries est la boîte d'Ethan, et après ce qui s'est passé ce matin, je ne peux pas imaginer de le voir – de contempler ses yeux bleus si semblables à ceux de Brandon – sans penser au viol. À ce qui s'est passé sur ce parking désert, et aux conséquences de ces événements.

C'est une mauvaise idée.

Si j'ai survécu jusqu'à présent, c'est parce que je ne pense jamais à Brandon, à mes parents, ou à ce qui m'est arrivé. J'ai laissé tout ça derrière moi en m'installant en Californie, et je refuse de m'y replonger. De me trouver dans le même état qu'il y a trois ans. L'état dans lequel Brandon et ses amis m'avaient plongée.

En même temps, je n'imagine pas de renoncer si facilement à mon rêve. Bien sûr, l'entrée en master ne dépend pas uniquement du lieu de stage. Il y a des tas d'autres facteurs, et j'espère avoir parfaitement assuré de ce côté-là. Mais en même temps, les masters que je vise ne s'obtiennent pas sans piston. Et comme je n'en ai pas, je dois m'assurer que mon dossier soit meilleur que tous les autres.

Grâce à mon stage au département juridique de Frost Industries, c'est le cas. Enfin, c'*était* le cas. Maintenant, je ne suis plus sûre. De rien du tout.

Sentant mon indécision, Tori passe le reste du repas à me tanner pour que je démissionne. Je dois reconnaître que ses arguments sont sensés – si je fais abstraction de mon avenir. Car quand j'y réfléchis… son discours ne tient plus la route.

Sauf en ce qui concerne ma santé mentale.

Quelques heures plus tard, je suis toujours en pleine réflexion. Pour être honnête, je passe toute la journée et une bonne partie de la nuit à y penser. Je suis malade rien qu'à l'idée d'aller travailler demain et de voir Ethan. Je n'arrive pas à imaginer de participer à une réunion avec lui sur la fusion avec Trifecta. Ni de le croiser dans le hall ou à la cafétéria. Que ressentirai-je s'il cherche à me parler ? Ou pire, s'il me convoque dans son bureau ?

Je ne vais pas pouvoir gérer la situation. Je sais que j'en serai incapable. Je suis écorchée vive, et le seul fait de respirer me tue.

Mais en même temps je ne peux pas me terrer dans un coin, la queue entre les jambes. Rien de tout ça n'est ma faute – mis à part le fait de tomber amoureuse de mon patron –, et je refuse de me comporter comme si j'étais coupable.

Une fois dans ma vie, je me suis enfuie. Mes parents m'y ont contrainte, et je me suis juré de ne jamais le refaire. Les deux situations ont beau être différentes, je ressens pourtant la même chose. Si on voit comment ça a tourné la première fois – alors que j'étais bien cachée –, je ne devrais même pas envisager de recommencer.

Non. J'ai travaillé trop dur et trop longtemps pour arriver là où je suis. Je ne vais pas renoncer à cause d'un passé que j'ai enterré il y a des années – et sur lequel je n'ai aucun contrôle.

C'est pourquoi, après une nuit sans sommeil – après avoir regardé l'aube étendre lentement ses nappes or et lavande au-dessus du Pacifique –, je suis tremblante, mais décidée. Je me rendrai au bureau aujourd'hui, et je ferai mon travail. Si Ethan m'approche, je trouverai le moyen de m'en tirer. Et s'il me vire… Eh bien, c'est comme ça. Au moins, je n'aurai pas renoncé de moi-même à l'avenir que je désire plus que tout. En outre, ça me donnera une raison de plus de le haïr.

— Tu sais que tu n'es pas obligée, me rappelle Tori alors que je quitte ma chambre dans mon unique tailleur de marque.

Certes, ce n'est pas grand-chose, mais je n'ai pas de meilleure armure, et tout est bon à prendre.

— Je ne suis obligée à rien du tout, dis-je en entrant dans la cuisine, prenant garde de ne pas poser le pied sur le carreau que j'ai cassé hier avec le blender. Mais je vais le faire quand même.

Elle pousse un profond soupir, comme si mon entêtement était une insulte à son égard. D'une certaine façon, c'est sans doute un peu le cas.

— Au fait, reprend-elle alors que je suis plantée là, incapable de prendre une décision. Ton frère a encore appelé hier soir. Il a dit que c'était urgent.

— C'est ce qu'il dit chaque fois.

— Oui. Mais là, ça fait cinq fois qu'il appelle, en cinq jours. Peut-être que c'est vraiment urgent.

— Peut-être.

Mais la seule idée de lui parler, d'entendre des nouvelles de mes parents et de la société qu'ils ont bâtie avec ses idées et l'argent de ma trahison me rend folle. Et comme j'ai déjà ma dose de folie par ailleurs, je décide de le laisser attendre encore un peu.

Pas non plus jusqu'aux calendes grecques. Juste le temps de me reprendre. Même si j'ignore quand j'y arriverai.

Histoire de faire le premier pas sur ce long chemin, je commence à me verser un jus d'orange, mais mon ventre est déjà dans un tel état qu'avaler un aliment acide risque d'avoir des conséquences fâcheuses. Je me contente donc d'un petit verre d'eau et prie pour que mon estomac se calme.

— Tu es sûre que ça ne t'ennuie pas de m'amener au boulot aujourd'hui ? J'ai encore le temps de prendre le bus.

— Comme si j'allais te lâcher ! Je veux bien te conduire toute la semaine, si c'est nécessaire.

— J'espère que non.

Hier, j'étais incapable de m'occuper de ma voiture, avec tous ces événements. Mais je ne vais pas la laisser éternellement dans l'allée d'Ethan.

— J'enverrai une dépanneuse pendant qu'Ethan sera au bureau, reprends-je. La gouvernante est là aujourd'hui, donc si j'appelle pour la prévenir, je suis sûre qu'elle ouvrira la grille afin qu'ils puissent la ramener ici. Et je m'arrêterai au magasin de pièces détachées après le travail, pour acheter un nouveau démarreur. Ça me prendra deux heures, maximum.

— Un mécanicien peut s'en charger, tu sais, soupire Tori en levant les yeux au ciel.

— Oui, sans doute, mais ça coûte de l'argent, et je ne peux pas me le permettre. Surtout si je garde ce stage au lieu de chercher un emploi rémunéré.

— Ça aussi, c'est une idée de génie, si tu veux mon avis, commente Tori.

Je fais semblant de ne pas percevoir ses doutes. J'ai du mal, car je nourris les mêmes depuis l'instant où j'ai pris ma décision. Je choisis de faire comme si tout pouvait s'arranger avec une journée qui se passe bien.

— En plus, je bidouille des voitures depuis que je suis petite. Mon frère adorait démonter les moteurs pour voir comment ça marche, et je l'aidais à les remonter. Je pourrais changer un démarreur les yeux fermés.

— Et je suis supposée m'extasier…

— Ce n'est pas le cas ?

— Pas du tout.

Après avoir avalé son café, Tori attrape son énorme sac Vuitton.

— Tu es prête ? demande-t-elle.

— Pas du tout, dis-je pour l'imiter.

Mais plus j'attends, plus ce sera difficile, aussi je prends ma sacoche et me dirige vers la porte.

— Merci beaucoup, murmuré-je alors que nous empruntons l'ascenseur vers le garage, au sous-sol.

— Tu plaisantes. Ce n'est rien.

Peut-être que ce n'est en effet pas grand-chose, mais personne n'en a jamais fait autant pour moi, ou presque.

Et bien que Tori n'aime pas qu'on s'attarde là-dessus, nous savons toutes deux que je lui dois bien plus qu'un simple trajet en voiture. Entre le fait qu'elle m'héberge à titre gracieux pendant la durée de mon stage, et le soutien moral qu'elle m'apporte dans les coups durs – c'est-à-dire chaque fois que ma confiance en moi s'étiole –, je ne sais pas ce que je deviendrais sans elle.

Mais à peine quelques pas après être sortie de l'ascenseur, je m'arrête net, stupéfaite. Devant moi, garée sur mon emplacement réservé, se trouve ma voiture. Lavée, auscultée et, selon toute vraisemblance, réparée.

Ethan.

Je n'ai pas versé une larme depuis que je me suis laissée aller dans les bras de Tori, après cet horrible trajet de retour hier. Mais alors que je contemple mon véhicule, je suis de nouveau sur le point de pleurer. Faire réparer et déposer ma voiture, c'est Ethan tout craché.

Il est comme ça.

— Bon, admettons que ce ne soit pas entièrement un connard, concède Tori.

— Ce n'est pas un connard du tout.

— Mais je pensais…

— C'est compliqué, dis-je en m'approchant de la voiture.

— N'est-ce pas toujours le cas ?

Si elle savait à quel point ! Je fouille dans mon sac à la recherche de mon deuxième trousseau de clés. Puis vient le moment de mettre le contact. Sans surprise, le moteur démarre aussitôt. Et il vrombit à la perfection. Quelque chose me dit que le démarreur n'est pas la seule pièce qui a été remplacée sur ma petite Honda.

Je voudrais être révoltée par son arrogance. Mais c'est difficile de résister alors qu'il se comporte comme toujours, d'une façon que j'aimais tant jusqu'à hier. Il prend soin de moi de toutes les manières possibles, tant que je le laisse faire. Et puis, je me suis déchargée du plus gros de ma colère sur ce malheureux blender hier soir. Je n'ai plus de rage. Du moins contre Ethan. Pour le moment.

— Bon, eh ben, je vais remonter, déclare Tori. À moins que tu n'aies encore besoin de moi ?

— Non, tout va bien. Merci, Tor'.

— De rien. Tue-le, Chlo.

— Je ne vais même pas le voir, aujourd'hui.

— C'est ça…, répond-elle avec un sourire désabusé.

— Mais non, je t'assure.

Je ne peux pas le voir. Cette seule évocation suffit à me faire trembler. Je ne suis certes pas en colère contre lui, mais de là à avoir envie de le voir, il y a une différence de taille. Je suis bien loin de souhaiter le croiser. Devant mes yeux, j'ai en permanence le sourire moqueur de Brandon, dans les oreilles, sa voix qui appelle Ethan « frère ». Ethan est son frère…

C'est peut-être de la lâcheté, peut-être de l'instinct de survie. En toute honnêteté, je m'en fiche. Tout ce que je veux, c'est que cette journée s'achève sans encombre.

Ce n'est pas trop demander ?

Mais il faut croire que si. Car en me tournant vers le siège passager pour y poser ma sacoche, je trouve une épaisse enveloppe crème sur le tapis de sol. Elle est à l'envers, mais je n'ai pas besoin de lire l'en-tête pour reconnaître le papier à lettres d'Ethan. Il m'a envoyé tant de courriers et de paquets ces dernières semaines que je ne peux pas me tromper.

Pendant un instant, je suis tentée de n'écouter que ma couardise. De laisser l'enveloppe là où elle est, en feignant de ne pas l'avoir vue.

Mais ce n'est pas mon genre. Et bien que je pense au fond de moi que rien ne peut racheter la conduite d'Ethan, qu'il ne pourra pas me faire oublier ce qui s'est passé hier, j'ai quand même envie de le laisser essayer.

C'est une épée à double tranchant, et j'ai peur de ne pas avoir la capacité de la garder en équilibre. Pourtant, au péril de ma santé mentale, je ramasse l'enveloppe.

Je me contente dans un premier temps de la tenir dans ma main et de la regarder comme si elle allait prendre feu. Voyant que rien ne se passe, je finis par la porter à mon nez pour humer le parfum à peine perceptible.

La fragrance d'une journée d'été ensoleillée. Une senteur de myrtille et de sirop d'érable tiède.

C'est l'odeur d'Ethan, et ça suffirait presque à me mettre à genoux.

Je repose l'enveloppe sans l'ouvrir. Je songe de nouveau à la déchirer, la brûler, la jeter tout entière. À lui faire subir à peu près tout, sauf ce à quoi la destinait Ethan : être ouverte.

Pourtant, la conscience qu'Ethan a écrit ce message pour moi seule m'empêche de résister à la tentation. Je glisse le doigt le long du rebord pour tenter de le décoller.

Quand j'y arrive enfin, la première chose qui en tombe est une photo de nous deux.

J'ai les larmes aux yeux, mais je m'efforce de les réprimer. J'ai déjà trop pleuré ces dernières vingt-quatre heures et je n'ai pas l'intention de recommencer.

Mais j'ai bien du mal, car je me souviens du jour où elle a été prise. C'était au tout début, quand on venait de se rencontrer. Nous étions à une soirée caritative au profit d'associations écologiques, organisée sur la plage, et j'avais essayé – sans succès, je dois l'avouer – de construire un château de sable. Ethan était arrivé, et à ma grande contrariété il s'était assis à côté de moi. En l'espace d'une demi-heure, nous avions bâti l'un des plus magnifiques châteaux de toute la plage. Lorsque l'une des juges était venue l'évaluer, elle nous avait accordé le maximum de points, et la photo avait été prise à cet instant. Nous avions la tête rejetée en arrière dans un éclat de rire, debout à côté de notre chef-d'œuvre que la mer menaçait d'engloutir.

Nous avions passé une bonne soirée, l'une des premières. J'avais fait mon possible pour tenir Ethan à distance, mais je sais que c'est l'un des moments qui m'ont fait craquer pour lui.

Je devrais jeter ce cliché, mais je préfère le ranger dans mon sac. Puis je sors le seul autre article que contient l'enveloppe, une lettre soigneusement pliée qui semble me brûler les doigts.

Je reste un long moment, la feuille dans les mains, les yeux clos, tremblant de tout mon corps. Je meurs d'envie de l'ouvrir, de découvrir ce qu'Ethan veut me dire. Mais j'ai également peur de ce que je vais trouver, de l'effet que ses mots auront sur moi. J'ai déjà du mal à m'en sortir... Il ne faudrait pas grand-chose – en bien ou en mal – pour que je replonge.

Mais je n'ai pas vraiment le choix. Mon besoin de savoir ce qu'Ethan a écrit est compulsif, et je ne peux qu'obéir. Je respire un grand coup, déplie la feuille, et la lisse du bout des doigts. Puis je commence ma lecture.

Chère Chloe,

Après tout ce qui s'est passé, je sais que je ne mérite pas de te parler, et encore moins d'essayer de discuter du passé – ni du présent. Pourtant, c'est quand même ce que je te demande, une chance de te montrer à quel point je t'aime, combien je suis désolé de ne pas t'avoir dit ce que j'avais appris sur Brandon à la minute même, et tout ce que je ferais différemment si je pouvais remonter le temps.

Mais je ne peux pas revenir en arrière, corriger toutes mes erreurs. Tout ce que je peux faire, c'est aller de l'avant, continuer à t'aimer. Je t'aime, Chloe, plus que j'aurais jamais cru possible d'aimer quelqu'un. Cette photo est l'une des rares de nous deux, et c'est ma préférée, car on l'a prise au tout début de notre relation, quand tout entre nous n'était encore que possibilité, que peut-être. Déjà, à ce moment, je savais que je te voulais, que j'étais prêt à tout pour t'avoir, mais j'étais conscient aussi que tu n'éprouvais pas la même chose. Du moins, pas encore.

Je sais que tu es blessée et que tu as peur – et c'est normal –, mais je te demande de prendre le risque pour moi. Pour nous. Tu l'as déjà fait, et je t'ai blessée parce que je n'étais pas assez fort pour m'occuper de toi, pour comprendre que notre amour avait la force de nous permettre de surmonter cette épreuve.

Cette fois, je ne te blesserai pas. Je te ferai toujours passer en premier. Je prendrai soin de toi comme je te l'ai promis.

Tu es la femme la plus courageuse que je connaisse, et bien que je sache d'avance que tu vas discuter cette déclaration (comme toujours), je t'assure que c'est la vérité.

Je t'aime, Chloe, bien plus que je m'en serais jamais cru capable. Je ne te demande pas de me pardonner, ni de dépasser ton chagrin et ta colère. Je te demande seulement de me donner une chance… une chance de t'aimer, de prendre soin de toi, de t'aider à traverser ce que l'avenir te réserve. Chloe, je t'aime, et je serai là quand tu voudras me parler.

Je t'en prie, laisse-moi t'aimer.

Ethan

Je lis la lettre plusieurs fois. Les mots d'Ethan se fracassent sur moi comme un orage matinal. Je ne sais plus ce que j'éprouve. Certes, la lettre est adorable, mais elle ne m'apprend rien que je ne sache déjà.

Il m'a menti. Il est désolé. Il promet de ne pas le refaire.

Mais est-ce que ça compte ? Est-ce que ses mensonges ont de l'importance ? Ou ses excuses ? Quel poids accorder à cela, alors que le passé s'étend entre nous comme un cauchemar, comme un champ de bataille ensanglanté dont je ne parviens pas à m'extraire ? Comme un spectre dont je crains qu'il ne me hante ma vie durant…

Je l'ignore. En ce moment, je n'ai aucune certitude, à part que si je ne pars pas tout de suite, je vais être en retard au travail.

Je replie la lettre d'Ethan avec le plus grand soin et la glisse dans son enveloppe, que je range dans ma sacoche. Puis, après avoir pris plusieurs profondes inspirations, je passe une vitesse – le moteur me semble plus réceptif que d'habitude – et quitte mon stationnement.

Je tourne sur Prospect Street en faisant abstraction de mon ventre douloureux. En faisant comme si je n'avais pas peur de la suite. Pendant un moment, je fais comme si tout allait bien. Même si je sais que ce ne sera jamais plus le cas.

Chapitre 5

Lorsque j'arrive au travail, je suis dans tous mes états. J'ignore à quoi je dois m'attendre.

Ethan va-t-il me guetter sur le parking ?

Vais-je trouver mes affaires remisées dans un carton, en signe de renvoi ?

Tout le monde va-t-il me dévisager d'un air entendu lorsque je m'approcherai de mon box ?

Peut-être tout ça à la fois ?

Finalement, aucune de ces hypothèses n'est la bonne. Au contraire, tout se passe comme d'habitude. Je me gare sur la même place que tous les jours. J'emprunte le même chemin arboré vers le bâtiment qui abrite mon service. J'essuie les mêmes remarques cinglantes de Rick, le stagiaire de deuxième année qui a fait de ma vie un enfer depuis mon arrivée, lorsqu'on m'a confié le dossier brûlant qu'il pensait mériter de traiter.

Je sais qu'il est parfaitement logique que rien n'ait changé. Après tout, Ethan n'allait pas informer l'ensemble de la boîte de ce qui s'est passé chez lui hier. Pourtant, j'ai l'impression d'être dans une réalité parallèle. À l'intérieur de moi, tout est différent, je ne suis plus la même personne, et j'ai du mal à croire que les événements effroyables de ce week-end, qui ont bien failli me briser, n'aient eu aucun impact sur le reste de mon existence. Certes, je ne m'attendais pas à ce que la Terre cesse de tourner, mais quand même. On devrait ressentir un changement, le voir, même, ailleurs que dans ma relation avec Ethan. Comment est-ce possible, après tout ce qui s'est passé, que mon rôle à Frost Industries soit toujours le même que lorsque j'ai quitté le bureau vendredi après-midi ?

C'est pourtant le cas. Tout est exactement pareil.

C'est le même bureau, les mêmes dossiers posés dessus, la même liste de tâches à accomplir punaisée sur mon box. Je m'assieds et allume mon ordinateur en tentant de puiser du courage dans cette stabilité.

Ça marche presque.

Ça marcherait, en réalité, si je ne passais pas la journée à attendre les répliques du séisme. L'arrivée d'Ethan, un appel de lui, ou encore une convocation dans son bureau.

Mais, à part la lettre que j'ai trouvée ce matin dans ma voiture, il n'y a aucun signe de lui. Du moins, pas par les canaux de communication professionnels. Et comme j'ai encore la frousse d'allumer mon téléphone et de voir s'il a appelé ou envoyé un texto depuis que

Tori lui a raccroché au nez hier soir, c'est tout ce qui me reste pour avoir de ses nouvelles.

Évidemment, je passe une mauvaise journée, et ma productivité est loin d'être au top. J'arrive quand même à avancer sur le dossier Trifecta – la fusion hostile à laquelle Ethan m'a assignée à mon arrivée, avant que je sache que nos relations allaient prendre une tournure intime –, mais pas autant que je devrais. Surtout que j'ai été absente hier.

Pour compenser, je reste tard, bien décidée à traiter les questions qu'on m'a envoyées et à progresser sur les dernières recherches nécessaires au rachat des brevets de Trifecta par Frost Industries. Vers 17 heures, l'étage se fait plus silencieux, et à 19 h 30, je suis toute seule. Ça devrait justement me donner la motivation pour boucler mon travail, maintenant que je ne suis plus perturbée par aucun bruit, mais je n'arrive à penser à rien d'autre qu'à Ethan et au désastre qui s'est abattu sur ma vie.

Je l'aime, c'est indéniable, mais ça ne suffit pas. Pas alors que Brandon fait désormais partie du tableau. Et m'adresse des sourires de mépris qui déforment son visage trop parfait…

Je repousse ces pensées avant qu'elles ne m'entraînent encore plus profondément dans le gouffre qui m'a si soudainement engloutie. Je me concentre sur l'armoire devant moi, sur le son de la clim qui vient de s'enclencher, sur tout et n'importe quoi, sauf ce sur quoi je devrais : les vérités que je dois affronter.

Vers 20 heures, mon estomac commence à gargouiller, et je me souviens que je n'ai rien mangé de la journée. Il y a quelques heures, j'ai songé à descendre à la cafétéria pour déjeuner, mais comme je n'avais pas faim, j'ai préféré rester à mon bureau. Et aussi, parce que je n'avais aucune envie de parler avec les autres. Même en ce moment, alors que mon corps réclame de la nourriture et que je n'ai presque plus d'énergie, l'idée de mettre les pieds dans ce lieu où j'ai rencontré Ethan et de tenter d'avaler quelque chose me soulève le cœur.

Je finis par laisser tomber. Je pourrais rester là encore des heures sans avancer dans mon travail. Après une longue journée passée à tenter de ne pas penser à Ethan, j'ai le cerveau en compote.

Avec un soupir, j'éteins mon ordinateur et prends une minute pour rassembler mes affaires. En attrapant mon sac à main dans le tiroir, je suis tentée de l'ouvrir pour en sortir mon téléphone et l'allumer, voir si Ethan m'a laissé des messages.

Mais je résiste. D'une part je n'ai pas envie d'être déçue si ce n'est pas le cas, et d'autre part je redoute de paniquer s'il l'a fait. De toute façon, s'il avait vraiment voulu me parler, il aurait trouvé un moyen. Il sait où est mon bureau, après tout…

Mais maintenant que je me suis autorisée à y penser, à m'interroger, j'ai l'impression que mon téléphone va mettre le feu à mon sac. Si je jette un coup d'œil, personne ne le saura... Je prends ma sacoche et le pull que j'ai enfilé ce matin pour contrer la brise marine. Personne n'en aurait rien à faire.

Sauf moi. Moi, je le saurais, et j'en aurais quelque chose à faire. Et me morfondre à son sujet, me poser des questions, me demander quand il va me contacter, ça ne fait qu'empirer la situation. Ça me rend folle... Comme si j'avais besoin de ça.

Je laisse donc mon téléphone au fond de mon sac et me dirige vers le parking, non sans lancer un rapide « au revoir » à Jorge, le gardien qui tient le petit hall d'accueil du bâtiment.

Il se lève d'un bond.

— Attendez, mademoiselle Girard. Je vous raccompagne à votre voiture.

J'imagine que la nouvelle de notre rupture n'a pas encore été dévoilée. Jorge est très gentil, mais je ne l'ai jamais vu escorter les autres stagiaires de sexe féminin jusqu'à leur voiture – ni les salariées, d'ailleurs.

— Merci, Jorge, mais ça n'est pas la peine. Il fait encore jour.

— Ça ne me dérange pas, me répond-il poliment en me tenant la porte. Il n'y a pas grand monde, ce soir.

J'ai bien envie de protester, mais je vois dans son regard qu'il ne se laissera pas dissuader. J'accepte donc sa proposition. Il ne fait que son travail, et il faut reconnaître qu'une fille n'est jamais trop prudente. Après ce que j'ai vécu, je suis plus timorée que d'autres.

Le trajet n'est pas long, tout juste quelques minutes, mais à peine avons-nous débouché sur le parking que j'éprouve une vive surprise. Appuyé contre ma voiture, chevilles croisées, ses bras musclés noués sur la poitrine, se trouve Ethan.

Je reste pétrifiée, incapable de faire un pas de plus. Ou même de respirer.

Jorge me regarde, surpris, mais Ethan s'écarte de la voiture pour venir à notre rencontre. Avec son hâle, ses cheveux sombres un peu trop longs et son élégance de prédateur, il a des allures félines.

— Merci, Jorge. Je m'en occupe, déclare-t-il.

— Bien, monsieur Frost.

C'est tout juste s'il ne fait pas une courbette avant de se tourner vers moi.

— Bonne soirée, mademoiselle Girard.

— À vous aussi, parviens-je à bredouiller.

Le voilà parti. Je me retrouve seule avec Ethan, dont je n'arrive pas à deviner l'état d'esprit. Il paraît calme, mais ses yeux luisent d'une détermination féroce qui m'alarme, même si mon cœur bat déjà trois fois plus vite que d'habitude. Son cocard et l'hématome qui colore sa mâchoire accentuent son côté menaçant.

— Je t'ai appelée, dit-il en s'arrêtant devant moi.

Il ne se presse pas contre moi, mais ne me laisse guère d'espace tout de même. Il est assez proche pour que je sente la chaleur qui émane de son corps mince. Je perçois sa fragrance musquée à chaque respiration.

— Tu n'as pas répondu, ajoute-t-il.

— Mon téléphone était éteint. Et je n'ai pas regardé mes messages.

L'idée de mentir ne me traverse pas l'esprit. J'ai du mal à parler, et je dois sembler maladroite, mais je ne peux pas faire mieux.

Il hoche la tête, ses yeux bleus si brillants que j'ai l'impression qu'ils me brûlent la peau et m'échauffent le sang.

J'attends qu'il reprenne la parole, mais rien ne vient, et le silence s'étire pendant que nous nous dévisageons. La tension est telle que j'ai l'impression que quelque chose va casser, comme un élastique qu'on étire trop. Je me redresse et tente de respirer normalement. De faire comme si sa proximité n'était pas douloureuse, effrayante et excitante à la fois.

— Merci pour la réparation de ma voiture.

Il acquiesce, l'air peiné. Mais il ne dit toujours rien, et mon anxiété s'accroît.

— Écoute, je dois y aller. La journée a été longue, je n'ai pas mangé et je suis fatiguée…

— Je peux t'inviter au restaurant ?

— Non.

Le mot m'échappe avant que je n'aie eu le temps de réfléchir. Et je l'ai dit sans douceur, sans chercher d'excuse polie. Juste un refus catégorique.

— Dans ce cas, laisse-moi te raccompagner chez toi. On peut s'arrêter en chemin et prendre un repas à emporter…

— Non !

Cette fois encore, mon ton est sans appel.

— Chloe, s'il te plaît…

Il avance la main vers moi, mais je recule. Il s'immobilise, bras tendu, le visage torturé. Je sais que je l'ai blessé et je voudrais m'excuser, mais je n'y arrive pas. Pas cette fois.

— Très bien. Nous n'avons qu'à parler ici, alors.

— Il n'y a rien à dire, Ethan.

— Au contraire, il y a beaucoup à dire. Je suis désolé de ne pas t'avoir mise au courant pour Brandon. Et que tu l'aies appris comme ça. Je regrette qu'il t'ait fait du mal. Je suis navré, Chloe. Pour tout. Je suis tellement, tellement désolé…

— Je sais…

Après tout, il a essayé de rompre avec moi il y a deux jours, et je l'ai vu à deux doigts de démolir Brandon hier matin.

— Je ne t'en veux pas.

— Tu devrais. Moi, je m'en veux énormément…

— Tu as tort. Ce n'est pas ta faute.

— Tu ne penses pas ce que tu dis.

— Si, je t'assure.

Et c'est vrai. J'ai eu trente-six heures pour réfléchir, essayer de comprendre comment le seul homme à qui j'ai fait confiance, auquel je me suis livrée, puisse être le frère de celui qui m'a presque détruite il y a si longtemps. Je n'ai pas de réponse… Je ne sais pas comment le destin a pu être si cruel. Mais je sais que ce n'est la faute de personne. Qu'il n'y avait aucun indice, aucune coïncidence auxquels nous nous serions montrés aveugles.

Je voulais me défaire de mon identité, et j'ai changé de nom dès mes dix-huit ans. Lorsque nous nous sommes rencontrés, Ethan n'avait aucun moyen de savoir qui j'étais, et il en allait de même pour moi. Brandon est son demi-frère du côté maternel. Ils ont certes les yeux de la même couleur, mais c'est tout. Et ils portent des noms différents.

Il aurait dû me dire ce qu'il avait découvert sur Brandon tout de suite.

Et il n'aurait pas dû coucher avec moi après, sachant que nos passés étaient liés de la pire des façons.

Mais il a essayé de me quitter, ce soir-là. Et il a tenté de le faire en douceur. C'est moi qui ai pété les plombs, qui suis partie en vrille, parce que je ne comprenais pas comment l'homme que j'aimais avait pu changer d'avis de façon aussi abrupte.

Non, cette situation horrible n'est pas plus la faute d'Ethan que la mienne. Ce n'est pas lui qui m'a violée et qui a essayé d'étouffer l'affaire. Le tenir pour responsable de ça me mettrait au même niveau que les gens qui m'ont reproché d'avoir révélé ce que Brandon m'avait fait.

— Chloe, comment une fille comme toi peut-elle exister ?

J'essaie de répondre par l'humour :

— C'est juste pas de chance, j'imagine.

— Non. C'est tout sauf de la malchance, répond-il en tendant les mains vers moi.

Cette fois, je ne le repousse pas, même quand il appuie son front sur le mien. Mais j'éclate d'un rire rauque qui ressemble davantage à un sanglot.

— Laisse-moi te raccompagner, murmure-t-il. Je te ferai couler un bain, je préparerai le dîner. Ensuite, on pourra parler…

— Je te l'ai déjà dit, on n'a plus rien à se dire.

Tout au fond de moi, je trouve la force de le repousser.

— Au contraire, Chloe, il y a un tas de choses dont je voudrais discuter avec toi.

Il resserre les doigts sur mes bras, pas assez pour me faire mal, mais je sens son désespoir dans ce geste. Le même que celui qui me submerge depuis hier.

— Non, rien du tout. Ça ne marchera jamais entre nous. C'est impossible. Tout était fini avant même d'avoir commencé.

Je m'arrache à son étreinte et recule de quelques pas.

— Chloe, ne dis pas ça. Ce n'est pas vrai. Je refuse que tu dises des choses pareilles.

— Même ta volonté d'acier ne peut rien y changer, Ethan. Quel que soit le désir que tu en as.

— C'est des conneries ! s'écrie-t-il dans une explosion de rage.

— Non.

— Si !

Il m'attrape de nouveau, m'attire contre lui. Au fond de moi, je n'ai qu'une envie : me laisser aller dans ses bras. Mais c'est impossible. Maintenant que je sais, son contact n'est plus le même. Notre relation est différente, et je suis assez intelligente pour deviner que je ne parviendrai jamais à dépasser ça.

— Je sais que tu m'aimes encore. Je le vois sur ton visage. Je l'entends dans ta respiration qui s'affole quand je te touche, déclare-t-il en posant une main sur ma poitrine. Je le sens aux battements de ton cœur, si rapides, même en ce moment. Je ne te laisserai pas fuir ces sentiments.

— Tu ne peux pas m'en empêcher.

— Merde, Chloe, s'il te plaît ! Je t'aime.

Il couvre mon front de baisers brûlants, puis mes yeux, ma joue.

— Je t'aime tellement, reprend-il. Je trouverai une solution. Je te le promets. Donne-moi une chance, j'inventerai un moyen…

— Il n'y a pas de solution, Ethan !

Je pose les deux mains sur son torse pour le repousser de toutes mes forces. Cette fois, il recule, bien plus à cause du chagrin que du coup lui-même.

— On ne peut pas réécrire le passé, reprends-je. Quand on s'est rencontrés, je t'ai dit que j'étais démolie. Et que tu ne pourrais pas me reconstruire.

— Tu n'es pas démolie, ma chérie… Ce n'est pas vrai.

Les larmes que je vois dans ses yeux et que j'entends dans sa voix me font mal. C'est horrible d'être témoin de sa souffrance. De savoir que c'est à cause de moi, que j'ai mis cet homme beau et puissant, qui a toujours été si bon avec moi, dans cet état. C'est comme d'avoir dans le cœur un poignard que quelqu'un retournerait sans relâche.

— Mais si.

— Non. Peut-être que tu l'étais, avant, mais plus maintenant. J'aimerais tellement que tu puisses te voir avec mes yeux… Tu es forte, ma chérie, si forte que certains jours je n'arrive pas à croire que tu sois à moi. Que j'aie la chance de te toucher, t'embrasser, te serrer contre moi.

Il secoue la tête. Même en cet instant, son bonheur le dépasse. Je comprends ce sentiment, car je l'ai éprouvé chaque jour de notre relation, en me disant que cet homme aussi beau à l'intérieur qu'à l'extérieur était à moi.

— Qu'après avoir traversé toutes ces épreuves, tu sois devenue une femme magnifique et brillante… ça me bouleverse. Tu es tellement intelligente, bourrée de talents, et sûre de ce que tu veux et des moyens d'y parvenir… Tu ne vois pas, mon cœur ? Tu es tout sauf démolie.

— Je ne suis pas…

— Si ! Je voudrais que tu te voies comme je te vois. Que tu comprennes. Je suis en admiration devant toi, Chloe. Tu as traversé l'enfer, et tu es toujours là, à te battre pour te construire une vie. Pour changer le monde. Et ça, ça n'a rien à voir avec moi. C'est toi, ma chérie. Toi toute seule. Tu t'es guérie toi-même. Ne laisse pas mon salaud de frère t'enlever ça. Ne le laisse pas casser ce que tu as construit. Ne le laisse pas nous démolir.

À présent, c'est moi qui pleure. Une fois de plus. Je m'essuie les joues et tente en vain d'endiguer le flot de larmes.

— Merde…, chuchote Ethan.

Quand il me prend dans ses bras, je ne lutte pas. Comment pourrais-je, alors que j'ai besoin de son contact comme un drogué de sa dose ? Je suis accro à lui, à sa force et à sa gentillesse, à sa façon de me tenir et d'embraser mon corps par un simple effleurement.

Sauf ce soir. Ce soir, je suis froide. Glacée jusqu'aux os. Jusqu'au plus profond de mon âme.

Et j'ai d'autant plus besoin de lui.

— Ne pleure pas, ma chérie. Chloe, je t'en prie, ne pleure pas.

Il efface mes larmes par des baisers, l'une après l'autre. Et recommence inlassablement. Entre deux frôlements de ses lèvres sur ma peau, il me murmure des bribes incohérentes d'amour, de douleur et d'excuse, et je sens la faille que je porte en moi s'élargir. Je me sens voler en milliers d'éclats impossibles à recoller. Tellement nombreux qu'Ethan ne pourra pas les maintenir ensemble, malgré toute sa force, sa sécurité et sa détermination.

Je recule d'un pas et m'échappe de ses bras, de sa chaleur. Ça me fait mal, physiquement, mais je sais que je n'ai pas le choix. Je dois le repousser maintenant, tant que j'en ai la force. Sinon, nous serons tous deux écrasés par le poids de mes échecs.

Il tente de me retenir, de me garder contre lui. Mais il me lâche dès que je chuchote :

— Ethan, s'il te plaît, arrête... Je ne peux pas. Je ne suis pas assez forte.

— Mais moi si. Je peux être fort pour nous deux. Je t'en prie, Chloe.

Il met la main dans sa poche avant de poser un objet métallique dans ma main. Je n'ai pas besoin de regarder pour savoir ce que c'est.

— Tu l'as fait réparer...

— Toujours, répond-il en m'embrassant la tempe.

Je contemple la chaîne de taille, caressant du bout des doigts les maillons familiers, en platine et diamants. J'en ai tellement envie. Je voudrais tellement la porter, sentir son poids autour de ma taille, symbole tangible de mon appartenance à Ethan. De notre appartenance l'un à l'autre.

— Tu me laisses l'attacher ? me murmure-t-il à l'oreille tout en m'effleurant la taille.

Oui ! Je voudrais crier mon assentiment, le supplier de me faire sienne de nouveau, de reprendre possession de moi. Je veux sentir la sécurité que je n'éprouve que lorsque Ethan est tout autour de moi.

Mais je ne peux pas le laisser faire. Pas alors que tout est si horrible.

— Non.

Le mot est plus bas qu'un murmure, si bas que même moi qui l'ai prononcé, j'ai du mal à l'entendre.

Pourtant, Ethan le perçoit. Il se détourne, mais j'ai le temps d'apercevoir la douleur dans ses yeux. Cette même douleur qui me blesse de l'intérieur comme un couteau émoussé qui me déchirerait les chairs.

Sa main se crispe sur ma joue, et nous restons ainsi pendant une éternité. La douleur qui nous sépare semble aussi nous lier. Puis il me soulève le menton, et je ne peux plus me cacher. Je suis contrainte de le regarder.

Je le dévore des yeux. La souffrance de ces derniers jours se lit sur son visage. Je la vois dans ses ecchymoses, dans le cerne noir qui souligne son œil valide, et dans les rides qu'il n'avait pas au coin de la bouche la semaine dernière. Cédant à une impulsion, je lève un bras pour suivre l'une d'elles avec mon doigt. Il tourne la tête et me frôle la main de ses lèvres.

La douleur s'accroît jusqu'à ce que j'aie l'impression qu'on me broie le diaphragme. Je sais que je devrais m'écarter, mais je n'y arrive pas. Pas alors qu'Ethan dépose des baisers tendres et suaves sur la paume de ma main.

Je halète à son contact, et ça le fait sourire. À son tour, il passe un pouce sur mes lèvres et frissonne lorsque je tourne la tête pour en embrasser l'extrémité.

— Chloe..., murmure-t-il d'une voix douce, empreinte de déférence.

Il baisse la tête vers moi, lentement, afin que j'aie le temps de comprendre ses intentions et de reculer si je le souhaite.

Mais ce n'est pas le cas.

Ça devrait. Il y a peu, c'est ce que j'aurais fait. Mais, à présent, il n'y a rien que je désire autant que de laisser Ethan Frost m'embrasser.

Le premier effleurement de ses lèvres sur les miennes est tendre et timide, comme s'il me demandait la permission. Comme s'il cherchait à se faire pardonner. L'instant est doux et joli, aux antipodes de ce que je désire. Je craque et me dresse sur la pointe des pieds, passe les bras autour de son cou et l'attire dans le baiser passionné dont nous mourons tous deux d'envie.

Un baiser brûlant et charnel, où nos langues se caressent, par-dessus, par-dessous et tout autour. Nous échangeons des murmures fiévreux, dans une chaleur et un plaisir qui n'ont d'égal que la douleur que nous ressentons. C'est la quintessence d'un baiser d'Ethan. Peut-être est-ce le dernier... Un concentré de sexe, de séduction, d'ardeur et d'amour, et je ne peux m'en rassasier. Je n'aurais jamais assez de lui. Il m'a donné plus en quelques semaines qu'aucun autre ne m'a donné dans ma vie entière.

C'est peut-être pour ça que je m'accroche à lui, les bras autour de ses épaules, les doigts enfoncés dans la chair de son cou, la bouche pressée contre la sienne.

Il a un goût d'océan, que je retrouve aussi dans sa façon de me toucher. Puissant, violent et infini. Je voudrais m'immerger en lui, m'y noyer. Et je veux que ce baiser – cette sensation – ne cesse jamais.

Mais alors même que je m'agrippe à lui, que je passe la langue sur la sienne, je sens la magie se dissiper. L'horreur revient, la chaleur s'éteint, remplacée par ce froid terrible et glacial qui ne me quitte plus.

— Chloe.

Il se penche de nouveau vers moi pour m'embrasser, et je le laisse faire, parce que je suis faible et qu'il ne l'est pas, et que je ne peux croire que ça soit en train de se produire. Je ne veux pas le croire.

Du bout des doigts, il m'effleure la taille, passant sous mon chemisier et la ceinture de mon tailleur. Il me caresse le ventre, les hanches, le bas du dos, et je sais qu'il a envie de nouer la chaîne de taille autour de mon corps. Je sens son désir de me déclarer sienne, de me marquer.

Mais lorsqu'il me prend le bijou des mains pour le passer autour de ma taille, mon angoisse monte en flèche. Si je le laisse faire, nous serons tous les deux brisés. Je sens déjà ma douleur se réveiller, comme si les morceaux de moi bougeaient pour accueillir cette nouvelle réalité. Mais il n'y a pas de place. Je n'éprouve qu'horreur, terreur et vide, tellement puissants que je ne ressens plus rien d'autre à présent qu'il a cessé de m'embrasser.

— Chloe, je t'en prie, souffle-t-il de cette voix rauque qui me donne des frissons depuis la première fois que je l'ai entendue, il y a de nombreuses semaines.

— Non.

J'écarte la chaîne de la discorde de ma taille avec une implacable détermination. La tristesse que ce geste provoque en moi me prend par surprise. Après tout ce qui s'est passé entre nous, tout ce qu'il m'a donné, je ne me serais jamais crue capable de lui refuser quoi que ce soit. Mais pour notre bien à tous les deux, je ne dois pas lui accorder cela.

— Je ne peux pas rester avec toi, Ethan. C'est impossible. Ça me détruirait, c'est indéniable. Je ne m'en remettrais jamais. Être avec toi maintenant me détruirait bien plus que ce que m'a fait Brandon.

— Tu n'en sais rien…

Mais l'éclat de ses yeux s'éteint. Et ses magnifiques yeux bleus ressemblent soudain bien davantage à ceux de mes cauchemars. Ceux qui me hantent depuis cinq longues années.

— Si, je le sais.

— Comment ? Comment peux-tu en être si certaine sans même essayer ?

Il semble aussi énervé, perdu et blessé que moi.

Je ne peux plus retenir la vérité que je refusais de dire à voix haute, pour son bien autant que pour le mien.

— Parce que maintenant, quand je regarde tes yeux, je ne vois que lui.

Ethan recule comme si je l'avais frappé. Je voudrais retirer mes mots. Mais je ne peux pas, parce qu'ils n'expriment rien d'autre que la triste réalité. Un obstacle insurmontable se dresse entre nous, pour toujours.

— Je dois y aller, reprends-je en tournant la clé dans la serrure de la voiture d'une main tremblante avant de m'asseoir sur le siège conducteur.

Cette fois, il ne m'arrête pas.

CHAPITRE 6

— Ça suffit ! Je ne supporterai pas ça une minute de plus, déclare Tori en tournant brusquement à droite pour entrer sur le parking du University Town Center.

— Ça quoi ?

Je contemple d'un air absent le flot de voitures. UTC est l'un des plus grands centres commerciaux de San Diego. Pour Tori, c'est le paradis sur terre. À peine moins bien que Paris ou Rodeo Drive, à Beverly Hills.

— Ta déprime ! Ta sempiternelle déprime.

Elle s'arrête devant un voiturier. C'est tout juste si elle ne m'arrache pas ensuite du siège passager.

— Ça fait deux semaines que tu es malheureuse comme les pierres, reprend-elle, et je n'en peux plus.

Elle n'a pas tort. Je suis effondrée depuis que j'ai abandonné Ethan sur le parking, les yeux pleins de larmes alors qu'il m'a ouvert son cœur. Pourtant, je me sens aussitôt sur la défensive. Je ne vois pas de quoi elle se plaint. J'ai fait mon possible pour ne pas infliger mon chagrin aux autres.

Si je passe la majeure partie de mon temps libre enfermée dans ma chambre à contempler les messages qu'il m'a envoyés lorsque mon téléphone était éteint, qui ça peut déranger à part moi ?

Et si je ne vais plus à la salle de sport ni courir, à qui d'autre que moi cela fait-il du mal ?

Et si je n'ai pas envie de sortir tous les soirs avec Tori dans l'espoir de rencontrer un mec qui n'arrivera pas à la cheville d'Ethan, pourquoi devrais-je me forcer ?

— Je ne déprime pas, réponds-je en attrapant au vol mon sac sur la banquette arrière.

— Tu appelles ça comment, alors ? demande-t-elle en me traînant vers le centre commercial à ciel ouvert.

— Je réfléchis.

— Tu te rends malade à force de réfléchir, et j'estime que ça suffit.

— Et que nous devons faire du shopping ?

— Remballe ton mépris, rétorque-t-elle, les yeux plissés. Je te ferais remarquer que le shopping est la solution à tous les problèmes. Même les problèmes de comportement comme les tiens.

— Je n'ai aucun problème de comportement ! protesté-je avec un regard furieux qui dément mes paroles. Je suis juste fatiguée. J'ai un boulot de dingue en ce moment.

— Le boulot, mon cul. Et je comprends. Vraiment. Perdre Ethan Frost n'est pas facile à encaisser… même si c'est un gros con.

— Ce n'est pas un gros con.

C'est au moins la centième fois que nous avons cette conversation depuis deux semaines.

— Il t'a fait du mal, donc pour moi c'est un gros con. C'est écrit dans le manuel de la meilleure amie.

Elle s'éloigne en sautillant, et avec ses cheveux hérissés qu'elle vient de teindre en vert et sa minirobe assortie, elle ressemble à un farfadet. Un farfadet tatoué et piercé, avec des Dr Martens, mais quand même.

C'est pour ça que je l'adore, entre autres. Ou plutôt que je l'adorerais si elle voulait bien arrêter d'essayer de me remettre sur pied. Parce que là, ses initiatives de Marraine-la-Bonne-Fée commencent à me fatiguer. D'autant plus que, de nous deux, Tori a toujours été la plus susceptible, celle qui avait eu le cœur brisé à de multiples reprises, ultrasensible derrière tous ses tatouages. Ce qui m'oblige à me faire cette réflexion : elle doit vraiment me trouver dans un sale état pour être prête à tout pour me consoler.

Peut-être que j'ai été moins discrète dans mon chagrin que ce que je croyais.

Mais bon, ce n'est pas comme si je faisais exprès. Ou comme si ça me plaisait d'être dans cet état. Parce que vraiment, ce n'est pas le cas. J'ai fait mon possible pour chasser Brandon de ma vie et de mes pensées, et le voilà de retour, tapi dans les recoins de mon cerveau, prêt à me sauter dessus à n'importe quel moment comme un zombie de film d'horreur.

Et le pire, c'est que je ne peux m'empêcher de penser à Ethan. De me demander ce qu'il fait, s'il va bien ou s'il pense à moi. De me souvenir des moments avec lui, quand j'étais heureuse, vraiment heureuse, pour la première fois depuis mon enfance.

Mais tant pis. Rien de tout cela n'a d'importance. Ma vie est en miettes – et ma carrière aussi. La plupart du temps, sortir du lit et me traîner jusqu'au campus de Frost Industries, au bord de l'océan, est le summum de ce que je suis capable d'accomplir. Une fois à mon bureau, j'essaie de me concentrer sur mes recherches, mon boulot, mais tout dans ces murs me parle d'Ethan, et je me suis retrouvée plus d'une fois roulée en boule dans les toilettes à tenter de reprendre mes esprits. De me convaincre que tout va bien, ou du moins que tout ne va pas mal.

— Tu es consciente que le shopping ne suffira pas à me remonter le moral ? En plus, je n'ai pas les moyens. Je ne suis qu'une misérable stagiaire non rémunérée de Frost Industries, au cas où tu aurais oublié, sifflé-je alors que Tori m'entraîne vers la boutique Nordstrom.

— Tu vois bien que c'est un gros con. Avec tout ce qu'il engrange comme pognon, il ne peut pas payer trois clopinettes à ses stagiaires, qui se tuent à la tâche pour lui ? Si ça, ce n'est pas un loser…

— Ça nous donne de l'expérience, et ça fait bien sur le CV. Que demander de plus ? Et il n'y a qu'en première année qu'on n'est pas rémunéré. Ceux qui reviennent pour un deuxième stage perçoivent un traitement très confortable.

— Tu ne veux pas arrêter de prendre sa défense ?

— Je n'ai pas pris sa défense.

— On aura tout entendu…, rétorque-t-elle en levant les yeux au ciel.

Elle s'empare d'une étole qui coûte autant que l'ensemble de ma garde-robe et l'enroule autour de mes épaules.

— Ma chérie, tu es maaaagnifique !

— Difficile de ne pas être magnifique avec une écharpe à 3 000 dollars.

— Ne crois pas ça, tu serais surprise… Si tu savais ce dont j'ai été témoin au fil des ans, tu comprendrais que tu viens de dire une énormité. Il y a des gens qu'on ne devrait pas laisser sortir de chez eux sans un bon relooking, déclare-t-elle en mimant un frisson de dégoût.

Elle me pousse doucement et je tourne sur moi-même pour me dégager de l'étoffe de pashmina. Tori se rue vers le présentoir des chapeaux, tout contre le mur, et attrape le plus ridicule et volumineux qu'elle trouve, rose bonbon avec des fleurs violettes. Il a beau être presque aussi gros qu'elle, Tori parvient à le porter avec un panache que je ne peux qu'admirer.

— De quoi ai-je l'air ?

— De quelqu'un qui s'apprête à fouler un tapis rouge. Le jour de la Saint-Patrick, vu le reste de ta tenue.

— Parfait. C'est exactement ce que je recherche, déclare-t-elle en me donnant une chiquenaude.

Elle se saisit d'un chapeau noir et blanc et me l'enfonce sur le crâne.

— À quoi je ressemble ? dis-je d'un air résigné.

Elle se contente de secouer la tête en riant. Évidemment. Tori a une tête à chapeaux. Tout lui va, du plus beau au plus bizarre. Elle arrive à être belle avec un couvre-chef en carton acheté dans un magasin de farces et attrapes. Un jour, je l'ai persuadée d'essayer un chapeau de joker, et je vous assure que si elle l'avait acheté, elle aurait lancé une mode.

Alors que moi, de mon côté, je suis une handicapée du chapeau, pour le dire gentiment. Je suis ridicule aussi bien avec une casquette qu'avec un feutre, et même avec les magnifiques créations couvertes de plumes et de fleurs que l'on trouve dans les magasins à Pâques. Du coup, Tori me fait essayer des chapeaux dans la moindre boutique où nous mettons les pieds. C'est une sorte de mission. Elle est certaine qu'un jour, nous trouverons celui qui me va. Je suis loin de partager son optimisme, mais, avec Tori, ça ne sert à rien de résister.

Bien que je devine à son rire que ce n'est pas encore l'accessoire de nos rêves, je me tourne vers le miroir le plus proche. Et le regrette aussitôt. Car le couvre-chef est très élégant, splendide même, et pourtant, sur moi, il ressemble à un chapeau de clown. Même pas un beau chapeau de clown, en plus.

— Tiens, essaie plutôt celui-ci, propose-t-elle en me tendant un article rouge à larges bords.

Je m'exécute et, bien entendu, c'est encore pire. Tori porte à présent le premier que j'ai essayé. On dirait un mannequin en couverture de *Vogue* – édition anglaise –, et ça ne me rend pas jalouse du tout. La salope.

Nous passons une heure à essayer tous les chapeaux du magasin, sans succès. Tori en a trouvé une bonne vingtaine qui lui vont à merveille, alors que j'ai fini par me faire à l'idée qu'une étole est peut-être la seule chose qui m'aille. Tori s'amuse de me voir bouder, puis elle m'entraîne vers le maquillage, de l'autre côté de la boutique.

— Ce qu'il te faut, c'est un nouveau rouge à lèvres, décrète-t-elle avec toute la conviction d'une femme qui a toujours cru que le shopping était une thérapie certifiée. Une teinte vive, rigolote et sensuelle.

— Je n'ai pas besoin d'un nouveau rouge à lèvres. J'en ai déjà une dizaine…

En plus, je ne me sens pas franchement vive, rigolote et sensuelle, en ce moment.

Elle pousse un petit cri horrifié, la main sur le cœur, façon Scarlett O'Hara.

— Blasphème ! On n'a jamais trop de rouges à lèvres. Et puis, personne ne peut être triste devant un présentoir MAC. Il y a une loi contre ça.

— Quelle loi ?

— Une loi universelle. Qui s'applique partout. Je pense même qu'elle figure dans la Constitution, explique-t-elle, très sérieuse. Souris. C'est bon pour la santé.

Elle pose les mains sur les commissures de mes lèvres pour les remonter.

— Je souris. Tu es contente ? dis-je en faisant de mon mieux.

— Si tu considères que sourire, c'est avoir l'air d'être sur le point de se faire dévorer par les lions dans l'arène, alors c'est plutôt réussi, répond-elle, visiblement écœurée.

— Tout va bien, assuré-je pour la millionième fois.

Je me dis que si je le lui répète assez souvent, elle finira par me croire. Mais d'un autre côté, si j'arrivais à y mettre un peu le ton, ça nous ferait sans doute des vacances à toutes les deux.

— Je ne suis pas triste, je t'assure. Juste fatiguée.

Tori ne se donne pas la peine de répondre à ce mensonge éhonté.

— Allez, bouge ton cul ! s'écrie-t-elle en m'attrapant par le poignet. On va refaire ta trousse de maquillage. C'est moi qui régale.

Je proteste en me laissant entraîner vers le comptoir MAC :

— Je n'ai pas besoin de nouveaux produits.

— Tu as besoin de quelque chose, répond-elle avec un reniflement. Alors pourquoi pas ça ?

Elle a raison, je le sais. Je fais peur à voir, et je ne sais pas comment arranger ça.

Ça fait deux semaines que je n'ai pas vu Ethan. Deux semaines que mon cœur s'est brisé pour la deuxième fois. Il ne m'a pas contactée : ni coup de fil, ni texto, ni mail. Il ne m'a même pas envoyé l'un de ces colis auxquels je m'étais habituée quand nous sortions ensemble – ces petites boîtes remplies de coquillages, de sachets de thé et de mille autres choses qui le faisaient penser à moi ou qui devaient me plaire.

Non, aucune nouvelle d'Ethan. Je sais qu'il ne fait que respecter mon souhait. Je ne fais pas partie de ces femmes qui disent une chose alors qu'elles en pensent une autre. Si j'ai affirmé à Ethan que je ne pouvais rester avec lui, c'est la vérité.

Mais ça ne m'empêche pas de ressentir le manque, toute la journée, tous les jours.

Il n'y a que la nuit que je ne regrette pas son absence. Mes songes sont peuplés par Brandon, le viol, et les mois et les années terribles qui ont suivi. Le pire de mes cauchemars est celui où je crois être immobilisée sur le siège passager et violée par Brandon, avant de m'apercevoir qu'il s'agit en réalité d'Ethan.

Je sais que ce n'est pas vrai, mais chacune de ces visions me rapproche un peu plus de la folie.

Pour lutter, j'ai presque entièrement renoncé à dormir. Ça fait des jours que je ne me suis pas reposée plus d'une heure ou deux. Je suis épuisée, malheureuse et paranoïaque. Le moindre bruit dans mon dos me fait croire qu'on m'attaque, chaque ombre que j'aperçois me semble être celle de quelqu'un qui me guette pour m'agresser.

Si on ajoute à ça la blessure béante laissée par l'absence d'Ethan, et qui n'a même pas commencé à cicatriser, pas étonnant que Tori pense que j'ai besoin d'une thérapie, quelle qu'elle soit. Si ça continue comme ça, je serai bientôt bonne pour l'asile.

— Que puis-je faire pour vous ? me demande le vendeur derrière le comptoir.

Il porte à lui tout seul plus de maquillage que je n'en ai dans mes tiroirs, et pour ne rien arranger, il est magnifique. La vie est parfois bien injuste.

— Elle a besoin de changer de maquillage, déclare Tori en me montrant du doigt. Il lui faut un nouveau look.

— Ah oui, je vois ça…

Si le propos paraît blessant, ni le ton ni l'expression du jeune homme ne le sont.

— Viens ici, et laisse-moi te regarder. Je m'appelle Sam, au fait.

— Moi, c'est Chloe. Et ma copine complètement siphonnée, là-bas, c'est Tori.

Nous regardons tous deux avec stupeur Tori choisir cinq ou six ombres à paupières sur le présentoir et appliquer chacune d'entre elles autour de ses yeux. Bien entendu, elle s'abstient d'enlever le maquillage de rock star qu'elle porte déjà.

— Elle aime les couleurs, pas vrai ? commente Sam.

Il ne dit pas ça avec mépris, mais il est pour sa part vêtu de noir de la tête aux pieds, jusqu'aux écarteurs qu'il a dans les oreilles.

— C'est peu de le dire...

Nous passons encore une minute à contempler Tori dans sa crise de folie, puis il me conduit vers trois présentoirs installés derrière le comptoir.

— De quoi tu as envie, exactement ? demande-t-il une fois que je suis installée dans le fauteuil.

Je hausse les épaules. Après tout, ce n'était pas mon idée.

— N'importe quoi qui masque cette tête de macchabée, indique Tori en se précipitant vers nous.

Je m'attends à ce qu'elle ait l'air d'un clown, avec tout ce qu'elle vient de se mettre sur la figure, mais elle arrive à être plus jolie que jamais. Pour ça aussi, je devrais la détester.

— Allons, allons ! tempère Sam. Elle a juste l'air un peu fatiguée, c'est tout. Ça peut s'arranger.

— Elle sort d'une rupture difficile, explique Tori, suffisamment fort pour être entendue jusqu'au rayon chaussures, à l'autre bout du magasin.

— Oh, ma pauvre chérie ! compatit Sam. Je viens de passer par là, moi aussi. C'est l'enfer.

— Tu as l'air de tenir le coup bien mieux que moi…

C'est vrai. Il est resplendissant.

— C'est pour ça qu'il faut que tu changes de maquillage, déclare-t-il. Un bon rouge à lèvres cache bien des misères.

— Tu vois ! Je te l'avais dit ! s'exclame Tori, triomphante.

Et c'est ainsi que je me retrouve à passer une heure et demie sur le fauteuil de maquillage, qui fait divan de psy en même temps.

Sam poudre, applique, brumise et mélange jusqu'à ce que je craigne de porter plus de maquillage que toute la troupe du Cirque du Soleil réunie. Et tout ça sans cesser un instant de me donner des conseils pour survivre à la séparation.

Fixe-toi un planning quotidien. Ne passe pas tes journées au lit à ruminer des idées noires.

Tu dois porter chaque jour de jolis vêtements. Une belle robe est toujours un rempart contre la tristesse.

Ne te laisse pas trop aller. Il ne faut pas que tu sois un déchet le jour où tu te sentiras prête à sortir de nouveau.

J'ignore si ces aphorismes doivent être pris au premier degré, ou si Sam tente de me faire rire. Peu importe, car, lorsqu'il a fini, je me sens mieux que je n'ai été depuis que je me suis trouvée nez à nez avec Brandon sur le pas de la porte, chez Ethan. Sam me tend un miroir avec un « Tadaaaa ! » théâtral. Il a fait un travail incroyable.

— Tu en penses quoi ? demande-t-il alors que je me dévisage, les yeux ronds.

— Je pense que tu sais faire des miracles.

— J'essaie, ma chérie, j'essaie, répond-il, flatté, avant d'attraper une poignée de bristols dans son tiroir. Je vais tout te montrer pour que tu puisses le reproduire à la maison.

— Je doute d'y arriver…

— Bien sûr que si !

Pendant une demi-heure, il m'explique pas à pas comment arranger ma tête chaque jour. J'ai du mal à croire qu'il n'ait pas usé de magie, mais je décide de suivre ses conseils. Même si je m'attends à rencontrer un échec cuisant dès la première tentative.

Tori insiste pour payer tout ce que Sam me recommande, bien que je me débatte. Après tout, comme le dit le jeune homme dans sa grande sagesse, c'est à ça que servent les cartes de crédit : à faire des folies pour réparer son cœur brisé.

Je ne suis toujours pas rétablie, mais je dois admettre que je me sens mieux. C'est un début.

Nous passons le reste du week-end à nous gaver de glace en regardant *Titanic* et tout un tas d'autres histoires d'amour qui finissent mal. Rien ne vaut un naufrage et des centaines de morts pour relativiser ses propres déboires.

Ou du moins pour avoir l'impression que c'est un tout petit peu moins douloureux.

Quand arrive le lundi matin, j'ai réussi à dormir presque huit heures en deux jours. C'est un record pour moi ces temps-ci. Je ne me sens pas vraiment reposée, mais après avoir consacré une heure à mon maquillage, l'illusion est parfaite.

C'est un grand jour pour le département juridique. Nous nous rendons dans les locaux de Trifecta pour négocier les principaux points de l'accord de fusion, ceux qui traitent de la propriété intellectuelle. Cela fait des semaines que nous préparons cette réunion, et j'espère vraiment que ça va bien se passer. Sinon, je ne vais pas lever le nez de mes recherches sur les brevets de tout l'été.

Je m'habille avec soin, enfilant l'éternel tailleur que je porte pour les grands rendez-vous. Je vais jusqu'à me chausser des escarpins Louboutin que Tori m'a offerts, et que je n'ai pas portés depuis qu'ils m'ont explosé les pieds lors de ma première journée à Frost Industries. Après m'être attaché les cheveux en un chignon sophistiqué, je suis aussi prête pour cette réunion que je peux l'être. En réalité, je ne vais rien faire d'autre que prendre des notes et consulter un cas si on me le demande, mais il faut toujours avoir la tête de l'emploi.

Si les autres y croient, j'y croirai aussi. Telle est ma devise.

Et ça marche. Mieux que de pleurer sur mon nombril, en tout cas. Tori ne raconte peut-être pas que des bêtises, après tout.

En arrivant sur les lieux, je me sens presque bien. Ou moins mal, en tout cas. Ce n'est pas terrible, mais je m'en contente. Je gagne en confiance alors que je traverse le bâtiment et que quelques collègues me complimentent au passage. Lorsque j'arrive dans la salle de réunion chez Trifecta, j'ai presque réussi à repousser Ethan dans un coin de mon esprit. Ça ne durera pas longtemps, je le sais, mais je vais en profiter tant que ça dure. Penser à lui une fois par minute au lieu de soixante, c'est déjà un progrès considérable. En tout cas, c'est ce que je me raconte.

Et bien sûr, c'est à ce moment-là que ma journée, si soigneusement planifiée, s'écroule autour de moi. Parce qu'au lieu d'être à Paris, dans un congrès international, il est là. Ici même. Juste devant moi.

L'air aussi épuisé et tendu que moi.

Je n'ai eu qu'une seconde pour assimiler l'idée lorsqu'il me remarque. Aussitôt, mon rythme cardiaque triple et je me mets à transpirer sous l'effet de l'adrénaline. Réflexe de fuite ancestral.

Je suis sur le point d'écouter mon instinct – et de détaler, comme l'être humain le fait depuis la nuit des temps –, lorsqu'il lève la tête, balaie le groupe du regard et s'arrête sur moi.

Il reste plusieurs secondes sans ciller, sans bouger, sans même respirer. Moi non plus. Comment pourrais-je, alors que je contemple ses yeux – si beaux, mais comme hantés et agités par une tempête intérieure – et y vois le reflet de tout ce que je ressens et de tout ce que je redoute ?

— Chloe…

Il murmure mon prénom, et je sens voler en éclats toutes les barrières que j'ai érigées autour de moi et de mon cœur.

Chapitre 7

Ethan. Ethan. Ethan.

Son nom résonne comme une pulsation dans mes veines, un mantra dans mon âme.

Ethan. Ethan. Ethan.

Tout ce travail. Toutes ces heures, ces journées, passées à essayer d'avancer. Toutes ces fois où je me suis répété que j'allais y arriver, que j'en étais capable. Tout ça flanqué par terre en une fraction de seconde.

Ethan. Ethan. Ethan.

Il est là, juste ici, devant moi. Et malgré tout ce qui s'est passé, je dois lutter pour ne pas me jeter dans ses bras.

Je ne sais que faire, que dire, comment me comporter. D'un côté, je n'aimerais rien tant que traverser la pièce en courant pour m'asseoir sur ses genoux. Enfouir mon visage dans son cou et le supplier de ne plus jamais me lâcher. Faire comme si les deux dernières semaines n'avaient jamais existé, et que toute cette souffrance, cette détresse, n'était qu'un cauchemar.

Mais d'un autre côté – et ça compte autant –, j'ai envie de partir en courant. Ou au moins de me cacher derrière un fauteuil et de n'en ressortir que lorsqu'il ne sera plus là. Lorsqu'il aura cessé de me regarder, pétrifié.

Ou pire que ça.

Entre les deux, la seconde solution est sans nul doute la meilleure. Humiliante, certes. Pas très professionnelle, c'est vrai. Mais bien plus vivable que de rester plantée là à me souvenir de l'effet que ça me faisait d'être dans ses bras.

D'être aimée de lui.

Pourtant, bien que je sache que c'est une très mauvaise idée, je ne peux m'empêcher de faire un pas vers lui. Puis un autre, et encore un autre. En quelques secondes, je suis juste devant lui, assez près pour toucher ses cheveux soyeux ou ses joues rasées de près. Pour remarquer le mouvement irrégulier de son torse derrière la soie bleu marine de sa chemise. Il me suffirait de poser la main sur lui, comme j'en meurs d'envie, pour sentir les battements de son cœur.

— Ethan.

J'ai parlé d'une voix torturée, entre le murmure et le sanglot, mais il m'a entendue. Les yeux plissés, il serre les poings. Je lis dans son regard qu'il comprend tout ce que je ne parviens pas à dire.

Il reste un long moment sans réagir, sans bouger le moindre muscle. Puis, d'un coup, il se penche en avant sur sa chaise, et je crois que c'est lui qui va le faire. Lui qui va rompre notre accord si fragile. Me toucher comme j'en brûle d'envie depuis que je l'ai quitté sur le parking.

Mais son regard se vide de toute expression et il me regarde comme si je n'étais pas là.

Pire encore, comme si je n'avais jamais été là.

— Lorraine, dit-il doucement à l'une des juristes seniors de Frost Industries, assise sur une chaise vers le milieu de l'énorme table. Est-ce que tu as la documentation sur le cas O'Riley ? Je crois que les précédents vont nous servir pour la négociation.

Il continue à discourir sur ce cas, mais je ne l'écoute plus. Il ne m'apprend rien. Merde, c'est moi qui ai fait les recherches et découvert les précédents dont il parle. Ça fait des semaines que je suis plongée dans ces dossiers jusqu'au cou. Mais c'est lui le patron. S'il préfère confier l'affaire à Lorraine, je n'ai pas à m'en offusquer.

Pourtant, c'est le cas. Je suis horriblement vexée. Ethan ne m'avait jamais, pas une seule fois, regardée comme ça.

Comme si je lui étais totalement indifférente.

Comme s'il ne me connaissait pas.

Comme si je n'avais aucune importance.

Ça me fait mal, bien plus que je ne m'y attendais. Peut-être parce que je sais que, quoi qu'il arrive entre nous, je ne serai jamais capable de le regarder ainsi.

Jamais je ne pourrai le traiter comme s'il n'était rien, après tout ce qu'il a représenté pour moi.

— Chloe, excuse-moi.

Lorraine me pousse doucement pour s'asseoir à ma place en face d'Ethan, et se met à parler à toute vitesse, résumant l'affaire dans ses grandes lignes. C'est pourtant moi qui ai passé des heures à éplucher les documents du tribunal.

Parce que c'est mon boulot, me dis-je avec colère alors que je recule pour lui laisser plus d'espace. Je suis stagiaire, l'une de ceux qui font les recherches et le travail ingrat. Elle est juriste, l'une de ceux qui interprètent le résultat de ce travail ingrat et en dégagent la signification – et ce qu'on peut en obtenir. Je n'ai aucune raison de lui en vouloir.

Mais je ne peux pas m'en empêcher. Surtout qu'Ethan la regarde intensément. Avec le même genre d'attention qu'il m'accordait lorsque je lui parlais du travail – ou d'autre chose.

Une fois de plus, c'est ma faute. C'est moi qui ai mis tant d'acharnement à le tenir à distance, ces deux dernières semaines. Qui n'ai répondu ni à ses textos ni à ses appels depuis le matin où j'ai quitté sa maison. Je n'ai pas le droit d'être fâchée qu'il m'ait prise au mot et ait tourné la page.

Je recule encore derrière Lorraine. De toute façon, je n'ai rien à faire là. En général, les stagiaires s'asseyent à une petite table derrière les juristes de Frost Industries, ordinateurs allumés et recherches disponibles pour clarifier toute difficulté qui pourrait surgir. Je suis certaine que tout le monde s'est installé pendant le temps où j'ai été trop occupée à me languir du patron pour poser ma sacoche.

Il est temps d'y remédier.

Mais alors que je recule encore et commence à me retourner, le talon droit de ces Louboutin ridicules se coince dans le tapis et je commence à tomber. Paniquée, je tente de me rattraper à la table, mais je suis trop loin et je la manque.

Je me prépare à la chute – la douleur et surtout l'humiliation de me ramasser dans une pièce remplie de mes pairs et de mes supérieurs –, mais elle ne se produit pas. Rapide comme l'éclair, Ethan tend les bras, m'attrape par les revers de ma veste et me tire vers lui. Il me retient le temps que je sois de nouveau stable. Dès que j'ai retrouvé mon équilibre, il me lâche et se rassied, tournant de nouveau son attention vers Lorraine comme un rayon laser. On croirait que rien de tout ça ne vient de se produire. Qu'il ne m'a pas sauvée du ridicule, et de nombreux hématomes.

Je ne comprends pas comment il peut rester aussi détendu, alors que je sens encore le frôlement du dos de ses mains sur mes seins lorsqu'il m'a rattrapée. Que je vibre toujours de la puissance et de la force de ses bras qui me retenaient, et de la réaction de mon corps, contre laquelle je lutte.

— Merci…, dis-je d'une voix si rauque que je la reconnais à peine.

Il ne réagit pas, ne m'accorde pas même un hochement de tête qui montrerait qu'il m'a entendue.

Je m'écarte pour de bon cette fois, attentive à ne pas trébucher de nouveau. Je retourne à ma table sans autre incident et commence à préparer mon poste de travail.

Ordinateur, allumé et connecté au réseau interne de Trifecta, *OK*.

Bloc et stylos prêts pour prendre des notes, *OK*.

Mémo de cinquante-cinq pages préparé à la demande de ma responsable à portée de main, *OK*.

Je suis aussi prête que je peux l'être pour cette réunion, mais, au lieu de me mêler à la conversation des stagiaires, je passe les quelques minutes qui précèdent le début des négociations à tripoter mon téléphone. Jouer avec mes stylos, m'assurant qu'ils sont parfaitement alignés. Relire le mémo avec une telle concentration qu'on ne devinerait pas que je le connais par cœur.

Quand la séance commence enfin, je suis au bord de la crise de nerfs. J'ai beau me jurer que je ne regarderai pas Ethan, je n'arrête pas de le faire, du coin de l'œil. Je ne suis pas la seule – c'est un homme brillant, charismatique, et il est impossible de ne pas être attiré, surtout quand il participe aux dernières négociations avant la fusion.

Un autre directeur général ne serait peut-être même pas présent, car les juristes peuvent se charger des détails. Mais ce sont des détails importants, et Ethan n'est pas du genre à les négliger. Certes, je le croyais à Paris. Mais puisqu'il est là, je ne pourrais pas l'imaginer rater cette réunion. Cette fusion, et ce qu'elle apporte – pas seulement à Frost Industries, mais aussi aux blessés de guerre qu'Ethan a consacré sa carrière à aider –, est trop importante à ses yeux pour qu'il laisse quelqu'un d'autre s'en occuper.

La réunion dure toute la journée, et je la traverse comme dans un brouillard. Je tente de me concentrer, mais chaque fois qu'Ethan prend la parole, le son de sa voix me trouble ; je sens poindre la passion derrière chacune de ses questions et dans les réponses qu'il exige.

De temps en temps, on nous demande des faits précis, mais le plus souvent les stagiaires ne sont que spectateurs. Ce qui, normalement, est déjà exceptionnel, car assister aux négociations finales d'une fusion de cette importance est une fabuleuse occasion d'apprendre. Les trois autres stagiaires savourent chaque minute, mais pour moi cela relève plutôt de la torture.

Après des heures de joutes verbales et de manœuvres juridiques, des accords sont conclus et la réunion s'achève. Les gens de Trifecta échangent quelques brèves félicitations, puis nous laissent à notre sort, et

Ethan nous adresse un petit discours de remerciements pour le travail fourni. Bien que l'affaire soit loin d'être réglée – des centaines d'heures de travail seront encore nécessaires pour faciliter la transition –, le plus gros est fait. Les derniers points importants ont été résolus, et il ne reste qu'à établir le planning de la fusion des deux entreprises.

Je commence à ranger mes affaires, pas fâchée que la journée se termine. Mais avant que j'aie pu fourrer mon ordinateur dans ma sacoche, Ethan reprend la parole.

— J'ai réservé une table pour nous tous ainsi que les gens de Trifecta au *Marine Room* ce soir, pour fêter l'événement. J'espère que vous serez tous présents.

Les autres stagiaires – Robert, Jonah et Alyssa – bavardent avec excitation, et même les juristes semblent se réjouir de dîner dans l'un des meilleurs restaurants de La Jolla. Pour ma part, je préférerais bien sûr rentrer à la maison pour manger une soupe en conserve et m'écrouler devant la télé, ou bien, je ne sais pas, me faire arracher une molaire, mais ne pas accepter l'invitation serait grossier et peu professionnel. Sans compter que ça montrerait que je suis incapable de supporter la présence d'Ethan.

Ce qui est vrai – on l'a bien vu ce matin –, mais tout le monde n'a pas besoin de le savoir. Ma relation avec Ethan a fait l'objet des conversations de machine à café depuis mon premier jour chez Frost Industries. Je n'ai pas envie d'aggraver la situation en déclinant une invitation professionnelle. J'ai plutôt intérêt à y faire un saut, et à m'éclipser sitôt le repas fini. Du moment que je suis assise le plus loin possible d'Ethan, tout devrait bien se passer.

Tout ne se passe pas bien. Loin de là. Car si la moitié du salon privé au *Marine Room* est équipée de tables pour le dîner, personne n'est assis. Nous sommes debout, à bavarder, pendant que des serveurs en veste blanche passent en portant des plateaux chargés de boissons et de petits-fours. Tori se sentirait comme un poisson dans l'eau, mais je n'aime pas ce genre de soirée même quand je suis en forme. Ce qui n'est pas le cas.

Pour commencer, les autres stagiaires ont remarqué la façon dont Ethan me traite – ou plutôt ne me traite pas – et profitent à fond du fait que j'aie perdu sa faveur.

Je suis la cible idéale depuis que j'ai décroché le dossier Trifecta – et Ethan – la même semaine. Sous l'égide de Rick, l'un des stagiaires les plus anciens, qui est ici ce soir car il a fait pas mal de recherches préliminaires sur la fusion, j'ai été ostracisée, ridiculisée, et même harcelée par l'ensemble de mes camarades. On ne peut pas dire que je fasse le dos rond – si quelqu'un m'attaque, je sors les griffes –, mais je ne peux pas faire grand-chose alors que, la plupart du temps, tout se passe de façon plus subtile, sans confrontation directe.

Si je ne veux pas passer pour une hystérique, j'ai intérêt à faire comme si de rien n'était.

Et je m'y tiens la plupart du temps. Mais ce soir, c'est difficile : l'ensemble du groupe, massé dans un coin avec les stagiaires de Trifecta, semble bien s'amuser. Si Rick n'était pas là, je tenterais sans doute de me joindre à eux, mais je ne veux pas risquer une nouvelle humiliation publique. En outre, je n'ai pas particulièrement envie de passer la soirée avec ce connard.

Dans une autre réception, je me contenterais de chercher quelqu'un d'autre à qui parler, mais, dans le cas présent, je dois tenir compte de la hiérarchie en place. Les juristes seniors des deux entreprises discutent entre eux, tandis que les juristes juniors sont de leur côté, et que les stagiaires forment un groupe à part. Ethan et les patrons de Trifecta sont les seuls à circuler parmi les invités, consacrant quelques minutes à chacun.

Chacun, sauf moi, de toute évidence. Cela fait trois quarts d'heure que nous sommes arrivés et Ethan ne m'a pas regardée une seule fois dans les yeux. Bien sûr, il me voit. Je le sais parce qu'il n'arriverait pas aussi bien à m'éviter dans le cas contraire. Dès que nous sommes trop près l'un de l'autre, ou même que je me retrouve du même côté de la pièce que lui, il se déplace.

Je saisis ce qu'il fait, je comprends et je suis d'accord. Mais ça n'est pas facile pour autant d'être là, dans cette pièce, et de subir ça. Surtout quand je sens que tous les employés de Frost Industries ont les yeux braqués sur nous, se demandant ce qui se passe.

Toute la journée s'est déroulée ainsi, et ils ont eu largement le temps de tirer des conclusions. Je supporte sans mal l'hostilité des stagiaires – j'ai vécu bien pire avec Brandon et ses copains au lycée –, mais savoir que ma chef et les autres juristes spéculent à mon sujet me rend malade.

À moins que ce ne soit juste une réaction physique au fait d'être si près d'Ethan sans pouvoir le toucher.

Je sais que c'est ma faute, que c'est moi qui l'ai repoussé et non l'inverse. De même que je sais que ça ne peut pas marcher entre nous, du moins tant que son frère fera partie du paysage. Mais c'est quand même dur de tourner la page, de me souvenir que je ne dois plus l'aimer, alors que sa seule présence dans la pièce me trouble au plus profond de moi. Me trouble jusqu'à l'âme.

— Désirez-vous une autre coupe de champagne, madame ? me demande un serveur en me tendant son plateau.

Je m'apprête à refuser – j'en ai déjà bu deux –, mais un coup d'œil aux autres me laisse deviner que la soirée va être longue. Je vais avoir besoin de courage pour la traverser.

— Oui, je vous remercie, dis-je avec un sourire avant de me détourner.

Je suis plus intéressée par Ethan, appuyé nonchalamment contre l'une des vastes baies vitrées qui surplombent l'océan. Bien qu'il soit en grande conversation avec Lorraine et l'un des juristes de Trifecta, je devine qu'il me surveille. C'est la première fois depuis ce matin qu'il m'accorde un regard, et mon cœur s'affole aussitôt.

Je lève mon verre pour le saluer, me demandant comment il va réagir. Je m'attends à un haussement de sourcils, un frémissement des lèvres – quelque chose qui montre qu'il sait que je l'ai surpris en train de me regarder.

Au lieu de ça, il me dévisage longuement en silence avant de se tourner avec une lenteur délibérée et une impolitesse flagrante. Encore une fois.

C'est la goutte d'eau qui fait déborder le vase qui n'a fait que se remplir depuis ce matin, ou plutôt depuis deux semaines. Je ne peux pas le supporter, alors qu'il me manque à un point intolérable, comme un membre fantôme. Comme si j'étais incapable de me défaire de mon addiction.

Tout en moi brûle de le retrouver, avec une telle violence que j'en perds le sommeil. Ça me flanque par terre.

Et j'ai peur que ce désir ne faiblisse jamais.

Sans m'accorder le temps de réfléchir, je me jette vers la porte, prenant à peine le soin de poser mon verre quelque part au hasard. Je ne sais pas où je vais, et ça m'est égal, du moment que c'est loin d'ici.

Chapitre 8

— Eh, ça va ?

Je sursaute, surprise, avant de me retourner pour voir qui s'est donné le mal de me suivre après ma sortie pas très auguste. Ce n'est pas quelqu'un de Frost Industries, c'est certain. La plupart d'entre eux m'en veulent de sortir avec Ethan, et les autres ont peur de faire un faux pas.

En effet, le type qui se tient sur le pas de la porte du restaurant est l'un des juristes juniors de Trifecta. Jake, ou Jace, un truc dans le genre.

— Ça va très bien, pourquoi ?

Il semble prendre la question pour une invitation à me rejoindre sur la plage, où je regarde le vent secouer les énormes vagues.

— Tu es partie sans ton champagne. J'ai pensé que tu le regretterais peut-être, déclare-t-il en me tendant une flûte pleine.

C'est à la fois cucul, ridicule et parfait en cet instant – tellement mieux que de me faire remarquer que je ne suis pas très loin d'être une paria. Je ne peux m'empêcher de rire.

— En effet, je regrettais. Merci.

Je prends le verre et le lève à sa santé.

— De rien. Tu t'appelles Chloe, c'est bien ça ?

Il s'approche. Ses chaussures élégantes font un bruit de ventouse lorsqu'il marche sur le sable mouillé.

— Oui. Et toi… c'est Jace ? dis-je sans en être sûre.

— Exactement. Il y a un sacré vent, ce soir. L'océan est déchaîné, dit-il en regardant le rivage.

— Je trouve ça magnifique…

Je suis toujours émue par les flots quand ils sont aussi agités. J'aime ce côté sauvage. Ou imparfait. Je pourrais rester toute la nuit à regarder le vent fouetter les vagues jusqu'à la tempête.

Il acquiesce, mais je vois bien qu'il n'est pas d'accord. Ou qu'il ne comprend pas, je ne sais pas. Mais avant que je n'aie pu creuser, une bourrasque nous secoue et je frissonne malgré moi.

— Tu as froid.

Il ôte sa veste d'un geste et la drape sur mes épaules. Je sursaute en le sentant si proche, et jette un regard vers le restaurant. La salle principale surplombe la plage, et je peine à réprimer un soupir de soulagement. Nous sommes sous les regards d'une trentaine de personnes. Je ne crains rien de plus que si je me trouvais dans un lieu public.

Non que Jace soit menaçant, mais mon passé m'a donné le sentiment qu'on n'est jamais trop prudent. C'est pour ça que je n'ai pas touché le champagne qu'il m'a apporté. Certes, je ne pense pas qu'il y ait dissous quoi que ce soit, mais une femme a intérêt à toujours se méfier des inconnus.

— Tu veux marcher un peu ? me propose-t-il après une minute passée à contempler la mer.

— Bonne idée.

Contrairement à lui, j'ai été assez futée pour enlever mes chaussures avant de m'avancer sur le sable, et je n'ai donc rien contre le fait de me promener, à condition de rester sous les fenêtres du restaurant. En outre, n'importe quoi vaut mieux que de me trouver dans ce salon privé étouffant, en compagnie de gens qui me haïssent, et occupée à nourrir des rêves impossibles.

— Tu t'en es bien sortie, aujourd'hui, me dit Jace. La plupart des stagiaires paniquent quand on les interroge, mais tu étais à ton aise.

— Je n'avais pas grand-chose à faire, juste consulter des recherches que j'avais déjà effectuées. Ce n'était pas non plus de la neurochirurgie.

— C'était quand même pas mal de te voir garder ton calme chaque fois que ton équipe faisait appel à toi. J'étais impressionné.

Si j'ai gardé mon calme, c'est parce que j'étais à des kilomètres de là, et que je m'en fichais éperdument. J'étais bien trop obsédée par mes sentiments envers Ethan pour me concentrer sur le moment présent. Je n'en suis pas fière, et je me garderais bien de l'avouer à Jace alors qu'il me complimente sur mon professionnalisme. Mais je ne vais pas non plus mentir – ni à moi ni à lui.

Je me contente de répondre :

— Tu t'es bien débrouillé, toi aussi.

Ça me permet de réorienter la conversation vers lui, et en plus, c'est vrai. C'est lui qui a fait apparaître trois des points litigieux concernant la propriété intellectuelle, et il s'est battu comme un lion pour les défendre. L'équipe de Frost Industries a dû céder sur deux des points, une grande victoire pour lui et pour Trifecta. À la fin de la journée, même Ethan s'intéressait à lui. Avec plus d'irritation que de sympathie, mais tout de même.

Nous longeons le restaurant, qui épouse la courbe de la plage. L'architecte a conçu le bâtiment pour se fondre dans l'océan et non pour le dominer ou le surplomber, et c'est magnifique. À marée haute, l'eau recouvre le sable que nous sommes en train de fouler et vient battre les murs du restaurant, juste sous les baies vitrées. Tori m'a raconté qu'on a l'impression de flotter en pleine mer. J'aimerais bien voir ce que ça donne, un jour.

— Tu es dans quelle fac ? demande Jace alors que nous longeons un autre côté du *Marine Room*.

Je m'apprête à répondre, mais perds le fil en m'apercevant que nous sommes maintenant devant les fenêtres du salon privé où Ethan reçoit. Le mur n'est qu'une large baie vitrée qui nous donne une vue parfaite sur la pièce.

Tout le monde s'est assis pour commander, et j'envisage un instant de les rejoindre. Je n'ai pas faim du tout, ni envie de prendre place à une table avec des gens qui se feront un plaisir de m'ignorer ou de me réduire en pièces, mais je ne peux m'empêcher de me dire que je ne respecte pas mes engagements en restant à l'écart du salon où se trouvent ma chef, sa chef, et le chef de la chef.

— Tu veux rentrer ? propose Jace en suivant mon regard. On peut remettre la balade à plus tard.

— Non, je suis bien ici. Mais je ne te retiens pas si tu veux y retourner.

Je fais mine d'enlever sa veste, mais il m'arrête d'une main sur l'épaule.

— Non, non. Je préfère rester ici avec toi que d'écouter mes collègues se faire mousser.

J'éclate de rire. Je comprends tellement de quoi il parle !

J'aperçois Ethan, assis à l'une des tables. Il est en conversation avec une femme assise à sa droite – l'une des juristes seniors de Trifecta –, mais ne cesse de jeter des regards vers la porte, comme s'il cherchait quelqu'un.

Mon cœur s'affole un peu à l'idée que c'est peut-être moi qu'il attend. Ce qui est idiot, si on sait combien de promesses je me suis faites à son sujet. Mais je ne peux pas m'en empêcher. Je sais que je ne peux pas être avec lui, qu'il est impossible que je passe ma vie aux côtés d'un homme en qui je vois le fantôme de Brandon. Ce n'est ni la faute d'Ethan ni la mienne. C'est comme ça, c'est tout.

— Ça fait combien de temps que tu es stagiaire chez Frost ? questionne Jace.

— Je viens de commencer, cet été, dis-je en me forçant à détourner les yeux d'Ethan, qui regarde encore la porte, et à me tourner vers Jace. J'apprends beaucoup, mais c'est très exigeant.

— Je te crois. Mais tu dois cartonner, pour qu'ils t'aient déjà confié ce dossier. Ça fait longtemps que Frost cherche à acquérir Trifecta. Je ne sais pas pourquoi, mais il semble y tenir.

Je connais la raison ; Ethan me l'a révélée il y a plusieurs semaines. C'est celle qui explique également qu'il se soit montré si pointilleux pour être certain d'obtenir la totalité de leur propriété intellectuelle. Trifecta a conçu un traitement révolutionnaire pour les grands brûlés, qui permet de les soigner plus rapidement, tout en laissant moins de cicatrices que les méthodes déjà existantes. Malheureusement, ils n'ont pas le capital qui permettrait de rendre ces traitements disponibles pour l'armée et les hôpitaux. De son côté, Ethan en a les moyens, et il est déterminé à agir.

Après avoir rencontré les patients du service des grands brûlés de l'hôpital militaire de San Diego, je comprends son entêtement. Les autres ne saisissent pas, mais moi si. Ethan prend à cœur d'aider ceux qui en ont besoin, et s'il est parfois un peu dur, le jeu en vaut la chandelle.

— Alors, tu as quelque chose de prévu ce soir, après le dîner ? reprend Jace après un silence un peu trop long.

— Je rentre chez moi.

Je recule d'un pas, discrètement j'espère. Certes, nous n'étions pas collés l'un à l'autre, et il n'a pas eu de geste déplacé... Pourtant, il me semble soudain qu'un peu d'espace serait préférable.

— J'ai une réunion tôt, demain matin, ajouté-je.

— Punaise, quel esclavagiste, ce Frost, pas vrai ? Tout le monde le dit, mais je n'y avais jamais cru. Il pourrait quand même vous laisser souffler, alors que vous venez de lui décrocher cette fusion. Qu'est-ce qu'il veut ? Vous tuer à la tâche ?

Il parle sur le ton de la plaisanterie, mais je perçois autre chose derrière son propos, et ça me met encore plus mal à l'aise.

— En fait, c'est la réunion habituelle des stagiaires. Elle a lieu tous les mercredis, dis-je en enlevant sa veste pour la lui rendre. On ferait mieux de rentrer. On dirait qu'ils sont prêts à commander.

— Eh, ne le prends pas comme ça ! Je ne voulais pas te vexer. J'avais juste l'impression que vous ne vous étiez pas séparés en très bons termes, vu votre comportement aujourd'hui.

—Je ne suis pas vexée, mens-je.

Je suis froissée pour Ethan, en réalité. C'est l'un des employeurs les plus généreux qui soient. Il met gratuitement à disposition de ses salariés une clinique, une salle de sport, une crèche, et trois repas par jour dans une superbe cafétéria. Sans parler des salaires généreux, des primes et des vacances. Il accorde beaucoup d'importance à ses subordonnés, et entendre ce type sous-entendre le contraire m'agace au plus haut point.

—Tu as l'air froissée, et je suis vraiment désolé, s'excuse-t-il en me posant une main dans le bas du dos. Laisse-moi t'offrir un verre, tout à l'heure. Pour me faire pardonner.

Pour la première fois, il parle d'une voix basse et suggestive. Ce n'est pas insultant, mais ça me met quand même mal à l'aise, surtout juste après ses remarques sur Ethan. Soudain, je ne sais plus quelle est la plus grande menace. Celle de mes collègues ou celle de ce type qui me caresse le dos et ne voit en moi que les restes d'Ethan.

C'est la goutte d'eau qui fait déborder le vase. Je m'écarte et lui tends la veste qu'il n'avait pas reprise.

—Merci pour le champagne et la promenade. Je vais rentrer.

— Allez, Chloe... On s'amuse bien. Ne sois pas comme ça.

— Je ne suis pas « comme ça ». C'est juste que...

Je laisse ma phrase en suspens alors que la porte du salon privé s'ouvre à la volée.

Jace et moi nous tournons en même temps pour découvrir Ethan, un sourire agréable aux lèvres mais une lueur assassine dans le regard.

— Tout va bien, Chloe ? demande-t-il, un sourcil levé, en nous regardant tour à tour.

— Très bien, Ethan. Merci.

Pourtant, je m'écarte encore de Jace. Pas parce qu'il me fait peur – il est arrogant et grossier, mais je ne le crois pas dangereux –, mais parce que je crains qu'une trop grande proximité avec moi ne lui fasse courir des risques. Surtout quand Ethan s'approche de nous comme un ange vengeur.

— Tu ne crois pas que tu devrais rentrer, Mackenzie ? demande-t-il d'une voix si basse et raisonnable que la menace n'en est que plus claire. Je crois que ton patron te cherche. Il paraît que tu ne résistes pas au caviar, quand il est offert par la maison.

Jace s'empourpre en entendant le ton fielleux d'Ethan. Mais lorsqu'il s'apprête à répondre, un regard d'Ethan le convainc de déguerpir vers la salle. Il court si vite que la porte se referme derrière lui avec un claquement.

Nous restons un long moment à nous regarder, immobiles. Il ne parle pas, ne me sourit même pas, et je sens l'anxiété monter.

— Je ferais bien de rentrer, moi aussi, dis-je en passant finalement devant lui.

Par la fenêtre, la plupart des invités nous observent.

— Ne pars pas, dit-il dans un souffle en attrapant mon bras entre ses doigts chauds et puissants.

Ce sont les premiers mots qu'il m'adresse de toute la journée, et je dois bien reconnaître qu'ils sont extraordinaires, surtout qu'il a pris cette voix sombre et rocailleuse que j'aime tant.

La poitrine oppressée, je prends une grande inspiration. Ce n'est pas facile, car Ethan me contemple avec des yeux de prédateur à l'affût.

— La soirée… Les invités t'attendent…

— Je les emmerde, gronde-t-il en me serrant le coude un peu trop fort. Qu'est-ce que tu foutais là avec Jace Mackenzie ?

— Pardon ?!

Une onde de choc me secoue. Ethan ne m'a jamais parlé comme ça. Jamais.

— Tu m'as entendu.

La main toujours sur mon coude, il me pousse vers un coin dans l'ombre, à l'abri des regards.

— Pourquoi es-tu partie avec lui ? Ce n'est qu'un connard prétentieux !

— Je ne suis pas partie avec lui. Je suis sortie pour être un peu seule, et il m'a suivie…

— Le salopard !

— Tout va bien. Il n'a rien fait. Il m'a juste apporté une flûte de champagne et…

— Du champagne ? Tu l'as bu ?

— Franchement ! Tu me prends vraiment pour une idiote ?

— Non, bien sûr que non. Désolé. C'est juste que je m'inquiète pour toi. Des mecs comme ça…

— Crois-moi, Ethan, je connais les mecs comme ça. Des connards opportunistes qui se croient tout permis. J'en ai déjà rencontré.

C'est un coup bas et, comme je m'y attendais, Ethan sursaute. Mais il ne me lâche pas le bras et ne s'écarte pas non plus pour me laisser passer.

Je sais que je devrais le repousser, mais il dégage une si merveilleuse chaleur… Il y a seulement deux semaines, nous étions encore ensemble, mais j'ai l'impression que ça fait deux ans. Deux décennies. Et même si je sais que je joue avec le feu, je ne peux m'empêcher d'avoir envie de me fondre dans ses bras, de sentir son corps contre le mien encore une fois.

— Je suis désolé pour ce que Brandon t'a fait, Chloe. Tellement désolé… Si je pouvais, je le tuerais. J'ai failli le faire, le premier soir, quand je l'ai appris. Je l'ai étranglé avec mes mains, et je ne l'ai pas lâché avant que…

Avec un geste exaspéré, il laisse sa phrase en suspens en m'entendant haleter d'horreur.

— Pardon, ce n'est pas ce que je voulais…

Je hais Brandon, ça fait cinq ans que je rêve de me venger de ce qu'il m'a infligé. Mais ça ne signifie pas que je souhaite partager avec Ethan cette haine, ce besoin qui m'autodétruit, et ce d'autant moins que Brandon est son petit frère.

— Je t'interdis de t'excuser, Chloe ! Bordel, ne t'excuse pas ! fulmine-t-il.

Il me colle le dos au mur, ses bras de part et d'autre de moi. Je suis prisonnière, immobilisée, et si n'importe quel autre homme essayait de me faire ça, je lui flanquerais mes doigts dans les yeux ou mon genou dans les couilles. Mais, avec Ethan, c'est délicieux et juste, comme si nous étions faits pour nous tenir ainsi.

— Chloe.

C'est un murmure, une supplique, peut-être même un ordre, vu la façon dont mon corps répond. Le cœur qui bat la chamade, les tétons qui durcissent, les cuisses douloureuses.

— Ethan…

Il se penche vers moi, et je sais qu'il va m'embrasser. Je le lis dans ses yeux, le sens dans la tension qui l'habite soudain. Et j'en ai envie. Très envie. Sauf que… sauf qu'il y a tellement de merde entre nous, et que si je l'embrasse maintenant, tout va me revenir d'un coup. Me dégringoler dessus.

Je ne sais pas où je trouve la force, mais je lève une main vers son visage. Pose deux doigts sur ses lèvres.

Cette fois, c'est Ethan qui ferme les yeux et, bien qu'il tente de la cacher, je vois la douleur inscrite sur ses traits alors qu'il se détourne pour appuyer le front sur le mur près de moi. Frissonnant, il inspire profondément, une fois, puis plusieurs, avant de se redresser. Et de s'écarter.

— Dis-moi la vérité, soupire-t-il après un silence gêné. Pourquoi fuyais-tu la soirée ?

J'éclate de rire, avec plus d'amertume que je ne l'ai voulu. Puis je comprends qu'il ne plaisantait pas. Il ne comprend vraiment pas pourquoi j'ai dû partir.

— Je ne pouvais pas rester, dis-je, la gorge serrée. Tu as peut-être l'habitude, mais moi non. Je ne suis pas douée pour ça…

— Douée pour quoi ? demande-t-il, perplexe.

Refusant de répondre, je me détourne. Je me suis déjà suffisamment couverte de ridicule ce soir, surtout sachant que je viens juste de cesser de haleter entre ses bras.

— Chloe. Réponds. Tu n'es pas douée pour quoi ?

— Rien, dis-je en secouant la tête.

Mais Ethan ne va pas se contenter de cette absence de réponse. Il m'attrape les mains et les serre de toutes ses forces. Voyant que ça ne suffit pas à me faire parler, il remonte les paumes doucement sur mes bras, puis mes coudes, mes biceps. Il frôle du bout des doigts la peau sensible sur mes clavicules, puis m'effleure le cou jusqu'au menton.

— Ethan..., dis-je dans un soupir étranglé qui lui arrache un sourire.

Il remonte les mains pour prendre mon visage, effleurant mes lèvres de son pouce. Puis il me lève le menton pour me forcer à le regarder.

Dans la pénombre, nos yeux se rencontrent et c'est mon tour de sursauter. Bien que je sois habillée de la tête aux pieds, je me sens nue, sans défense, comme si Ethan voyait les recoins de mon âme que j'essaie désespérément de lui cacher. Ceux que je ne veux montrer à personne.

Il pince les lèvres et, pendant un instant, je m'attends à ce qu'il s'écarte. Mais il finit par répéter sa question d'une voix insistante.

— Tu n'es pas douée pour quoi ?

Il parle d'un ton implacable, la détermination se lit sur son visage. Je sais – sans l'ombre d'un doute – que je ne m'en sortirai pas sans lui fournir de réponse. Sans lui raconter toute l'histoire, y compris ce que je voudrais qu'il ignore.

Cette idée me rend téméraire. À moins que ce ne soit la douleur qui bat en moi. Toujours est-il que je dégage mon visage de ses mains pour lui répondre en criant presque.

— Qu'est-ce que ça peut te faire ? Qu'est-ce que ça change pour toi, que je reste à cette foutue soirée ou pas ? Pourquoi tu t'intéresses à ce que je fais ?

— Ça me fait quelque chose parce que tu t'es retrouvée dehors avec ce connard. S'il avait porté la main sur toi…

— On était devant les fenêtres du restaurant. Qu'est-ce qu'il pouvait bien me faire ?

— Certes, c'est là que vous étiez. Mais regarde comme c'était facile pour moi de t'attirer à l'écart, Chloe. Pourquoi n'aurait-il pas pu agir ainsi, lui aussi ?

— Mais merde, Ethan ! Est-ce qu'on est obligés de se prendre la tête ? Il ne s'est rien passé. Rien du tout. On ne peut pas laisser tomber et rentrer ?

Cette fois, je le pousse, avec insistance, jusqu'à ce qu'il s'écarte. Il me laisse passer devant lui. Ce n'est que lorsque je suis sur le point de me retrouver dans la lumière de la fenêtre qu'il m'attrape par la main.

— Qu'est-ce que tu faisais dehors, Chloe ? demande-t-il pour la troisième fois.

Mais il n'y a plus d'insistance dans sa voix, pas de colère. Seulement un besoin douloureux et discret, qui me touche au plus profond de moi.

— Je te l'ai dit, ça n'a pas d'importance.

— Ça en a pour moi.

— Pourquoi ?

J'en suis presque à le supplier à présent, et il s'en rend compte. Mâchoires serrées, il détourne la tête.

Mais il ne me lâche toujours pas la main.

— Parce que tu t'es enfuie d'une soirée que j'ai organisée pour des gens avec lesquels nous travaillons tous les deux, et je veux savoir pourquoi. Est-ce que quelqu'un a fait quelque chose qui t'a mise mal à l'aise…

— Tu plaisantes ? dis-je d'une voix qui sonne comme si je venais d'avaler du verre pilé. Est-ce que *quelqu'un* m'a mise mal à l'aise ? Est-ce que *quelqu'un* a fait quelque chose ?

— C'est bien ce que je te demande !

— Bordel de merde, Ethan ! Je suis partie parce que je ne pouvais pas rester une minute de plus dans la même pièce que toi !

Il recule comme si je l'avais frappé.

— Moi ? Je t'ai mise mal à l'aise ? Je ne t'ai même pas regardée, rétorque-t-il, incrédule.

Je réponds sèchement :

— Ça, j'avais remarqué !

— Tu avais remarqué ? Mais qu'est-ce que tu racontes ?

— Peut-être que pour toi, c'est parfaitement normal. Peut-être que tu as l'habitude de coucher avec une fille un jour, et de la croiser au boulot le lendemain. Mais moi, je ne sais pas comment gérer ça. Je ne sais pas du tout…

— Parfaitement normal ? Tu crois que j'ai l'habitude de situations de ce genre ?

Il m'attrape par les avant-bras, dans un geste à la fois ferme et doux, et attend encore une fois que je le regarde en face.

— Ce n'est pas le cas ?

— Bien sûr que non, bordel ! Je ne sors pas avec mes employées, et tu le sais.

— Tu es bien sorti avec moi.

— Parce que le contraire était impossible. Dès l'instant où tu t'es approchée de moi au bar à jus de fruits, j'ai été complètement fasciné. Ta façon de me tenir tête, de refuser de céder, de goûter ce foutu smoothie aux myrtilles alors que tu avais pourtant remporté la bataille, par sens de l'équité. Pour me faire plaisir.

La bouche à quelques centimètres de mes lèvres, il remonte les mains vers mes cheveux.

— Comment aurais-je pu résister, Chloe ? murmure-t-il. Comment aurais-je pu ne pas vouloir te conquérir ?

— Aujourd'hui, tu m'as ignorée. Toute la journée. Tu as fait comme si je n'existais pas.

— Je croyais que c'était ce que tu voulais.

— Pourquoi voudrais-je une chose pareille ?

— Tu m'as quitté. Tu m'as dit qu'être avec moi te faisait penser à Brandon, à ce qu'il t'a infligé. Comment pensais-tu que je réagirais à une telle déclaration ?

— Je ne sais pas, mais je ne m'attendais pas à ce que tu me punisses.

— Que je te punisse ? répète-t-il en me tirant doucement par les cheveux, un peu plus près de lui encore. Je ne cherche pas à te punir, chérie. J'essaie au contraire de ne pas te blesser davantage. Si tu avais pu te voir ce matin-là… voir l'état dans lequel te mettait sa présence…

— Je suis navrée si je n'ai pas eu la bonne réaction, Ethan. Je ne m'attendais pas vraiment, en ouvrant la porte, à me trouver nez à nez avec mon violeur !

— Tu ne crois pas que je le sais ? Que je me reproche jour et nuit d'avoir laissé cette situation se produire ? De lui avoir permis de s'approcher de toi ? Et ensuite, on se retrouve sur ce putain de parking, et tu m'annonces que je te fais penser à lui… qu'en me regardant c'est lui que tu vois… Comment voulais-tu que je le prenne, chérie ? Quel effet croyais-tu que ça aurait sur moi ? Sur nous ? Si m'éloigner de toi peut t'épargner un peu de cette souffrance, t'éviter d'être de nouveau blessée, tu penses que je ne le ferai pas ? Chloe, je suis prêt à tout pour toi. Même à passer la journée dans la même pièce que toi et faire comme si je ne mourais pas d'envie de te toucher.

Chapitre 9

Les mots d'Ethan résonnent dans le silence, et je suis incapable de bouger, de penser, de respirer. C'est exactement ce que je souhaitais entendre, ce dont j'avais besoin. Que quelqu'un m'aime, me fasse passer avant lui, se soucie de moi. Rien que de moi.

Le seul petit ami que j'ai eu avant Ethan a essayé de jouer ma virginité au poker. Après le viol, mes parents ont accepté de garder le silence contre une coquette somme pour lancer leur business. Ceux que je croyais mes amis m'ont tourné le dos à la seconde où Brandon le leur a demandé.

Je n'étais jamais assez bien. Jamais assez importante pour qu'on me fasse passer en premier.

Sauf pour Ethan. Il y a des semaines qu'il a choisi de me faire passer avant tout le reste, et j'étais trop aveugle pour m'en apercevoir. Et si j'ai le courage d'accepter, il est prêt à le faire de nouveau en cet instant. Si j'ai la force de le choisir aussi.

Cette force, je veux l'avoir.

Le visage de Brandon apparaît sous mes yeux. Les yeux lançant des éclairs, les joues empourprées, les lèvres retroussées de mépris alors qu'il me traite de traînée et m'ordonne de me donner à lui. Sous prétexte qu'il m'a ramenée chez moi en voiture.

Je me souviens encore du poids de sa main sur ma bouche, de la sensation de ses doigts sous ma chemise, qui déchiraient ma culotte pour me pénétrer.

Je me souviens de la chanson qui passait dans l'autoradio, de son poids écrasant sur moi, de son haleine de caramels et de bière alors qu'il collait sa bouche à la mienne.

Je me souviens de tout. De chaque seconde, chaque détail, de sa façon de me regarder après avoir fini, comme si je n'étais rien. Moins que rien.

Et quand j'ai voulu le dénoncer, mes parents m'ont dit la même chose. Que je n'étais rien à côté de lui, que ses avocats allaient me laminer au tribunal. Que je n'avais pas la moindre chance de le faire payer à moins de signer cet accord de non-divulgation. Et de les laisser accepter l'argent que sa famille nous lançait comme des cacahuètes.

Pendant cinq ans, je me suis sentie comme une merde à cause de lui. Comme une moins que rien, ainsi que mes parents m'avaient décrite. Comme la traînée qu'il m'accusait d'être.

Ethan est la première personne à me dire que ce n'est pas vrai. Que je vaux plus que l'acte de son frère, plus que la somme versée par ses parents pour m'écarter.

Je l'ai cru, puis cette croyance a volé en éclats sous le poids de ce que j'ignorais. Ce qu'il m'avait caché. Je suis partie, non parce que je ne l'aimais pas, mais parce que je l'aimais trop. Parce que je savais que s'il me traitait comme son frère, comme ses parents ou les miens, je serais anéantie à jamais.

Et quelques semaines plus tard, nous en sommes là. Tous deux malheureux, en détresse, démolis. Pourtant, c'est moi qu'il choisit, pas seulement avant son frère mais avant lui-même. Avant son bien-être, ses désirs et ses besoins.

Si je l'aime, comment pourrais-je en faire moins ?

Je ne peux pas.

Ma résolution s'effondre, et la réserve que je m'imposais aussi. Je tends les mains vers lui, Ethan, les bras autour de son cou et les doigts enfouis dans ses cheveux pour attirer sa bouche vers la mienne.

À l'instant où nos lèvres se touchent, j'ai l'impression que tous les morceaux qui avaient volé en éclats à l'intérieur de moi se recollent. Comme si toutes mes larmes de ces deux dernières semaines n'avaient jamais existé.

— Chloe, murmure-t-il, qu'est-ce que tu fais ?

Mais il glisse les mains autour de ma taille et passe les doigts sous mon chemisier pour caresser la peau sensible de mes reins.

— Ça ne fait que deux semaines, réponds-je d'une voix taquine. Ne me dis pas que tu as oublié comment ça marche ?

Je me délecte de son souffle chaud qui se mêle au mien.

— Je n'ai rien oublié du tout.

Il se rapproche et me pousse pour me coller de nouveau dos au mur froid du restaurant, coincée par son corps ferme et brûlant. Mais il écarte sa bouche de la mienne pour me regarder dans les yeux.

— Je me souviens aussi que tu ne peux pas être avec moi, que ça te fait trop mal.

Je me mets sur la pointe des pieds afin de le forcer à me donner ce baiser dont je meurs d'envie. Mais Ethan a une volonté de fer, et, malgré l'impressionnante érection que je sens contre mon ventre, il ne fera rien tant que je n'aurai pas dit ce qu'il a besoin d'entendre.

En temps normal, j'apprécierais sa retenue et le soin qu'il prend de moi. Mais, à cet instant, tout ce que je veux, c'est qu'il m'embrasse, me touche, me fasse l'amour comme autrefois, comme si j'étais ce qui comptait le plus au monde.

— Oui, bon, il s'avère qu'être séparée de toi me fait bien plus de mal qu'être avec toi.

Les yeux fermés, il appuie son front sur le mien. Nous sommes entièrement collés l'un à l'autre et je sens le frisson qui le parcourt à ces mots, son corps si puissant tremblant contre le mien.

— Tu es sûre ? demande-t-il d'une voix rauque, son haleine chaude et parfumée de cannelle me caressant la joue. Chloe, il faut que tu sois sûre, parce que je ne peux pas…

— Je suis sûre, mon amour. Je t'aime. J'ai besoin de toi. Je t'en prie…

Avant que je n'aie pu finir ma supplication, sa bouche vient se coller à la mienne, brûlante, dure et éperdue. Tellement éperdue… Il me mord les lèvres, plonge la langue dans ma bouche, me lèche la langue, les dents, le palais.

Il prend possession de moi, me marquant avec ses dents et ses lèvres d'une façon que je ne suis pas près d'oublier. Que je n'oublierai jamais.

Et je le laisse faire. Plus encore, je le supplie de continuer.

De me donner encore du plaisir avec sa bouche et ses mains.

De m'accorder la paix que je ressens au contact de son corps puissant et de son âme magnifique.

Tout autour de nous, le vent forcit, déchaînant les vagues et faisant voler le sable. Ça m'excite de sentir ce frôlement froid sur ma peau, qui s'ajoute au plaisir et à la douleur d'être touchée par Ethan après ce qui me semble une éternité.

— On devrait rentrer à la maison, dit-il sans écarter sa bouche de la mienne. J'ai envie de te faire des choses qu'on ne fait pas contre un mur sale sur une plage.

— Il faudra bien, parce que je ne peux pas attendre davantage.

Je repousse sa veste puis sors sa belle chemise de son pantalon afin de pouvoir passer les doigts sur sa taille mince.

— Chloe, bordel, on est en public ! proteste-t-il tout en m'enlevant ma veste avant de déboutonner mon chemisier. On pourrait nous voir.

— Alors faisons vite, dis-je en défaisant sa ceinture.

— Et toi, ne fais pas trop de bruit, me taquine-t-il en faisant glisser mon haut sur mes bras. Parce que je ne te lâcherai pas avant que tu aies joui au moins deux fois.

— Eh, je sais jouir en silence ! dis-je d'un ton plaintif alors qu'une étourdissante vague de désir me donne des frissons dans le dos.

— J'attends de le voir pour le croire, rétorque-t-il.

Déjà, il écarte mon soutien-gorge qui le gêne et prend mon téton dans sa bouche avec une telle vigueur que mes genoux menacent de me lâcher. Avec un sanglot, je tends les bras vers lui dans l'espoir vain d'éviter de m'écrouler à ses pieds.

— Détends-toi, m'encourage-t-il en pressant ses jambes contre moi pour me soutenir. Je suis là, chérie. Je te rattraperai si tu tombes.

— C'est ça. Comme si j'allais me détendre…

Je le sens sourire contre mon sein, puis il sort la langue pour décrire des cercles autour de mon téton.

J'ai beau m'être promis de ne pas émettre le moindre son, je ne peux réprimer un gémissement. Je n'ai plus le contrôle de mon corps. Le désir m'engloutit tout entière.

Un éclair déchire le ciel au-dessus de nos têtes – puissant, primitif et magnifique. Quelques secondes plus tard, le tonnerre résonne et une chaude pluie d'été s'abat sur le sable.

Ethan rentre la tête alors que l'eau ruisselle sur nous avant de se mettre à lécher les gouttes de pluie qui coulent sur ma poitrine, mes clavicules, le creux de mon cou. Je rejette la tête en arrière pour lui offrir ma gorge, et cela me fait appuyer mon sexe contre le sien.

Nous gémissons tous deux à ce contact, et je déchire à mon tour sa chemise avant de la jeter sur le sable. Ça m'ennuie un instant – c'est un vêtement sur mesure qu'il a payé 1 000 dollars chez l'un des meilleurs tailleurs d'Europe –, mais il passe sa langue sur mon cou, insistant sur le point sensible que j'ai derrière l'oreille, et mes soucis disparaissent dans la passion et le plaisir qui m'emportent.

— Ethan, je t'en prie…

J'enroule les jambes autour de sa taille et me colle de nouveau contre lui. Jamais je n'ai éprouvé un besoin aussi impérieux que celui que j'ai de le sentir en moi, et il est trop occupé à me titiller – ou plutôt me torturer – pour me donner ce que je lui demande.

Il rit, sa bouche revenant vers mes seins alors que sa queue se frotte sur moi. Ça ne me suffit pas, et de loin, mais je suis trop éperdue pour protester. Je ne peux que prendre ce qu'il veut bien me donner…

Sa bouche s'attarde de nouveau sur mon téton et je gémis, haletante, alors qu'il lèche, suce et frotte son visage. J'enfouis les doigts dans ses cheveux, me serre plus fermement contre ses lèvres alors qu'une douce chaleur tourbillonne dans mon ventre. C'est si délicieux, ou plutôt Ethan est si délicieux, que je me demande comment j'ai tenu deux semaines sans ça. Sans lui.

C'est ce que je lui dis alors qu'il passe la langue autour de mon téton, et il s'arrête une seconde, pressant le visage contre mon ventre.

— Plus jamais, souffle-t-il d'une voix étranglée par l'émotion. Promets-le-moi, Chloe. Promets-moi de ne plus jamais t'éloigner de moi comme ça.

— Ethan… Oh, Ethan, je suis désolée…

— Ne t'excuse pas, répète-t-il. Bordel, Chloe, ne t'excuse pas de m'avoir quitté. Promets-moi de ne jamais le refaire, c'est tout. Promets-moi de me laisser une chance de t'expliquer, de trouver une solution…

Il me mordille le sein, pas assez fort pour me faire mal, mais suffisamment pour déclencher une vague de volupté. Agrippée à lui, je crie de plaisir, et il fait entendre un rire grave et profond sans cesser de lécher l'endroit qu'il a mordu, apaisant la douleur aiguë par ses coups de langue.

— Dis-le, Chloe, me presse-t-il entre deux baisers brûlants sur chacun de mes seins.

Il avance une main entre mes cuisses pour me caresser le clitoris. Il ne va pas jusqu'à me donner un orgasme, mais il s'arrange pour me rendre folle.

— Ethan, je t'en prie…, dis-je en me cambrant au-devant de sa caresse trop tempérée. Tu me rends folle.

— C'est parfait. Parce que c'est l'effet que tu me fais depuis que j'ai posé les yeux sur toi.

Il accentue sa succion sur mon téton, m'arrachant un nouveau cri.

— Dis-le, Chloe, murmure-t-il d'une voix grave et sexy. Dis-moi que tu ne me quitteras plus jamais comme ça. Promets-moi de me parler la prochaine fois que tu décideras de rompre.

— C'est promis, dis-je d'une voix étranglée de désir. Je te parlerai, Ethan ! Je ferai tout ce que tu veux. Mais je t'en prie, prends-moi ! Maintenant !

Il grogne, comme si mes paroles le poussaient à un point de non-retour, et je m'attends à ce qu'il me pénètre sans plus attendre. Sans préservatif, sans autres préliminaires, sans rien du tout. Car il semble en être là. Et le fait que je m'apprête à le laisser faire montre que j'ai complètement perdu la raison, moi aussi.

Mais ça ne se produit pas. Au lieu de m'arracher ma culotte pour me pénétrer, Ethan lève la tête et sème des baisers sur ma peau nue. Seins, épaules, gorge, joues, lèvres, front. Inlassable, il m'embrasse, et s'arrête, juste le temps de murmurer des mots d'amour. Tant de baisers et de douces paroles que j'en ai les yeux pleins de larmes et que mon corps bascule dans le premier orgasme que j'aie eu après ces deux longues semaines de torture.

Et le plus fou, c'est que ça n'est même pas sexuel. Enfin, si. Le seul fait de contempler Ethan est sexuel, alors être tenue, caressée et embrassée par lui… Mais c'est aussi tellement plus, tellement davantage que deux corps qui se frottent, une bouche sur une peau, un souffle chaud sur une oreille…

Et comme à présent je le comprends, je l'enlace pour écouter les mots doux et les promesses qui s'échappent de ses lèvres. Il déborde d'un affolement, d'une incertitude que je ne lui ai jamais vus, et cela ébranle les pauvres barrières que j'avais tenté d'ériger, comme rien d'autre ne pourrait le faire.

Pendant tout ce temps, à travers tous ces événements, j'ai toujours cru que j'étais celle de nous deux qui aimait le plus l'autre, celle qui avait le plus besoin de lui. Ce que je ressens pour lui est tellement fort, tellement gigantesque, qu'il ne pourrait jamais éprouver la même chose.

Mais en cet instant, sur cette plage, alors que le vent se déchaîne et que la pluie nous fouette, je prends conscience que notre relation est plus équilibrée que j'aurais pu l'imaginer. Parce que, alors que j'ai besoin de lui pour respirer, être en paix et fonctionner, il a besoin de moi de la même façon…

Je le sens à ses mains qui m'agrippent, tirant sur mon chignon pour libérer mes cheveux sur mes épaules. Il me serre si fort que j'en aurai des bleus demain matin. Je le vois dans son corps tendu comme s'il attendait que quelque chose se produise. Et je l'entends dans sa respiration haletante, dans les mots doux qu'il souffle sur ma peau comme une bénédiction.

Ethan me rend mes sentiments.

Ethan Frost est amoureux de moi. Il m'aime comme je l'aime. Follement, complètement, absolument.

Cette prise de conscience me dégrise. J'ai le bonheur d'un autre être entre les mains. Mais en même temps cela m'apaise, me réconforte. Car je sais ce que je ressens pour lui. Je préférerais qu'on m'ampute un membre plutôt que de lui infliger de nouveau les souffrances qu'il a de toute évidence vécues ces deux dernières semaines. Savoir qu'il ressent la même chose, qu'il est prêt à tout pour me protéger, m'apporte un sentiment de liberté que je n'aurais même pas pu imaginer avant ce moment.

Des ondes de plaisir parcourent tout mon corps, s'abattant sur moi en vagues désordonnées qui rappellent celles qui se fracassent sur le rivage en ce moment même. Je frissonne et me cambre au-devant de lui. Devinant ce qui se passe en moi, Ethan accentue ses caresses.

Je profite de l'orgasme jusqu'au bout, le corps et l'âme intimement mêlés à ceux d'Ethan, pendant qu'il cherche à faire durer mon plaisir le plus longtemps possible. Lorsque je suis de nouveau en état de penser, respirer, et peut-être me tenir debout, je colle mes lèvres à ses oreilles pour murmurer :

— Je t'aime, mon chéri. Je t'aime tellement…

Je sais que nous avons bien des choses affreuses à surmonter, et qu'il s'est passé entre nous des événements qu'on ne peut pas effacer. Il y a deux semaines, cela me semblait insurmontable, absolu. Mais ces quelques jours sans lui, sans le voir, le toucher, le serrer, m'ont donné une nouvelle perspective sur ce que je peux ou non supporter.

Je ne prétends pas que ça sera facile, que nous ne traverserons pas de moments de tension. Mais ces mauvais moments justifient-ils qu'on renonce aux bons ? Que je passe le reste de ma vie comme un zombie ?

Je ne crois pas. Pas après avoir enduré ces deux semaines et contemplé un avenir vide et douloureux sans lui.

— Je t'aime, dis-je de nouveau, car je ne peux pas m'en empêcher.

J'ai l'impression que les sentiments qui bouillonnent en moi vont me faire exploser.

Ethan s'immobilise à ces mots, tout son corps tendu contre le mien, son sexe palpitant de désir.

— Chloe. Ma chérie.

Sa voix est basse, étranglée, éperdue de tristesse, et cela m'arrache mes derniers doutes. D'autres que moi seraient peut-être capables de résister, mais elles y perdraient Ethan. Et il vaut bien quelques sacrifices et de nombreux compromis.

En toute honnêteté, il vaut tout ce qu'on peut faire pour lui.

— Moi aussi, je t'aime, répond-il. Tellement fort…

Il ouvre sa braguette avec une précipitation qui pourrait s'avérer dangereuse s'il n'y prend garde. Quelques secondes plus tard, il m'arrache ma culotte et la jette sur le sable mouillé avant d'enfiler un préservatif. Puis il me soulève, enroule mes bras autour de ses épaules et mes jambes sur sa taille pour entrer lentement en moi.

Cela ne fait que deux semaines, mais c'est comme une éternité, et je halète alors qu'il me pénètre et se retire dans un doux va-et-vient.

Malgré la frénésie que je devine dans ses yeux, il commence avec lenteur, pour me donner le temps de m'ajuster après être restée si longtemps séparée de lui. Comme toujours, je lui suis reconnaissante de sa douceur. Entre les sensations physiques et les sentiments qui m'envahissent, je me sens noyée dans un océan d'émotions.

— Tout va bien, ma chérie ? me demande-t-il en m'embrassant les joues, le cou et les lèvres.

— Oui, oh, oui !

J'ai joui il y a quelques minutes et pourtant une nouvelle vague de désir déferle en moi. Mon corps a faim d'Ethan et du plaisir qu'il m'apporte par chaque caresse de sa main et chaque pression de son corps. Je passe les mains par-dessus ses épaules, vers son dos puissant et musclé pour lui caresser la taille avant de lui attraper les fesses.

Il gémit à ce contact, haletant lorsque je le pousse plus profondément en moi.

Le peu de contrôle qui lui restait vole en éclats et il accentue ses mouvements. J'ondule à l'unisson, mon corps se cambrant au-devant du sien alors qu'il me dévore de baisers, la bouche et les mains embrasant tout mon corps. Sur le cou, les épaules, le creux si sensible du coude. Des lèvres, il me titille les tétons, alors qu'il m'effleure le clitoris avec le pouce avant de passer la main dans mon dos pour l'appuyer doucement sur mon anus.

Les yeux écarquillés, je réprime un gémissement et me cambre d'instinct contre lui. Il ne m'a encore jamais fait ça, et je ne sais pas comment réagir. Ça m'intimide un peu, et je me tortille alors même que mon plaisir décolle en flèche.

— Ça va ? demande-t-il, les lèvres collées aux miennes, sans cesser de caresser toutes ces terminaisons nerveuses dont je ne soupçonnais pas l'existence.

J'ai envie de lui dire non, que c'est trop intime, que c'est trop. Mais c'est Ethan, et avec lui rien n'est « trop ». Tout est « plus ». Plus de plaisir, plus de sensation, d'intimité. Toujours plus, jusqu'à ce que nous fassions partie l'un de l'autre au point que je ne sache plus où il commence et où je finis.

— Oui…

Mon corps est noyé dans ces deux sensations. Sanglotante et tremblante, je lui griffe le dos tout en me cambrant vers lui, folle de désir. Du désir de ce qu'il va me donner.

Les sensations sont si précises que c'en est presque douloureux. Je suis terrifiée, submergée. Il m'embrasse et me caresse partout à la fois, et je voudrais que ce moment dure toujours.

Sauf que le désir est vraiment en train de devenir insupportable, le plaisir et la souffrance se mêlant en moi au point que je ne parviens plus à les distinguer. Tout ce que je sais, c'est que si nous continuons ainsi, je vais exploser comme une étoile en formation.

— Ethan !

Les sensations continuent de s'intensifier. L'orage se déchaîne autour de nous, les gifles brûlantes du vent et de la pluie s'ajoutant à l'excès d'émotion et de volupté qui me noie.

— Je suis là, Chloe, répète-t-il avant de me donner un baiser ardent qui me fait perdre la tête. Laisse-toi aller, chérie. Lâche-toi.

Il me mord la lèvre avec vigueur et, au même instant, remue son pouce en moi. Un cataclysme d'extase me balaie, comme un éclair de lumière qui s'allumerait en moi pour me retourner comme un gant. Jamais je n'ai connu d'orgasme d'une telle intensité.

— Oh, Chloe ! gronde-t-il alors que mon corps ne m'appartient plus.

Le souffle coupé, la vision troublée, je sens mon sexe se serrer convulsivement autour du sien. À son tour, le visage enfoui dans mon cou, il jouit, comme s'il déversait au plus profond de moi la quintessence de son être, et je me sens transformée à jamais.

Chapitre 10

Lorsque c'est fini, que mon corps cesse de se tordre dans vingt-sept directions différentes et que j'arrive presque à reprendre mon souffle, Ethan me repose doucement sur le sable mouillé et dur.

Mais lorsque je tente de me servir de mes jambes pour autre chose que me tenir à Ethan, elles me trahissent et je manque de tomber. Il m'attrape, ses mains tièdes et puissantes dans mon dos.

— Ça va ? demande-t-il pour la millionième fois.

— Oui, dis-je en levant les yeux avant de l'embrasser à la commissure des lèvres. Et même mieux que ça. Je me sens vraiment bien.

Il sourit, et c'est la première fois de la journée que son sourire semble sincère. Je le vois à ses yeux qui s'illuminent comme Times Square malgré la pénombre où nous sommes toujours cachés.

— Viens chez moi, dit-il en se penchant pour ramasser mon pantalon de tailleur, abîmé par la pluie.

Je contemple le vêtement avec horreur en me demandant comment je vais m'en sortir à présent que ma seule tenue de femme de pouvoir est irrémédiablement fichue. Ça devrait me contrarier bien davantage – difficile d'être juriste stagiaire sans un tailleur digne de ce nom –, mais je viens d'avoir l'orgasme le plus éblouissant de ma vie et je suis dans les bras d'Ethan qui me sourit avec amour. La destruction de mes habits ne semble qu'un dommage collatéral.

— Chloe, reprend-il comme je ne réponds pas. Est-ce que j'insiste trop ?

C'est le cas, indéniablement, mais il ne serait pas Ethan s'il ne le faisait pas. Et bien que je ne sois pas certaine que ce soit une bonne idée, alors que nous avons encore tant de problèmes à régler, dire non me semble un sparadrap sur une jambe de bois. Il vient de me faire l'amour jusqu'à me rendre folle. Que pourrait-il faire de plus, à part recommencer ? Une perspective que je trouve loin d'être déplaisante…

— Ça dépend, dis-je, les yeux toujours rivés sur mes vêtements sales et mouillés.

— De quoi ?

Il plisse les yeux, et je vois réapparaître le chef d'entreprise qui se prépare à une âpre négociation. Je décèle la méfiance dans son regard, un reste de peur et de souffrance dont je sais qu'ils se lisent également dans le mien.

— Du fait que t'accompagner m'évite ou non de me rhabiller.

Ethan éclate de rire, un son joyeux et doux qui me procure un frisson de plaisir et de chaleur. J'ai du mal à y croire.

Je viens de jouir. Deux fois de suite.

J'en ai les genoux encore si flageolants que c'est à peine si je tiens debout. Mon corps est traversé par une douleur et une satiété délicieuse… et pourtant, j'ai toujours envie de lui.

Tout au fond de moi, j'ai toujours mal, son contact, son goût sur mes lèvres me manquent.

— Viens avec moi, et tu n'auras plus jamais besoin de porter ces habits.

— C'est tentant.

Un grand sourire aux lèvres, il ramasse sa chemise et sa veste trempées sur le sable. La chemise semble avoir souffert davantage, et il me drape dans la veste avant de me prendre dans ses bras pour me porter jusqu'au parking où l'attend sa limousine.

— Ah, tiens, la limousine. À quoi dois-je cet honneur ?

Je suis avec Ethan depuis le début de l'été, mais je ne l'ai vu prendre cette voiture qu'une fois. Et c'était à l'occasion de la venue de clients japonais.

— J'avais beaucoup de travail aujourd'hui, et l'heure de trajet pour rejoindre les locaux de Trifecta me semblait un excellent moment pour ça. Et puis, ajoute-t-il avec un sourire triste, je n'ai pas réussi à dormir depuis que tu m'as quitté. Ça me semblait plus sûr de demander à Michael de me conduire pendant quelques jours.

Ça me flanque un coup, toute légèreté me quittant aussi vite qu'elle m'est venue.

—Je suis dés…

—Chloe, si tu t'excuses encore une fois pour une faute que tu n'as pas commise, je ne réponds plus de mes actes.

Il me fusille du regard ; sa moue menaçante me laisse entendre qu'il ne plaisante pas. Il ne me regarde jamais ainsi. En tout cas, il ne l'a jamais fait auparavant.

Je me glisse plus près de lui pour lui caresser la joue alors que la limousine quitte son stationnement. Son menton pique un peu. La barbe qui a poussé depuis ce matin lui donne un air sexy et dangereux. Très attirant.

—J'ai été horrible avec toi. Sur le parking, l'autre jour. J'aurais pu me montrer plus…

—Tu souffrais. Tu étais traumatisée, et ça se comprend. Si tu m'avais hurlé dessus ou collé une beigne, ça aurait encore été ton droit. Quand tu m'as dit que ça te faisait mal d'être avec moi… j'ai cru que j'en mourrais, mais ce n'était que ce que je méritais, répond-il en secouant la tête. Te faire du mal, c'est la dernière chose que je veux, Chloe, et ça me tue que tu souffres à cause de notre relation. C'est à moi de m'excuser, ma chérie, à moi de me traîner à tes pieds. Je suis tellement désolé. Je suis tellement, tellement…

Je le fais taire d'un baiser. Non que ses excuses soient dénuées d'importance, mais je ne suis pas encore prête à les entendre, alors que l'armistice entre nous est si récent, si fragile. Et que j'ai peur que la moindre anicroche puisse nous faire dérailler de nouveau.

Il m'enlace aussitôt pour m'attirer sur ses genoux. Je m'installe sur lui à califourchon.

Ethan m'embrasse comme il fait tout le reste, avec une détermination farouche de prédateur qui me bouleverse. Qui me fait fondre, hébétée. Et lorsqu'il se met à me caresser doucement les tétons, j'oublie tout, je peine même à me souvenir de mon prénom…

Mais alors que la limousine s'engage dans la circulation, je me force à rompre notre baiser. Il proteste et tente de m'attirer contre lui, mais je résiste, autant à lui qu'à moi-même.

Me sentant déterminée, Ethan se laisse aller contre le dossier, les mains sur la banquette.

— Qu'est-ce qu'il y a, ma chérie ? demande-t-il, inquiet.

— Et le dîner ?

Je viens de me souvenir que nous avons abandonné près de trente personnes au *Marine Room*, à une soirée dont Ethan est censé être l'hôte.

— Tu as faim ? répond-il, prévenant. Je peux dire à Michael de s'arrêter pour acheter quelque chose. Tu veux du grec ? Ou du thaï ? On pourrait…

— Je ne te parle pas de moi, idiot ! Je te parle des autres. Tu viens de te barrer de la fête que tu as organisée après la plus importante fusion de l'histoire de Frost Industries.

— Ah. Ce dîner-là…, rétorque-t-il en se détendant. Ne t'inquiète pas. Ils ne vont pas se languir de nous.

— De moi, non, en effet. Mais de toi, monsieur Frost, c'est une autre histoire.

Je l'embrasse comme pour souligner mon propos.

— Il y a un buffet garni et c'est open bar. Qu'est-ce qu'ils pourraient vouloir de plus ?

— Toi, Ethan. Ils te veulent, toi.

— Eh bien, ils ne peuvent pas m'avoir. Pas ce soir. Je reste avec toi. Rien que toi et moi.

Je fonds. Je n'y peux rien, mon corps tout entier est transi d'amour en percevant la chaleur de sa voix et l'intensité de son regard. J'ai beau deviner qu'il commet une erreur en s'éclipsant de la soirée – la moitié des invités a dû le voir sortir sur la plage après moi, ce qui nous garantit une nouvelle dose de commérages à la machine à café demain matin –, pour l'instant, je me fiche de tout. Du boulot, de Brandon, de tout ce qui pourrait me forcer à quitter les bras d'Ethan.

Un million de problèmes sont tapis juste sous la surface, attendant de nous attirer vers le fond dès que nous admettrons leur présence. Ce soir, je préfère les ignorer. Je veux qu'on reste juste tous les deux, avec les sentiments auxquels nous ne pouvons pas échapper.

— Voilà une perspective qui me ravit…, lui dis-je en déposant des baisers dans son cou.

Avec un grognement, il penche la tête en arrière.

— N'est-ce pas ?

Je suis trop occupée à l'embrasser pour lui répondre. J'effleure des lèvres ses épaules massives, ses bras musclés, sa poitrine tonique et son cou fin.

Je prends mon temps pour le déguster, le toucher, savourer chaque parcelle de ce corps sublime que je peux atteindre.

Il dégage une fragrance d'océan, une saveur de pluie. Sombre, douce et sauvage. Après ces jours et ces nuits loin de lui, je ne m'en lasse pas.

Jamais je ne serai rassasiée de lui.

S'il y a une chose que j'ai apprise au cours de ces deux semaines, c'est bien ça.

Ethan Frost est ma drogue. Le besoin que j'ai de lui est comme une démangeaison, un feu qui court dans mes veines, un désir dont je ne peux me défaire.

La conscience que j'en ai brûle en moi, m'excite et me submerge jusqu'à ce que je ne perçoive plus rien d'autre que lui. Et tout ce que je souhaite, c'est que cette sensation dure toujours.

Il pose une main sur ma joue, et je me tourne pour lui embrasser la paume avec ferveur. Il pousse un gémissement sourd, mais je me contente de bouger contre lui, en extase de le sentir réagir à mes caresses avec une telle aisance, une telle liberté.

Avec tout le monde, il se montre prudent, réservé, méfiant. Je l'ai observé pendant des semaines, je connais la distance qu'il maintient toujours avec les autres, qu'ils soient des associés, des amis ou des employés. Sauf moi.

Avec moi, il est toujours complètement dans l'instant, son corps, son esprit et son âme offerts. Ce n'est que justice, car je suis moi aussi totalement ouverte, depuis que je l'ai rencontré. À nu devant lui.

— Chloe, murmure-t-il en remuant contre le dossier. J'ai besoin…

— Je sais, mon amour. Je sais.

Je quitte ses genoux, lui arrachant un nouveau gémissement. Il tente de me rattraper de ses doigts puissants et calleux, mais je me dégage d'un petit mouvement des hanches. Puis je m'agenouille devant lui, mes longs cheveux roux cachant mon visage alors que la veste de costume d'Ethan ne masque rien de mon corps.

C'est étrange d'être à la fois si couverte et si exposée. Ça m'excite, j'ai le souffle court et je sens mes tétons durcir. Je ne sais pas ce qui me met dans cet état, mais Ethan le remarque – évidemment – et il remonte une main dans mes cheveux, frottant les mèches contre ma joue, mes yeux, ma bouche.

Je le mords, plantant les dents dans ses doigts avant de lui sucer l'index.

— Oh, merde, Chloe…, soupire-t-il en s'agrippant à ma chevelure pendant que je tourne la langue autour de son doigt.

Je ne réponds pas. Je suis trop occupée à le torturer par mes coups de langue sur son index, jusqu'à ce qu'il me supplie de « le faire », d'une voix empreinte de désir.

Je suis presque aussi excitée que lui, et j'ai du mal à ouvrir sa ceinture et son pantalon. Il se tord sur le siège, ondulant du bassin dans un effort désespéré pour sentir ma main sur sa queue.

Je le taquine quelque temps, effleurant du bout des doigts son ventre plat, son nombril, la fine ligne de poils qui court vers son entrejambe.

— Arrête de jouer, gronde-t-il en attrapant ma main pour la plaquer sur son sexe.

— Tu veux que j'arrête ? murmuré-je en dégageant son doigt de ma bouche. Mais, mon chéri, je commence tout juste.

J'enfouis le visage contre sa hanche, à la naissance de sa cuisse. Il me lâche la main avec un halètement. J'en profite pour la retirer, à son grand regret.

— Merde, Chloe, tu me tues… J'ai envie… J'ai envie de…

Je pose la bouche sur lui, en une série de baisers légers et de petits coups de langue qui lui font vibrer la queue. Il se tord toujours sur le siège dans son désir d'obtenir davantage.

— Oh, merde, bordel ! soupire-t-il en m'attrapant de nouveau par les cheveux, juste assez fort pour me donner des frissons de douleur.

Il n'a jamais été aussi brutal avec moi, et c'est la preuve qu'il perd le contrôle. Ça me plaît. J'aime les petites doses de souffrance qu'il m'inflige, et plus encore leur signification : que j'ai réussi à faire perdre la tête à cet homme si beau et si maître de lui.

D'habitude, c'est l'inverse. Il a le contrôle et c'est moi qui reçois son attention. C'est moi qui le supplie alors qu'il me rend folle.

Je ne sais pas pourquoi, mais ce soir, j'ai besoin de changer la donne. Peut-être que c'est à cause de Brandon et de l'impuissance que j'ai ressentie en le trouvant sur le pas de la porte chez Ethan. Peut-être que c'est à cause des deux semaines que j'ai passées loin d'Ethan, vide et perdue.

Ou peut-être que c'est simplement parce que j'ai cet homme superbe entre mes bras, si plein de remords et de regrets qu'il me laisse faire tout ce que je veux.

Et j'ai envie d'en faire beaucoup, à commencer par lui arracher cette inaltérable maîtrise de lui-même. Je veux qu'il perde le contrôle, qu'il oublie, même pour un moment, tous les obstacles qui se dressent entre nous.

Aussi, je glisse les mains sous lui pour lui attraper les fesses et le maintenir en place. Puis, tout doucement, je le prends dans ma bouche, avec une lenteur telle que je sens chacun de ses muscles se contracter et frémir.

Son sexe est énorme, brûlant et dur, et j'aime ça. J'aime la sensation de son corps qui tremble contre le mien, le son de ses halètements alors qu'il tente de reprendre son souffle. Plus que tout, j'aime la sensation de sa queue qui va et vient dans ma bouche.

Je détends les muscles de ma gorge pour le prendre encore plus profondément, sans cesser de faire tourner ma langue autour de lui. Même à cet endroit, il a une saveur marine, douce, salée et tempétueuse, et je ne m'en lasse pas. Je n'ai jamais assez de ses soupirs et des jurons qu'il murmure.

Plus il approche de l'orgasme, plus mon désir augmente. Je le sens dans mon intimité, brûlante, humide, et désespérée de le sentir en moi. Mais pour ça, il faudrait que je le lâche, et je n'y suis pas prête. Je prends trop de plaisir à le rendre fou, à le faire tomber en morceaux, un à un.

Je veux lui procurer autant de plaisir qu'il m'en donne, et je glisse les doigts derrière ses testicules pour caresser la peau toute douce. Il se raidit, haletant, et crie mon nom en essayant de se dégager de ma bouche.

Mais je ne le lâche pas. Je le garde au plus profond de ma gorge, savourant son goût piquant et ses réactions qu'il ne tente même pas de cacher. Il n'en peut plus, et je brûle de le faire craquer. De le contempler alors que l'orgasme déferlera sur lui, qu'il sera consumé par le même feu qu'il a allumé en moi.

— Chloe, ma chérie, souffle-t-il en m'effleurant la joue du bout des doigts. Arrête. Je t'en prie. Je veux être en toi quand je vais jouir.

Je secoue la tête imperceptiblement avant de le prendre encore plus profondément en moi, sans cesser de lui caresser la queue avec ma langue selon le rythme qu'il m'a enseigné il y a des semaines. Il ondule à présent avec frénésie, poussant des grognements bestiaux, et je sais que ce n'est plus désormais qu'une question de secondes.

Prête à tout pour qu'il perde le contrôle, je m'écarte un instant, le laissant suspendu entre paradis et enfer.

Accroupie devant lui, je m'humecte les lèvres à plusieurs reprises en le couvant du regard. Il a les yeux assombris, presque vitreux, mais me surveille avec le même air qu'un homme assoiffé qui contemple de l'eau. Avec concentration, intensité.

Une fois certaine d'avoir capté son attention, je lui passe un doigt sur le gland avant de le porter à ma bouche et de le sucer sans le quitter des yeux, comme pour déguster la saveur que sa queue y aurait laissée.

Ethan émet un son étranglé. Je me serre contre lui, pressant les seins sur son torse pour coller ma bouche à la sienne.

— Je t'aime, dis-je tout contre ses lèvres. Je t'aime.

— Chloe… Merde… Je t'aime… Je t'aime… tellement… ma chérie, s'il te plaît… Je t'aime tellement…

Le désir lui fait perdre la tête, et c'est justement ce que j'attendais. Je me baisse pour lui lécher les testicules avant de chuchoter :

— Je veux que tu jouisses, Ethan. Maintenant.

Avec un grognement, il tente de s'écarter, mais je le tiens fermement. Je le prends dans ma bouche. Puis, agrippée à ses hanches, les ongles mordant sa peau douce, je passe la langue sur le dessous de sa queue. Lorsqu'il halète pour reprendre sa respiration, tremblant, frissonnant et murmurant mon prénom, je me mets à fredonner tout bas.

La vibration l'emporte dans les étoiles et, avec un juron qui ressemble à une prière, il jouit, se déversant en moi en longs jets puissants qui me ramènent à moi alors même qu'il semble se perdre.

Qui m'ancrent tout en réduisant en miettes les barrières que j'ai eu tant de mal à construire.

Chapitre 11

— On peut parler ?

Les heures ont passé et nous sommes blottis dans le lit d'Ethan après avoir pris un long bain et dévalisé le frigo pour confectionner une omelette. C'est un peu ridicule, quand j'y pense. Ethan a dépensé au moins dix mille dollars pour le dîner de ce soir au *Marine Room*, et malgré tout, nous nous sommes retrouvés à manger une omelette au fromage, debout dans sa cuisine.

Il y a trois mois, une telle idée m'aurait horrifiée. En même temps, il y a trois mois, je n'aurais jamais imaginé être ici, comme cela, avec Ethan.

— Tu y tiens vraiment ? dis-je en me mettant à plat ventre, la tête dans les bras. Il est tard. Je suis fatiguée.

— Je sais. Mais j'aimerais qu'on en finisse une bonne fois.

Il se penche pour m'embrasser les épaules et le dos.

Avec un frisson, je me cambre vers lui. C'est irrépressible. Je sais qu'il voudrait discuter sérieusement, mais c'est tellement bon d'être de nouveau avec lui que j'ai juste envie d'en profiter pour l'instant. Pas pour toujours – je sais bien que nous avons encore beaucoup de choses à régler –, mais ça peut attendre demain. Ce soir, je voudrais qu'on se consacre entièrement à la joie des retrouvailles. Lui, moi, et les sentiments qui nous lient, plus solides que des cordes de funambule.

J'ai déjà l'impression d'être une acrobate sur ce fil, en équilibre instable pour amuser la foule, sans l'ombre d'un filet pour me rattraper. Est-ce que j'ai tort de vouloir laisser passer une nuit, rien qu'une nuit, avant de me soucier de la chute ?

Mais un regard à Ethan m'apprend qu'il est plus sérieux que je ne l'ai jamais vu, et je sais que repousser cette conversation est une torture pour nous deux. Peut-être que si on règle tout ça rapidement ce soir, on peut repartir dès demain matin sur de bonnes bases. Du moins aussi bonnes que possible.

— D'accord, réponds-je en me tournant pour lui enlacer la taille, avec un profond soupir et un sourire crispé.

J'ai beau avoir passé les cinq dernières heures à faire l'amour avec lui, ça me fait encore bizarre d'être de nouveau autorisée à le toucher. De me trouver de nouveau dans ses bras.

— De quoi tu veux qu'on parle ?

— Je pensais que c'était évident.

Je hausse les épaules avec désinvolture et me surprends à éviter son regard. C'est drôle, non, que malgré les cinq années et la réussite universitaire qui me séparent de la gamine terrifiée qu'a violée Brandon à l'avant de sa voiture, je sois toujours celle qui redoute d'en parler. Je suis toujours celle qui se punit d'avoir été victime.

Il attrape mon menton entre le pouce et l'index et me lève le visage pour me contraindre à le regarder dans les yeux.

— Pourquoi tu hausses les épaules ?

— Pour rien.

— Chloe, on ne va pas s'en sortir si tu n'acceptes pas au moins de me dire à quoi tu penses…

— Mais je t'ai dit à quoi je pense. Je t'ai dit aussi que je n'avais pas envie qu'on en parle maintenant. C'est toi qui insistes.

— Parce que c'est important. Si on n'en discute pas maintenant, ça restera toujours là, entre nous. Je t'aime, Chloe. Je ne veux pas que de nouveaux obstacles viennent se dresser entre nous. Je croyais que tu comprendrais ça.

Il semble agacé, comme si je faisais exprès d'être bornée ou provocatrice, et ça me fait lâcher le fil de funambule auquel je m'accrochais, les doigts ensanglantés.

— Mais je comprends, rétorqué-je en me levant.

Je m'enroule dans le drap pour cacher ma nudité. S'il veut vraiment avoir cette conversation, je préfère être debout que couchée dans son lit comme une concubine ou je ne sais quoi.

— Crois-moi, Ethan, je comprends bien mieux que toi. Comment penses-tu que cette conversation que tu tiens tellement à avoir va se terminer ?

— Qu'est-ce que tu veux dire ?

— À ton avis, ça va finir comment ? Je vais te parler du viol, tu vas évoquer ton frère et me dire que tu n'étais pas au courant. Je te raconterai combien ça me terrifie de savoir que vous avez un lien familial, et que si on tente de vivre quelque chose, il restera toujours dans un coin de ma tête, pour une raison ou une autre. Tu affirmeras que ce n'est pas le cas… Tu veux que je continue ou j'ai fait le tour ?

Ethan se lève lui aussi, mais, contrairement à moi, il reste nu, magnifique.

— C'est vraiment comme ça que tu penses que ça va se passer ?

— Pourquoi ? Ce n'est pas le cas ?

— Non, bien sûr que non. C'est…

Il se reprend en voyant l'expression de mon visage.

— Très bien. Peut-être que ça ressemblera un peu à ça.

— Bien sûr que oui. C'est comme ça que ça marche. Et je n'en ai pas envie. On vient à peine de se remettre ensemble.

Je me tais, serrant le drap autour de moi dans un geste convulsif avant d'ajouter :

— On est de nouveau ensemble, pas vrai ?

Son air déterminé laisse aussitôt place à une expression de colère.

— Le seul fait que tu me poses la question montre bien que nous avons besoin de parler.

— Mais pourquoi ? Si nous sommes de nouveau ensemble, on n'a qu'à se contenter de ça quelque temps. Le passé n'a pas d'importance. Profitons plutôt du moment présent…

— Profiter ? Tu dis ça comme si ça ne devait pas durer…

Son ton accusateur me fait rougir. Dans ma tête, une petite voix me chuchote qu'il a raison. Que j'ai l'air de sous-entendre que notre relation est éphémère. Pire… que c'est peut-être ce que je pense.

— Je n'ai jamais dit ça, Ethan.

— Tu n'as pas eu besoin, Chloe. « Ne t'inquiète pas du passé, ne te soucie pas de l'avenir. Concentre-toi sur le présent. » N'est-ce pas ce que tu as dit ? Franchement, qui est capable de vivre comme ça ? Pas des gens qui veulent construire un avenir ensemble, c'est certain.

— Mais c'est la seule façon pour qu'on ait un avenir ensemble ! Tu ne comprends pas ?

Perdant le peu de contrôle que j'avais sur moi, je me suis mise à crier.

— Ce que je vois, c'est que la femme que j'aime est en train de se mettre dans tous ses états, et je ne comprends pas pourquoi. J'essaie de te dire que je t'aime, et que je veux qu'on soit ensemble. Qu'on trouvera le moyen de surmonter le passé. Je ne veux pas te faire de mal, ma chérie...

— Mais tu vas quand même m'en faire !

Les mots sont sortis tout seuls. Ethan s'immobilise sous le choc de cette accusation, ses yeux bleus virant presque au noir. Il s'approche pour me prendre dans ses bras, mais je ne veux plus qu'il me touche. Les dégâts du passé, la souffrance me submergent de nouveau.

Je le pousse et trébuche dans ma hâte à m'écarter. Mon talon se prend dans le drap et je tombe violemment sur le parquet dur.

— Merde.

Il ne lui faut qu'un instant pour s'accroupir près de moi et me soulever dans ses bras. Il s'assied sur le lit en me tenant sur ses genoux, la tête sous son menton alors qu'il me berce d'avant en arrière.

— Je suis désolé, dit-il quelques minutes plus tard. Désolé de t'avoir fait du mal, désolé que tu craignes que ça recommence...

— Ce n'est pas ce que je voulais dire...

— Je crois que si. Et tu as parfaitement le droit d'éprouver ces sentiments. D'avoir peur de moi et de ce qui se passe entre nous.

— Je n'ai pas peur de toi, Ethan.

— Chloe...

— Je t'assure, dis-je en m'écartant pour qu'il puisse lire la sincérité dans mon regard. Je te jure. Ce n'est pas de toi que j'ai peur. C'est du passé.

Le visage sombre, il s'apprête à parler, mais je le fais taire en posant deux doigts sur ses lèvres.

— Je sais bien qu'on dit que le passé ne peut te faire de mal que si tu l'y autorises, mais c'est des conneries. Réfléchis… Même les gens qui ont un passé banal sont façonnés par leur histoire, parce qu'ils ont traversé des deuils. Les blessures sont toujours là, des années après, qu'ils le veuillent ou non.

Ethan ferme les yeux, tête baissée. Je suis d'abord surprise de sa réaction, avant de me souvenir que son père est mort au combat alors qu'il était enfant.

Je m'excuse en le prenant dans mes bras.

— Merde. Je suis désolée. J'ai parlé sans réfléchir.

On dirait que nous sommes condamnés l'un et l'autre à appuyer là où ça fait mal.

— Ne t'en fais pas. Je ne m'y attendais pas, c'est tout. Mais je suppose que ça ne fait que prouver que tu as raison, n'est-ce pas ?

C'est le cas, mais je ne suis pas insensible au point de le lui dire. Je préfère me concentrer sur mon passé. Sur ce sujet que nous tentons désespérément de ne pas aborder.

— Ce qui m'est arrivé… le viol… c'était horrible, me forcé-je à articuler. Vraiment horrible, Ethan, et ça a duré très longtemps.

— Je sais, mon chou.

— Le problème c'est que non, tu ne sais pas.

Je me dégage de ses bras pour m'agenouiller sur le tapis, près de ses jambes.

— Tu ne peux pas savoir. Tu n'étais pas là quand ça s'est produit. Ni ensuite, lorsque mes parents se sont servis de moi pour gagner de l'argent. Comme si je n'étais que…

La voix brisée, je tente de dominer mon émotion.

Ethan voulait en parler, il est servi. Je ne reculerai pas. Et lorsque cette conversation sera terminée, j'enfermerai toute cette merde au plus profond de moi et je ne parlerai plus du viol ou de ses conséquences, jamais.

Je me fais cette promesse et m'y raccroche pour mieux reprendre le contrôle dont j'ai besoin pour traverser tout ça une dernière fois.

— Tu n'étais pas là quand Brandon a fait de ma vie un enfer toute l'année suivante. Quand il me traitait de pute et incitait tous ses copains à me peloter et essayer de me sauter. Tu n'as assisté à rien de tout ça…

Ethan est malade d'horreur.

— Bordel, Chloe. Je suis désolé. Je suis tellement désolé que tu aies dû vivre tout ça…

— Mais c'est justement le problème. Tes excuses, je m'en fous, Ethan. Ça n'arrange en rien ce qu'a fait Brandon. Ça ne fait pas de mes parents des gens bien. Ça ne change rien du tout. Et c'est pour ça que je ne veux pas en parler. Parce que ça me met en colère.

Je sens les larmes monter, mais je les ravale. J'ai suffisamment pleuré sur cette histoire, versé assez de larmes sur un monstre qui ne le mérite pas. Les larmes, Brandon, c'est derrière moi.

— Ça me fout tellement en colère ! Et ça me rend triste. Je suis blessée, désorientée. Dans un état second. Et je n'aime pas être comme ça. Je suis restée dans cet état des années, à bouger comme un automate. Tout juste vivante, trop accablée par le passé pour voir le présent. Je ne veux plus vivre comme ça, Ethan. Je ne veux plus être la fille que j'étais alors. Pas un jour de plus, pas même une seconde... Quand je suis cette fille, je suis dévastée.

— Tu n'es pas...

— Si. Et si tu ne me crois pas, il suffit que tu voies comment j'étais lorsque ton frè... lorsque Brandon s'est pointé. On ne peut pas dire que ces deux semaines aient été bonnes, pas vrai ?

Ethan semble vidé de toute énergie, les épaules tombantes, le visage crispé, il semble aussi démoli que moi, et c'est la première fois que je le vois ainsi.

— Chloe... Chloe... je suis déso...

— Ne me dis pas que tu es désolé !

Je lui assène la même phrase qu'il m'a adressée un peu plus tôt, mais d'une voix bien plus forte et plus aiguë.

— Ce n'est pas ta faute, reprends-je. Pas plus la tienne que la mienne, et je ne veux pas de tes foutues excuses. Tu piges ?

Il semble vouloir protester, mais, pour finir, il se contente de se passer les mains dans les cheveux et d'acquiescer d'un geste lent.

— Ouais.

— Je t'aime, Ethan. Plus que j'aurais jamais cru aimer un jour.

— Moi aussi, je t'aime, Chloe.

— Je sais. C'est pour ça que j'accepte qu'on en parle. Il n'y a personne d'autre sur terre pour qui j'accepterais de me dévoiler ainsi, non pas une fois, mais deux. Je veux qu'on soit ensemble. Qu'on mette toutes les chances de notre côté pour vivre heureux. Mais il faut que tu comprennes que je n'y arriverai pas si le passé est entre nous. Si je pense sans cesse à Brandon, ou à ma famille, ou à toutes mes blessures. Si j'ai tenu le coup jusqu'à maintenant, c'est parce que j'ai enfoui le passé au fond de moi. Je n'y pense pas, je ne m'amuse pas à ruminer ça quand je m'ennuie. Je fais comme si ça n'existait pas. Et ce n'est pas la peine de me dire que ce n'est pas sain. Je ne compte plus les psys qui m'ont répété que refouler n'est pas la même chose qu'accepter. Mais tu sais quoi, je n'accepterai jamais. Jamais. Et je peux t'assurer que si je me laisse aller à réfléchir vraiment au fait que Brandon est ton frère, que la femme qui a versé tout ce pognon à mes parents pour le tirer d'affaire est ta mère, alors on ne sera jamais ensemble. Jamais de la vie.

Ethan pâlit. Je ne l'ai jamais vu avec cet air malade.

— Chloe, ce n'est pas… Il y a quelque chose que…

— Tais-toi ! hurlé-je. Tais-toi ! Je ne suis pas du genre à fixer des ultimatums, Ethan. Et je sais que tu n'es pas du genre à les respecter. Mais je ne vois pas comment ça peut marcher autrement. Si tu veux qu'on soit ensemble…

— Oui, je le veux !

— Alors sois avec moi. Avec celle que je suis maintenant, pas celle que j'étais avant. Je ne veux pas parler du viol. Je ne veux pas parler de Brandon. Je ne veux pas rencontrer ta famille. Je ne le supporterais pas. Pas maintenant. Et peut-être même jamais. En tout cas, pas maintenant, c'est sûr. Je suis désolée d'être aussi fragile. De traîner toutes ces casseroles, et que si tu sortes avec moi, ça devienne tes casseroles à toi aussi. Et je suis désolée parce que peut-être qu'un matin je vais me réveiller et que je ne serai pas capable de supporter cette situation une seconde de plus. Et que je ne serai jamais normale. Tu as le droit d'être avec quelqu'un de normal. Mais je t'aime. Je t'aime, Ethan, et je suis prête à tout pour qu'on reste ensemble. Parce que vivre sans toi… ce n'est pas possible. Ce n'est pas…

Je ne finis pas ma phrase. Ethan me tire contre lui, enfouissant les mains dans mes cheveux pour me donner un baiser dévorant.

Je sens le goût salé de ses larmes. Je ne savais pas qu'il pleurait. Je l'entends reprendre son souffle, alors que j'ignorais qu'il le retenait. De légers frissons secouent son corps mince et tonique de surfeur. Il me serre dans ses bras comme s'il ne voulait plus jamais me lâcher.

Son étreinte me donne l'ancrage qui me manque, la preuve tangible que notre relation est aussi importante pour lui que pour moi.

Brandon ou pas, je ne peux rien demander de plus que ça.

Il me couvre de baisers. C'est délicieux, et ça semble si juste. Comme si le spectre du passé avait été banni à jamais. C'est tout ce que je veux, tout ce que je pourrais souhaiter.

Je l'enlace, lui rends ses baisers avec tout l'amour, le désir et la force que j'ai en moi. Et je prie pour que ça suffise.

—Je t'aime, me répète-t-il entre deux baisers passionnés. Je t'aime, je t'aime, je t'aime.

—Moi aussi, je t'aime.

—Je n'en ai jamais douté, Chloe. Si j'avais cessé de le croire, je serais devenu fou.

Il se tourne et nous nous retrouvons allongés sur le lit. Je suis à plat ventre, Ethan étendu sur moi, la bouche sur ma nuque et les mains… absolument partout.

—À mon tour de parler, déclare-t-il en arrachant le drap qui nous sépare.

Il parcourt mon dos à grands coups de langue peu pressés qui me donnent des frissons brûlants.

— Je suis désolé que ça te soit arrivé, ajoute-t-il entre un baiser et une morsure sur mon dos.

— Je t'ai dit…

— Non, coupe-t-il en plaquant sa main calleuse sur ma bouche. Tu n'as pas le droit de parler maintenant. C'est mon tour.

Il retire sa main, mais persiste à me regarder d'un air menaçant. Il ne plaisante pas. J'ai pu m'exprimer, maintenant c'est à lui. Je pince les lèvres. Inutile de protester. Après tout ce que je lui ai confié, il est normal qu'il puisse parler lui aussi.

— J'ai le droit d'être désolé que la femme que j'aime ait vécu l'enfer. J'ai le droit d'être fou de rage que ce soit mon frère qui t'ait fait mal. Et j'ai aussi le droit de vouloir arranger les choses pour toi. Pas parce que tu as besoin de moi : je sais que ce n'est pas le cas. Tu es la femme la plus forte que je connaisse, Chloe, et tu t'en sortirais très bien sans moi.

Je ne suis pas sûre qu'il ait raison. Je m'en sortais bien avant de le rencontrer. Mais maintenant ? Maintenant qu'il m'a aimée, choyée et soutenue ? Je ne sais pas si je pourrais un jour aller bien sans lui. D'un côté, ça me terrifie. Mais d'un autre, la facette primitive de ma personnalité trouve cette pensée apaisante, rassurante. Parce que Ethan est là, qu'il est à moi, et que si je tombe, il sera là pour me rattraper. De même que je serai là pour lui.

— Mais j'ai besoin de toi, poursuit-il en me retournant pour être face à face. Plus que de personne d'autre dans ma vie. J'ai essayé de t'oublier quand tu me l'as demandé, mais nous voilà, exactement au même point qu'au début. C'est trop tard. Tu as eu ta chance. Maintenant… je ne crois pas que je pourrais te lâcher, même si j'essayais. Je t'ai dans la peau. Dans le cœur, le cerveau, dans mon âme. Je suis accro à toi, je ne pourrai jamais en avoir assez. Je t'aime, Chloe Girard. Je t'aime plus que je ne l'aurais cru possible. Et si tu ne veux pas parler du passé, on n'en parlera pas. En tout cas, pas maintenant, alors qu'on est tellement à vif. Mais il faut que tu comprennes quelque chose : moi aussi, j'ai des ultimatums à poser, et ils tournent tous autour du fait que tu ailles bien. Que tu sois aussi heureuse et entière que tu peux l'être. Je te respecte, en tant que femme. Je respecte ton droit de gérer les choses à ta façon et à ton rythme. C'est ton corps, et c'est ta vie. Mais tu dois comprendre que tu m'appartiens désormais, et que je m'occupe de ce qui m'appartient. Ce qui signifie que je ne vais pas rester planté là à te regarder souffrir si je peux y changer quelque chose. Je ne laisserai personne te faire du mal. Plus jamais. Tu m'appartiens, Chloe, et tu dois comprendre que je ferai tout ce qui sera nécessaire pour ta sécurité.

Ses mots me transpercent, fendant la dure carapace de mes défenses et celle un peu plus souple de ma souffrance. Elles plongent dans la douceur de mon cœur, dans cette part de moi si fragile qui a toujours voulu s'appuyer sur quelqu'un. Quelqu'un à qui faire confiance, quelqu'un qui m'aide à porter mon fardeau.

Et bien que, de l'extérieur, le frère de mon violeur ne paraisse pas le mieux placé pour endosser ce rôle, quand je regarde Ethan, je vois dans ses yeux tellement d'amour et de dévouement que je sais que je ne trouverai jamais de meilleur candidat.

— Je comprends, dis-je en l'enlaçant pour l'attirer vers moi et l'embrasser.

— C'est vrai ?

— Absolument. On est aussi tarés l'un que l'autre. On a de la chance de s'être rencontrés, parce que personne d'autre ne voudrait de nous.

— Tu as sans doute raison, approuve-t-il en riant. Ça tombe bien, j'ai l'intention de te garder.

— Ouais. Ça tombe bien.

Il tend le bras vers le tiroir de sa table de chevet et y prend quelque chose tout en m'embrassant avec une passion qui me coupe le souffle, m'excite et me remplit d'espoir tout à la fois.

J'en ai encore la tête qui tourne lorsque je sens un objet froid m'effleurer le ventre. Je le reconnais aussitôt. Je baisse les yeux juste à temps pour voir Ethan attacher la chaîne de platine autour de ma taille.

Après l'avoir regardée avec une évidente satisfaction, il se penche pour déposer des baisers tout du long.

— Ne l'enlève plus.

Quelque chose dans le ton de sa voix me procure des frissons de désir.

— Ethan…

— Ne l'enlève plus, répète-t-il, et cette fois le commandement est bien perceptible.

D'un côté, j'ai envie de protester pour le principe, parce qu'il me donne un ordre. Et d'un autre côté, ça me semble futile.

Il veut que je porte cette chaîne. J'en ai envie moi aussi. Son ton rauque m'excite au plus haut point. C'est largement assez pour le moment. Le reste peut attendre.

CHAPITRE 12

— C'est quoi, ça ? dis-je le samedi matin suivant, alors qu'Ethan apporte une énorme boîte dans mon appartement.

Il est là de bonne heure car nous sommes censés aller voir des soldats à l'hôpital militaire, avant de visiter un ou deux musées dans Balboa Park. Je pensais qu'on partirait dès son arrivée, mais, vu la tête du colis, je n'en suis plus si sûre.

— Un Vitamix, répond-il avec un grand sourire éclatant et un regard innocent. J'ai remarqué l'autre jour que le tien avait disparu…

— Disparu. On peut dire ça comme ça, intervient Tori depuis le canapé.

— Chut ! sifflé-je dans le dos d'Ethan.

Mais il se retourne et me surprend à la fusiller des yeux.

— Il y a un truc qui m'échappe ? demande-t-il.

— Environ quatre cents dollars, à vue de nez, rétorque Tori, goguenarde. On peut prendre une assurance, sur ce genre de bidules ?

— Euh… sans doute. Pourquoi ?

— Pour rien, dis-je en lui faisant une bise sur la joue alors qu'il dépose la boîte sur le comptoir, ainsi que trois sacs de chez Whole Foods qu'il portait sur les poignets. Tori est juste très maladroite, alors elle veut toujours prendre des assurances sur tout.

Ma colocataire manque de s'étrangler avec son jus d'oranges.

— Oui, c'est comme ça que le Vitamix est mort. À cause de ma maladresse. Et pas, disons, à cause de ton habileté à manier le marteau.

Ethan se tourne vers moi, amusé.

— Je me demande si j'ai intérêt à demander ce qui est arrivé à ce malheureux blender...

Je réfléchis une seconde avant de secouer la tête.

— Non, sans doute pas.

— Je m'en doutais.

Il commence à déballer ses courses, et c'est mon tour d'être amusée alors qu'il empile des fruits, des légumes et deux jolis fromages sur le plan de travail.

— On sait se nourrir, tu sais.

— Eh, parle pour toi ! proteste Tori en s'approchant pour attraper une pomme dans l'un des sacs. Si un beau mec veut m'apporter à manger, je n'ai rien contre. Ah, Ethan, pour info, mes pommes préférées, c'est les Gala.

— Je m'en souviendrai, répond-il avec un sourire.

— Oui, s'il te plaît, conclut Tori.

— Il ne va pas continuer à faire les courses à notre place, Tori, dis-je en levant les yeux au ciel.

— Et pourquoi pas ? Ça lui permet de se sentir bien et ça nous évite de nous embêter à aller au supermarché et à remonter des tonnes de sacs. Tout le monde y gagne.

— Ça ne m'étonne pas de toi.

— Alors, qui veut un smoothie ? demande Ethan en déballant le nouveau blender.

Il le rince dans l'évier tandis que Tori retourne à sa place favorite sur le canapé.

— On ne va pas recommencer ? dis-je en lui enlaçant la taille pour l'embrasser entre les omoplates.

— Recommencer quoi ? demande-t-il d'un air innocent, comme s'il ne savait pas de quoi je parle.

— Recommencer à nous disputer à propos de ce cadeau délirant que tu tiens à m'offrir pour la deuxième fois.

— Tori, je t'en prie, explique à ta colocataire qu'un blender n'est pas un cadeau délirant. Au contraire, c'est un achat utile. Un bon petit déjeuner, c'est primordial.

— Je peux manger un bon petit déjeuner sans le préparer à l'aide d'un blender délirant à 400 dollars ! dis-je, exaspérée.

— Je me répète. Ce n'est pas délirant. Une voiture, c'est un cadeau délirant. Un voyage à Paris, c'est délirant. Une…

— … chaîne de taille en platine et diamants de chez Tiffany à 40 000 dollars, c'est délirant. Mais pas un blender, Chloe. Faut que tu te calmes, ma vieille !

Le blender est aussitôt chassé de mon esprit.

— Quarante mille dollars ? dis-je d'une voix de crapaud en posant les mains sur le bijou que je n'ai pas enlevé depuis notre conversation de la nuit dernière. Ma chaîne vaut 40 000 dollars ?

— Merci beaucoup, Tori, gronde Ethan avec un regard noir.

Avec un haussement d'épaules, elle mord dans sa pomme.

— Au moins, elle ne ronchonne plus au sujet de ce Vitamix. Relativise, mec. Relativise.

— Bordel de merde, Ethan ! Tu te paies ma tête ?

— Je ne vois pas ce qu'il y a de si énorme.

— Quarante mille dollars, c'est énorme ! C'est plus que le prix de ma voiture.

— Je m'en doute, tu peux me croire.

Manifestement, la valeur de ma voiture est loin de le satisfaire.

— Eh, ma voiture est très bien !

— Je n'ai pas dit le contraire.

Il sort une grande barquette de fraises de l'un des sacs et entreprend de les laver avec soin.

— Ça se passe de mots. C'est écrit sur ta tête. Et ne va pas t'imaginer que je n'ai pas remarqué ton manège, dis-je en lui chipant une fraise que je croque jusqu'au pédoncule.

— Ah oui ? Et de quel manège tu parles ? demande-t-il en épluchant l'ananas avant de le couper en dés.

— Tu changes de sujet pour me faire oublier le prix exorbitant de cette chaîne.

— Lâche-le un peu ! m'admoneste Tori, cachée derrière le magazine de mode dans lequel elle est absorbée depuis une bonne demi-heure. Tu devais bien savoir qu'il ne l'avait pas eue pour rien. Elle vient de chez Tiffany, merde ! Ils vendent le moindre bout de verre 1 000 dollars, alors tu peux bien imaginer le prix de cinq carats de diamants, minimum…

— Huit carats, précise Ethan tout en débitant deux bananes en rondelles avant de les verser dans le bol du robot.

— Merveilleux. Huit carats, ça veut dire quelque chose.

— Ça veut dire quoi ? dis-je d'une voix encore bien trop aiguë. Huit carats, ça veut dire quoi, à part que la personne qui les a achetés a bien trop d'argent ?

— Eh bien, je crois que ça signifie « bas les pattes », soupire Tori en levant les yeux au ciel. Et aussi : « Je suis plus riche que toi et si tu la touches, je te réduirai en poussière. »

— Tori, ne sois pas ridicule !

— Je dois avouer que c'est exactement le message que je voulais transmettre, rétorque Ethan avec un grand sourire. Très bonne explication de texte, Tori.

Il est si amusé que ses yeux bleus semblent pétiller et que des fossettes apparaissent sur ses joues.

— Merci. Je suis bilingue en néandertalien. C'est pratique, ça évite des tas de malentendus.

Bouche bée, je regarde Ethan acquiescer, comme si elle venait de proférer une parole sensée et non un tissu d'absurdités.

— Tu marques encore un point, Tori, déclare-t-il.

— Mes connaissances sont sans limites, répond-elle en croquant dans sa pomme.

— Ça m'ennuie de casser l'ambiance alors que vous êtes si heureux dans votre société d'admiration réciproque, mais n'as-tu pas affirmé, il y a moins d'une semaine, que tu avais toujours détesté Ethan ?

— En effet. Mais c'était avant.

— Avant quoi ?

— Qu'il m'apporte des pommes, évidemment.

— Ah bon ? C'est comme ça qu'on t'achète, toi ? Avec des pommes ?

— Je n'ai jamais prétendu que j'étais difficile à avoir, commente-t-elle avec un haussement d'épaules.

Elle dit ça sur le ton de la plaisanterie, mais ça jette quand même un froid. Bien qu'elle ne me parle de sa famille qu'en termes superficiels, j'ai glané suffisamment de bribes ces trois dernières années pour savoir qu'elle n'en dira pas plus. Et ça me rend folle, car elle est tellement plus profonde que ce que les gens imaginent. Plus profonde qu'elle ne veut bien l'admettre elle-même.

J'ai envie d'embrayer sur le sujet, mais j'ai appris à mes dépens qu'elle ne va pas le prendre du bon côté, et m'accuser de manquer d'humour. Je tourne donc sept fois ma langue dans ma bouche et jette un coup d'œil à Ethan. Il nous contemple toutes les deux d'un air pensif ; je devine qu'il a décelé la souffrance sous-jacente dans sa petite phrase. À moins qu'il ne réfléchisse à nos ressemblances intérieures, à Tori et moi. À première vue, on est très différentes, mais nos âmes sont jumelles.

Il me lance un regard interrogateur, et je fais « non » de la tête. Ce n'est pas le moment d'aller au fond des choses. Tori ne me pardonnerait pas de la prendre à revers devant lui. Elle ne serait déjà pas ravie que je tente une conversation intime en tête à tête… alors ajouter Ethan – ou n'importe qui – au cocktail ne peut conduire qu'à des catastrophes.

J'essaie de lâcher prise, mais je dois avoir l'air plus contrariée que je ne le crois. Ethan tiraille sur ma chaîne pour me ramener au présent, tout en me caressant le bas du dos.

Ça marche. Son contact me réconforte plus que tout ce que j'ai connu. Mais ça me rappelle aussi d'où est partie cette conversation.

— Ethan, tu ne peux pas m'offrir un bijou à 40 000 dollars…, dis-je, à la fois exaspérée et bouleversée.

— Trop tard. C'est fait.

— Oui, mais…

Il m'attire vers lui et m'embrasse longuement.

— Pourquoi est-ce qu'on se dispute, là ?

— On se dispute à cause du prix exorbitant que tu as payé pour m'offrir cette chaîne de taille.

— D'accord, mais pourquoi ? C'est trop tard : je l'ai achetée, et tu la portes. Et comme nous l'avons déjà établi, tu ne l'enlèveras pas, alors je ne vois pas l'intérêt de discuter. En outre – même si je préfère en général éviter de le mentionner parce que je sais que ça te met mal à l'aise – j'ai de l'argent, Chloe. Quarante mille dollars ne vont pas me conduire à la prison pour dettes.

Il se penche pour me murmurer la conclusion à l'oreille :

— Et quand bien même ce serait le cas, ça en vaudrait la peine, rien que pour te voir étendue sur mon lit, ne portant rien d'autre que ça.

Il m'embrasse, d'un baiser doux, tendre, parfait. Je ne peux m'empêcher de fondre. Je n'oublie pas l'angoisse suscitée par le prix du bijou, mais je la repousse. En effet, la détermination d'Ethan est telle que le combat est perdu d'avance. Et bien que toutes mes failles me poussent à refuser ce cadeau, je sais que ce que j'éprouve vient du passé, et non de la réalité.

C'est seulement dans ma tête qu'Ethan s'en sert pour m'acheter.

Il est certes le frère de Brandon, mais il ne lui ressemble pas. Si Ethan me fait des cadeaux, c'est parce qu'il en a envie, et pas dans l'espoir d'obtenir quelque chose en échange. Je le sais, je le ressens chaque fois qu'il me prend dans ses bras, chaque fois qu'il m'effleure des lèvres les cheveux, la peau, la poitrine juste au-dessus du cœur.

Ethan me mordille la lèvre inférieure et je le serre pour l'attirer plus près de moi. Puis il me lèche les lèvres, glissant la langue dans ma bouche pour taquiner la mienne, lorsque…

— Ah, beurk ! Prenez une chambre ! Ou mieux, allez dans la vôtre, elle n'est pas loin ! s'exclame Tori en montrant le couloir.

— Bonne idée, réponds-je en entraînant Ethan vers ma chambre. Tu ferais peut-être mieux de mettre un peu de musique. Ou un film d'action, parce que…

Je me prends l'un des coussins du canapé dans le dos.

— Personne n'aime entendre les autres faire de grandes démonstrations, Chloe !

— Oh, je ne sais pas. Ethan ne s'est jamais…

On entend soudain frapper à la porte avec aplomb.

— Tu attends quelqu'un ? dis-je à Tori en me dirigeant vers la porte.

— Non.

Il n'en faut pas plus à Ethan pour me barrer le passage.

— J'y vais, annonce-t-il.

J'essaie de le repousser d'un coup de hanche.

— Pourquoi ? C'est sans doute l'un des voisins qui vient faire un petit coucou à Tori. C'est tout le temps comme ça.

— Eh bien, ça ne le dérangera pas de me rencontrer avant de parler à Tori. Les gens ont sûrement envie de découvrir ton nouveau copain.

— Je viens juste de m'installer ici. Tout le monde s'en…

— Chloe, intervient Tori, Ethan veut surtout dire qu'il est tellement une star que c'est peut-être un paparazzi qui sonne à la porte. Auquel cas, il ne veut pas que tu y sois mêlée.

— Exactement, renchérit Ethan avec un regard approbateur à Tori.

— Allez, Chloe, reprend celle-ci en tapotant le canapé à côté d'elle alors que de nouveaux coups retentissent. Viens regarder le spectacle.

Je lève les yeux au ciel mais rejoins tout de même Tori dans le salon tandis qu'Ethan enlève la chaîne de la porte.

— Comment tu fais pour deviner aussi bien tout ce qu'il pense ?

— Je te l'ai dit, je parle néandertalien.

C'est le moment que choisit Ethan pour écarter le battant. Avant que je n'aie pu voir qui c'est, un poing jaillit et vient s'écraser sur le nez de mon petit ami.

— Ah, commente Tori avant de reprendre une bouchée de pomme. Malgré mon bilinguisme, je ne m'attendais pas à ça.

Chapitre 13

— Qu'est-ce que c'est que ce bordel ?! s'écrie Ethan en titubant sous le coup.

Au lieu de s'effondrer, il saisit le type sur le seuil et le fait entrer en le tenant par le cou avant de le pousser fermement pour le plier en deux.

Je me préparais à voir Brandon, ici, chez moi. Qui d'autre que lui irait frapper Ethan ainsi ? Mais je me trompe complètement. Car ce n'est pas le frère d'Ethan qui se tient au milieu de l'entrée, plié en deux et jurant comme un charretier.

C'est le mien.

— Miles ! Qu'est-ce que tu fiches ici ? dis-je en me levant d'un bond. Ethan, lâche-le !

— C'est lui qui s'est jeté sur moi sans crier gare, proteste Ethan. Pourquoi c'est moi qui me fais engueuler ?

— Je vais l'engueuler aussi, tu peux me croire, quand j'aurai compris ce qu'il fait là. Mais laisse-le, s'il te plaît.

Ethan relâche mon frère à regret, et je vois bien à sa posture qu'il se tient prêt au cas où Miles l'agresserait de nouveau. Mais je connais mon frère : c'est un inventeur, pas un boxeur, et à moins qu'il n'ait beaucoup changé depuis que je me suis installée à San Diego il y a trois ans, ce coup de poing était tout ce qu'il avait en réserve. Je suis même surprise que mon frère, éternel distrait binoclard, en ait été capable.

— Miles ! Qu'est-ce qui t'est passé par la…

À ma grande horreur, il se jette de nouveau sur Ethan. Et cette fois, Ethan le repousse. Il l'envoie valser par terre avec une telle force que j'entends la tête de Miles cogner sur le parquet.

— Arrêtez ! dis-je en me jetant entre eux. Miles, voyons ! Qu'est-ce qui te prend ?

— Comment ça, qu'est-ce qui me prend ? J'essaie de te protéger de ce connard. Est-ce que tu as la moindre idée de qui c'est ?

— C'est mon copain. Évidemment que je sais qui c'est.

— Non ! C'est pour ça que j'essaie de te joindre depuis trois semaines ! Si tu te donnais la peine de m'appeler une fois de temps en temps, je n'aurais pas eu besoin de prendre l'avion rien que pour te parler. Ethan Frost est le frère de…

— Brandon Jacobs. Oui, je sais.

C'est le tour de Miles de rester bouche bée.

— Tu étais au courant ?

Il n'aurait pas l'air plus surpris si je sortais une arme pour tirer sur quelqu'un.

— Et tu sors quand même avec lui ? Tu es folle ? Ou c'est juste une nouvelle façon de te punir ?

J'ai d'abord envie de lui sauter à la gorge et de lui demander de se mêler de ses affaires. Mais même si je ne l'ai pas vu depuis trois ans, il a fait tout ce trajet pour me prévenir, parce qu'il s'inquiétait pour moi. J'aimerais ne pas en tenir compte, mais je ne peux m'empêcher de l'ajouter mentalement à la liste de points marqués des deux côtés entre ma famille et moi.

Mais avant que je n'aie pu dire quoi que ce soit, Ethan se mêle de la conversation.

— Chloe, tu as l'intention de faire les présentations, ou je dois deviner par moi-même qui est ce guignol ?

Il parle d'une voix basse, le regard menaçant. Je prends conscience qu'il ne comprend rien à ce qui se passe. Il ignore qui est Miles, à part son agresseur qui essaie de me convaincre de le plaquer. Pas étonnant qu'il semble prêt à tuer.

— Désolée, Ethan. Je te présente Miles Pierce. Mon frère.

— Chloe, ne t'excuse pas auprès de ce type ! C'est une racaille !

— Miles, arrête !

— Qu'est-ce que tu voudrais que je dise ? Que je suis heureux de te trouver ici avec lui ? Après tout ce que sa famille t'a fait subir ?

Je rétorque d'une voix empreinte de colère :

— Sa famille, Miles ! Pas lui !

— Ça change quelque chose ? rétorque mon frère avec ironie. Les richards, c'est tous les mêmes.

— Tu te prends pour qui ? demande Ethan à voix basse. Qu'est-ce qui te donne le droit, à toi entre tous, de venir perturber Chloe ?

— Ah, c'est moi qui perturbe Chloe ?

Ethan se place devant moi, les bras croisés, avec un air implacable que je ne lui ai vu que lors de réunions d'affaires.

— C'est ce que je constate.

— Va te faire foutre, Frost. Qu'est-ce que tu fiches avec ma sœur, de toute façon ? Elle n'est franchement pas ton genre…

Il sous-entend sans équivoque que je ne suis pas assez sexy. Ça ne me surprend pas, car je suis du même avis, mais pour Ethan, c'est trop.

Il pose une main sur l'épaule de mon frère et serre jusqu'à lui arracher une grimace de douleur.

— On est chez Chloe et tu es son frère, alors je ne vais pas te foutre dehors. Mais tu ferais mieux de surveiller tes propos, si tu veux ressortir d'ici en un seul morceau.

— Bon sang, mais tu es un vrai barbare, toi ! Ça doit être bien agréable d'avoir tellement de fric qu'on peut tout se permettre.

— C'est drôle, je me faisais exactement la même remarque à ton sujet. Un tiroir-caisse à la place du cœur. Pour quelle autre raison est-ce que tu viendrais taper sur ta sœur quand elle ne va pas bien ?

Il garde un visage de marbre, mais le coup porte. Miles blêmit, incapable de trouver ses mots.

— Bon, ça suffit, dis-je. Miles, tu vas te calmer…

— Moi, je vais me calmer ? C'est toi qui couches avec l'ennemi. Après tout ce que son frère t'a fait, tout ce que ses parents t'ont fait, pourquoi est-ce que tu sors avec lui ? Si tu avais besoin d'argent à ce point, tu aurais dû venir me voir. Depuis le début, j'essaie de t'aider…

— Je t'interdis de lui parler comme ça ! gronde Ethan.

Mâchoires et poings serrés, il semble prêt à frapper. Et je le comprends… Après tout ce qu'il a dit et fait ces cinq dernières minutes, c'est un miracle que Miles puisse encore tenir debout, et plus encore parler. Ethan n'aurait accepté ça de personne d'autre, et je sais que c'est uniquement pour ne pas me bouleverser davantage qu'il n'a pas encore tabassé mon frère.

Mais la barrière est mince, et elle se fissure à vue d'œil. Surtout qu'Ethan semble penser que Miles ne prend pas ses menaces au sérieux.

— Franchement, Chloe. Décrocher ce stage ne mérite pas tout ça. Le master de droit…

C'est à cet instant qu'Ethan craque. Il fait un pas en avant, attrape de nouveau mon frère, mais avant que je n'aie pu m'interposer, Tori se fait entendre.

— Fous le camp !

Incrédules, nous nous tournons tous trois vers elle. Pâle de colère, elle s'est levée du canapé. Son petit haut sexy et ses cheveux verts devraient saper son autorité, mais elle tremble d'une telle rage contenue qu'elle devient impressionnante.

— Fous le camp d'ici !

J'apprécie son soutien, mais je voudrais faire retomber la pression.

— Tori, dis-je, il vient juste de…

— … te traiter de pute. Il est là, chez nous, en train de te traiter de pute. Je ne vais pas tolérer ça.

— Il ne voulait pas dire ça…

— Je n'en suis pas si sûr. Ton frère n'est pas un crétin, commente Ethan. Je pense qu'il sait exactement ce qu'il dit.

— Vous vous foutez de moi ? s'écrie Miles. C'est moi le méchant, maintenant ? Lui, là, il couche avec une stagiaire, sa famille a acheté le silence d'une victime de viol…

— Et toi, tu as vendu ta petite sœur pour financer ton entreprise, alors excuse-moi si j'ai un peu de mal à t'écouter me donner des leçons de morale.

C'est tout juste s'il ne vibre de rage. Depuis qu'il a appris que ma famille m'avait forcée à accepter de l'argent en échange de mon silence, ça le ronge. Maintenant que mon frère est là, avec son attitude de merde, ce n'est pas étonnant qu'Ethan ait envie de se jeter sur lui…

— Chloe…, murmure Tori.

Je me retourne et découvre qu'elle me contemple, les yeux écarquillés d'horreur.

Merde. Je ne lui ai jamais parlé du viol. Elle ne connaît de mon histoire que les grandes lignes. En arrivant à San Diego, je voulais repartir de zéro, et j'ai laissé mon passé derrière moi, à Boston. Maintenant que mes secrets sont éventés, elle me regarde comme si j'étais une victime, blessée, faible et sans défense.

Ça me rend folle. J'ai supporté tout le reste – la découverte du lien entre Brandon et Ethan, ma réconciliation avec lui après ça, le comportement intolérable de mon frère –, mais savoir que mon secret m'a été arraché, c'est plus que je ne peux en supporter. C'est ma vie, mon choix. On m'a déjà privée de décider deux fois. Je ne vais pas laisser cette situation se reproduire.

— Ça suffit. J'en ai assez, dis-je en m'approchant de la porte, où j'enfile mes chaussures. Viens, Ethan, je te raccompagne à ta voiture.

Il se contente de me regarder, interrogateur.

— De toute évidence, il va falloir que je m'occupe de mon crétin de frère. Et puisqu'il est incapable de se comporter de façon civilisée, je vais devoir le faire en tête à tête.

Pendant un moment, je redoute qu'Ethan ne proteste. Me laisser seule n'est pas dans ses habitudes.

Mais l'expression de mon visage doit lui révéler mon état d'esprit, car il finit par acquiescer.

Nous gagnons l'ascenseur en silence, puis Ethan prend la parole.

— Il faut que je sois honnête. Ça ne me plaît pas, Chloe. Te laisser seule avec lui, ce n'est pas facile pour moi.

La tête appuyée sur sa poitrine, j'acquiesce :

— Je sais. Et je te remercie de me laisser gérer la situation.

— Mouais.

— Ne prends pas cet air sinistre. Miles ne me fera pas de mal.

— Il m'a sauté dessus pour me mettre une droite. J'ai du mal à partager ton optimisme.

— Au fait, ça va ? dis-je en lui touchant doucement le visage. Ça n'a pas l'air gonflé ni rien.

— C'est parce que tu t'es trop habituée à me voir après une bagarre. Tu as oublié à quoi je ressemble quand je ne viens pas de me prendre un poing dans la figure.

— Pas faux.

Je me hisse sur la pointe des pieds pour lui embrasser délicatement le nez. Même s'il n'est pas enflé, il commence à bleuir.

Nous quittons l'ascenseur.

— Mes connaissances sont sans limites, déclare Ethan en passant un bras autour de ma taille pour traverser la cour en direction de la rue où est garée sa voiture. Et je peux te dire que Miles m'a l'air plutôt instable. Je sais que tu penses qu'il ne cherche qu'à t'aider, et c'est peut-être le cas, mais il est dangereux. Il ne se contrôle pas.

— C'est parce que tu étais là. Il se sent coupable à cause de l'argent que mes parents ont accepté et qu'ils ont utilisé pour financer ses recherches.

— Il a bien raison de se sentir coupable.

— Ce n'est pas sa faute si mon père est un escroc, toujours en train de préparer son prochain coup. Ou si ma mère est trop faible pour contester la moindre décision de son mari.

— Certes. Mais il aurait pu entrer dans une boîte respectable qui l'aurait aidé à payer ses brevets au lieu de le détrousser. Il n'avait pas besoin de laisser ses parents utiliser de l'argent sale pour se faire sa place au soleil.

Les dents serrées, il parle d'une voix basse et colérique.

En contemplant ses yeux brûlants de rage, je me dis que c'est un miracle qu'il n'ait pas blessé Miles après avoir découvert son identité. Sa colère ne semble pas moindre qu'un certain matin il y a plus de deux semaines, lorsqu'il parlait à Brandon dans l'allée.

Tout ce que je peux dire, c'est qu'entre son frère et le mien, ça ferait une sacrée réunion de famille.

— Miles n'est pas comme toi, dis-je après avoir laissé à Ethan une minute pour se contrôler. Il n'a pas la force de se tracer son propre chemin. Il est beaucoup trop coincé dans sa bulle, enfermé dans ses idées, pour se préoccuper de quelque chose d'aussi matériel que de faire tourner une boîte ou d'acheter à manger. Et puis mes parents ne lui ont pas laissé le choix. Ils l'ont fait, c'est tout…

— Ne lui cherche pas d'excuses, rétorque Ethan en m'attirant à lui pour me donner un baiser passionné qui me fait tourner la tête et battre le cœur. Il est faible, Chloe. Et cette faiblesse le rend dangereux. Il faut que tu sois prudente.

— Miles ne me ferait jamais de mal. C'est mon frère.

Ethan me regarde en silence pendant une minute.

— Je disais la même chose à propos de Brandon, autrefois…

Je ne vois pas ce que je pourrais répondre à ça.

— Je suis sérieux, Chloe. Je sais que Miles est ton frère et que tu l'aimes. Mais je ne lui fais pas confiance. Et tu ne devrais pas non plus.

Il m'embrasse encore avant de déclencher l'ouverture des portières de sa voiture – la BMW, aujourd'hui.

— Appelle-moi quand il sera parti pour me raconter comment ça s'est passé.

— Tout ira bien.

Ethan acquiesce.

— Tu n'as pas l'air de me croire…

— Je sais que tu es sincère quand tu le dis. Promets-moi de m'appeler.

Après un dernier baiser, il monte en voiture.

— Promis.

Je m'écarte pour le regarder partir. Il me montre l'ascenseur du doigt et ne bouge pas. Je lève les yeux au ciel, mais il se contente de hausser les épaules et d'attendre que je regagne l'ascenseur. Ce n'est que lorsque les portes se referment et qu'il me sait en sécurité que je le vois démarrer.

Le temps d'arriver à l'appartement, je me suis repassé la conversation avec Miles et Ethan, et je suis de nouveau en colère. Mon frère s'est comporté comme un fou furieux, cognant avant de discuter. Faut-il s'étonner qu'Ethan le considère comme dangereux ?

Lorsque j'ouvre la porte, je suis prête à en découdre avec Miles. Toutefois, Tori est déjà en train de s'en charger. Elle a une tête de moins que lui, mais beaucoup de couleurs en plus, et ne se laisse pas démonter. Elle lui hurle qu'il est un parfait crétin et qu'il ferait mieux d'avoir confiance en mon jugement.

Ni l'un ni l'autre ne remarque mon retour.

Je claque la porte et regarde Miles sursauter d'un air coupable. Parfait. Il a toutes les raisons du monde de se sentir coupable.

— Qu'est-ce qui t'est passé par la tête ? dis-je en m'approchant de lui.

— Rien du tout ! Il a la tête complètement vide, décrète Tori.

— Je me suis dit que ma sœur préférerait être informée qu'elle sortait avec un psychopathe.

— Miles, tu ne peux pas le juger d'après son frère.

— D'après ce que j'ai pu voir il y a cinq ans, toute la famille a de sérieux problèmes. Qu'est-ce qui te pousse à croire que le grand frère en est miraculeusement exempt ?

— Laisse-moi réfléchir, répliqué-je avec ironie. Peut-être parce que je le connais ? Ou bien parce que nos parents ont des comportements pas franchement sains, et que ça ne nous a pas empêchés de nous en sortir.

— C'est ça. On est tous les deux l'image même de la santé mentale, ricane mon frère.

— C'est quoi, ce sous-entendu ?

Du coin de l'œil, je vois Tori attraper son sac à main et se faufiler par la porte d'entrée. J'ai mille raisons de la considérer comme ma meilleure amie, et le fait qu'elle choisisse de quitter son propre appartement alors qu'en restant elle pourrait obtenir la réponse à de nombreuses questions s'ajoute à la liste.

— Je suis incapable d'aligner trois mots en public, et toi… tu es maso au point d'imaginer que tu es tombée amoureuse du frère de ton violeur. Chloe, tu es bien obligée d'admettre qu'on donnerait du fil à retordre à un psy.

— Dans ce cas, c'est une bonne chose que je n'aille pas chez le psy.

Je traverse la pièce pour gagner la cuisine et entreprends de ranger les courses qu'a apportées Ethan. J'ai du mal à croire qu'il y a encore une demi-heure, une merveilleuse journée semblait débuter. Certes, Ethan et moi sommes encore un peu maladroits après ces deux horribles semaines de séparation, mais on fait tous les deux des efforts.

Et ça avançait bien, en plus, jusqu'à ce que Miles décide de se pointer pour tout foutre en l'air.

— Tu veux un café ? dis-je en me versant une tasse.

J'ai préparé une cafetière juste avant l'arrivée d'Ethan.

— Avec plaisir.

Je le sers également avant de glisser deux bagels dans le grille-pain.

— Ne te sens pas obligée…

— J'ai faim. J'imagine que toi aussi.

— Oui. J'ai pris un vol de nuit. J'arrive de l'aéroport.

Je retire les bagels grillés de l'appareil et les tartine de fromage.

— Tu es venu pour quoi, exactement ?

— Je te l'ai dit. Je suis venu parce que tu ne répondais pas au téléphone. Ça fait des semaines que j'essaie de te joindre, explique-t-il en se passant une main dans les cheveux d'un geste agacé. Depuis que j'ai reçu une alerte Google qui m'informait de ton arrivée comme stagiaire chez Frost Industries. Tu n'as répondu à aucun de mes appels, ni à mes textos ou mes mails. Qu'est-ce que je pouvais faire d'autre ?

— Comprendre que je n'avais pas envie de te parler...

— J'en ai bien conscience, crois-moi ! Mais, autrefois, tu me rappelais quand même. Pourquoi est-ce que tout est parti en couilles comme ça, Chloe ? On était tellement proches...

Abattu, il s'assied sur l'une des chaises du coin petit déjeuner.

C'était avant que tu te construises une carrière sur les cendres de ma souffrance.

J'ai envie de le dire. Je suis à deux doigts de le faire. Mais ça serait ridicule, mélodramatique. Et puis, je ne lui en ai jamais voulu. Pas vraiment. Comme moi, il n'était qu'un pion dans ce désastre. Du moins, c'est ce que je me suis toujours raconté. J'étais même persuadée d'y croire... Jusqu'à maintenant.

— On peut parler d'autre chose un moment ?

Je prends une bouchée de mon bagel et tente de faire comme s'il n'avait pas un goût de carton.

Miles semble vouloir protester – il n'a sans doute pas envie de gaspiller une minute de plus que nécessaire loin de son labo –, mais il finit par acquiescer.

— Alors parle-moi de la fac. Comment ça se passe ?

Voilà un sujet de conversation moins épineux. Et sans danger. Du coup, je fais ce qu'il me demande :

je lui raconte l'année qui vient de se finir. Il me pose des tas de questions, rit à mes anecdotes rigolotes et va jusqu'à m'en raconter quelques-unes à propos de son boulot. Je fais de mon mieux pour ne pas penser à d'où vient l'argent qui finance tout ça, et j'y arrive presque.

Mais parler de la pluie et du beau temps, ça va cinq minutes, et il finit par ramener la conversation vers Ethan.

— Il n'est pas comme nous, Chloe. Les richards ne pensent pas comme nous.

— Je suis désolée, mais je crois que tu n'es pas exactement pauvre non plus, désormais.

— Quelques millions, ce n'est pas comparable à Frost Industries. Sans parler du milieu dont il est issu.

— C'est son beau-père qui est très riche. Le père d'Ethan était soldat, tu le sais très bien.

— Tout le monde le sait très bien. Médaillé de guerre. Mort au combat. Héros militaire. Ce genre de célébrité, ça apporte aussi des problèmes. En plus, il s'est bien adapté à la nouvelle famille de sa mère. Même moi, j'ai vu des photos où il est avec elle dans les soirées mondaines de New York ou Washington.

— Il aime sa mère. Et donc ?

Je joue la désinvolture, mais je sens que Miles voit clair dans mon jeu. La mère d'Ethan – et de Brandon – a été horrible avec moi après le viol. Vraiment méprisable. Et je dois admettre que lorsque j'y pense, je me demande comment les choses vont bien pouvoir marcher entre Ethan et moi. C'est la raison pour laquelle je lui ai bien précisé que je n'avais pas envie de parler du passé. Du tout. Que c'est une pierre d'achoppement dans notre relation.

Ethan est un homme merveilleux, et je l'aime. Je peux accepter qu'il n'ait rien à voir avec ce qui m'est arrivé au lycée. En revanche, je n'ai pas la force de supporter tous les souvenirs du viol liés à sa famille. Donc ça ne peut marcher que comme ça. Notre relation doit rester fermement ancrée dans le présent.

— Et donc, c'est une salope à moitié folle qui n'hésiterait pas à te jeter sous un camion si l'occasion se présentait.

— Eh ben, je n'ai pas l'intention de laisser l'occasion se présenter.

— C'est ce qu'on dit toujours…, répond Miles avec un sourire triste.

— Je sais que tu ne fais pas confiance à Ethan, mais moi si. Il ne laissera rien m'arriver.

— Tu plaisantes ? Il est de ton côté en ce moment, mais que se passera-t-il quand sa famille aura besoin de lui ? Sa mère ou son petit frère ? Ne t'imagine pas qu'il fera autre chose que voler à leur secours sans la moindre hésitation.

— Il m'a dit qu'il ne voulait plus entendre parler de Brandon. Qu'il avait envie de le tuer. Il ne veut rien avoir à faire avec ce connard.

Miles hoche la tête d'un air dubitatif.

— Tu crois qu'il ressent la même chose pour sa mère ?

— Peu importe.

— Au contraire, ça importe. On parle de gens richissimes et influents, Chloe. Les apparences sont toujours trompeuses dans leurs conseils d'administration, leurs tractations politiques et leur vie. Si tu crois qu'Ethan Frost n'est pas prêt à te lâcher au moindre signe de sa famille, tu te fourres le doigt dans l'œil.

— Tu te trompes.

— Non. Je veux bien qu'il soit amoureux de toi. Et même qu'il se croie prêt à s'opposer à sa famille pour toi, mais…, commence Miles en penchant la tête.

— Il l'a déjà fait !

— Alors il marque un point. Mais un jour, sa famille ou sa boîte auront besoin de quelque chose. Ou bien lui en aura envie, vraiment. Et c'est toi qui en souffriras. Comment tu le supporteras ?

— Je le supporterai comme j'ai supporté que nos parents acceptent un pot-de-vin pour étouffer mon viol. C'est tout. Mais ça ne va pas se produire. Ethan ne me traitera jamais comme ça.

Je prends une gorgée de café en feignant de ne pas voir mes mains trembler.

— J'espère que tu as raison. Pourtant, il faut que tu comprennes que pour lui, ça ne sera même pas une trahison. Pour lui, ça sera seulement les affaires.

Un contrat qu'il doit conclure pour Frost Industries. Une opportunité que son beau-père veut explorer. Peu importe. Mais ça va se produire, Chloe. Ça finit toujours par se produire. Il retournera dans son trou avec Brandon, sa salope de mère ou son connard de beau-père. Dans un cas comme dans l'autre, ça te détruira.

— Tu n'en sais rien…

— Si. Je suis peut-être un scientifique qui ne sort pas beaucoup de son labo, mais j'ai étudié l'histoire. Je sais comment fonctionne la politique. Je sais ce qu'est la trahison. La seule question, c'est : et toi, est-ce que tu connais tout ça ?

Chapitre 14

Les paroles de mon frère continuent à me hanter longtemps après son départ pour Boston. Malgré tous mes efforts, je ne parviens pas à les oublier.

Non que je pense que Miles ait raison. Au contraire.

Je connais Ethan. J'aime Ethan. Il m'aime.

Il ne me trahirait jamais.

Sauf… sauf… que je me suis déjà trompée par le passé. Vraiment. Et comment cela s'est-il fini pour moi ?

Violée, tuméfiée et ensanglantée sur un parking désert.

Déchirée, dévastée et anéantie dans le bureau d'un avocat sans âme.

Terrifiée, vulnérable et triste, tellement triste, dans les cages d'escalier et les couloirs déserts de mon école.

Si j'ai survécu à tout ça, c'est parce que je me répétais que j'en sortirais un jour. Que je me construirais une nouvelle vie loin de tout ce qui m'était arrivé, et que je n'aurais plus jamais besoin d'y penser. Et c'est ce que j'ai fait. Avant Ethan, et maintenant avec lui. C'est une bonne vie. Une vie dont je suis fière.

Et une petite partie de moi est toujours terrifiée à l'idée qu'on me l'arrache sans crier gare. Et même si je sais que j'ai tort de mettre mon bonheur entre les mains d'un homme, je sais que si je perds Ethan, je ne serai plus jamais la même. Je suis trop à fond, trop accro aux sensations et aux sentiments qu'il éveille en moi.

J'ai beau essayer de la repousser, cette pensée me revient sans cesse.

À 15 heures, Ethan m'envoie un texto juste pour savoir comment je vais. Je ne sais pas pourquoi, je m'abstiens de répondre.

À 15 h 30, il envoie un deuxième message.

Je l'ignore encore.

À 16 h 45, il m'envoie :

Tout va bien ?

Je réponds par un smiley, bien que je ne me sente pas aussi souriante.

Chloe ?

J'éteins mon téléphone.

À 18 heures, un colis arrive à l'appartement. Il n'y a pas d'adresse d'expédition, mais je n'en ai pas besoin. Je l'ouvre aussitôt – évidemment –, car je n'ai jamais été capable de résister à un cadeau d'Ethan, quelles que soient les émotions qui se bousculent en moi.

Dans la boîte, je trouve un tailleur, noir avec de fines rayures argentées, dont il se dégage à la fois une impression de force et une intense féminité grâce à ses boutons en métal et aux discrètes dentelles qui ornent les manches, le col et les ourlets du pantalon.

Il vient de chez Armani, bien entendu, et il ne me faut pas une seconde pour comprendre à quoi il est destiné. C'est le remplacement de mon unique tailleur élégant, que j'ai perdu sous la pluie l'autre soir sur la plage, quand nous avons fait l'amour.

Il est magnifique, c'est indiscutable. Exactement ce dont j'avais besoin. Pourtant, lorsque je repense à ses précédents cadeaux – fraises, coquillages et sachets de thé –, je ne peux m'empêcher d'être un peu déçue. Je me sens ingrate, mais je n'y peux rien. J'aime quand Ethan m'offre des petites choses qui n'ont d'importance que parce qu'il pensait à moi, parce qu'il me connaît. Des petits cadeaux qui me permettent de lui rendre la pareille, de lui montrer que moi aussi je pense à lui. Des petites attentions qui ne coûtent pas des mille et des cents.

Mais je sors tout de même le tailleur de la boîte pour le regarder, et mon cœur se met à battre plus vite. Au fond du colis se trouve un éclat de verre triangulaire poli par la mer. Il est bleu, l'une des couleurs qu'on trouve le moins souvent, et ses arêtes se sont estompées sous l'effet de l'érosion.

Il incarne la beauté, la perfection, et sa couleur est celle des yeux d'Ethan. Je le tiens dans ma paume, fermant doucement les doigts. Je pourrais jurer sentir la chaleur du sable en été, comme si un petit cœur battait dans le creux de ma main. Je voudrais ne jamais le lâcher.

Mais il y a aussi un peigne à cheveux ancien que je brûle d'essayer. Il est orné d'une myriade de strass – j'espère du moins que ce sont des strass – disposés en une éblouissante arabesque. Il est aussi magnifique que le morceau de verre, et témoigne de la même attention. J'ai une petite collection de peignes anciens amassés depuis mes onze ans. C'est de loin le plus joli de tous – et même de tous ceux que j'ai vus – et je ne résiste pas au plaisir de le sortir du papier de soie et de le lever à la lumière pour le voir étinceler. Puis j'enroule mes cheveux en un chignon négligé dans lequel je l'enfonce. Un coup d'œil au miroir m'apprend qu'il rend aussi bien que je l'imaginais.

Et pour finir, comme si tous ces présents ne suffisaient pas, il y a un exemplaire de *La Centaine d'amour* de Pablo Neruda. Il est rose vif, pas vraiment la couleur à laquelle on s'attendrait pour des sonnets si vibrants de chaleur et d'émotion, mais il me plaît quand même. Je le serre contre mon cœur un long moment avant de l'ouvrir à la page marquée par un superbe signet en forme de sirène – encore un cadeau. Il s'agit du sonnet 17, et bien que je ne l'aie encore jamais lu, je me sens déjà bouleversée. Depuis que j'ai envoyé un poème à Ethan au début de notre relation, nous partageons quelque chose à propos de Neruda.

Nous échangeons des vers, des strophes ou des poèmes entiers, des mots qui nous touchent, que Neruda a écrits pour son amoureuse et qui forment un écho sublime à nos propres émotions.

Certains vers sont surlignés, et, en les lisant, je sens ce qui restait de glace en moi fondre doucement. Je me sentais glacée, pas tout à fait bien, ni tout à fait présente, depuis qu'Ethan est rentré de son dernier voyage d'affaires sur la côte Est. D'abord, il a essayé de rompre avec moi, puis Brandon est apparu et c'est moi qui ai quitté Ethan, ensuite nous nous sommes ignorés pendant deux horribles semaines ; à présent, nous sommes de nouveau ensemble, mais ça ne semble pas réel. Comme s'il manquait quelque chose…

Et c'est ma faute. Mes règles et mes failles ont rendu Ethan réticent. Il est aussi prudent que je suis effrayée. Et je m'en veux de lui avoir fait ça, d'avoir transformé cet homme beau, puissant et passionné en une personne qui attend, qui guette, qui réfléchit avant de donner un baiser, et qui me fait l'amour comme si j'étais la chose la plus fragile du monde.

C'est la dernière chose que je veux.

Je t'aime comme on aime certaines choses obscures,

En secret, entre l'ombre et l'âme.

Ce poème, ces mots, me donnent l'espoir que les choses ne seront pas toujours ainsi entre nous. Je passe les doigts sur le papier, suivant le contour des lettres pour les imprimer dans mon âme comme Ethan y est déjà gravé, pour toujours.

Je t'aime sans savoir comment, ni quand, ni depuis où
Je t'aime directement, sans problème et sans fierté.

Les mots font écho à ceux qui tournent dans ma tête, dans mon cœur. C'est ainsi que j'aime Ethan. Ainsi que je l'aime depuis toujours, même quand je ne voulais pas. Et que je l'aimerai toujours, quoi qu'il arrive. Quelle que soit la fin de notre histoire. Que nous finissions ensemble ou séparés, personne ne me touchera au plus profond de mon être comme il le fait.

Je pense alors à Brandon, et même si ça me semble sacrilège en cet instant, je ne peux m'en empêcher. Je songe au creux dans ma poitrine, à la douleur et à la solitude, à la terreur et à la colère. Et j'imagine ce que ce serait de vivre sans tout cela, sans une once de cette souffrance. D'être heureuse, amoureuse et aimée comme le décrit Neruda.

J'attrape mon téléphone, le rallume et fais apparaître le dernier texto d'Ethan. Puis je lui envoie les deux derniers vers du poème.

Si proche que ta main sur ma poitrine est mienne,
Si proche que tes yeux se ferment sur mes rêves.

Un quart d'heure plus tard, on frappe à la porte avec force, et je sens mon cœur bondir. Je sais qui c'est, évidemment, mais je regarde quand même dans le judas, comme n'importe quelle femme qui vit dans une grande ville devrait le faire.

C'est Ethan, bien sûr, et j'ouvre la porte en grand. Et reste à le dévorer des yeux.

Je ne peux m'en empêcher. Il est tellement sexy. Incroyablement sexy. Il porte un jean déchiré et un tee-shirt noir moulant qui souligne ses biceps et ses pectoraux. Il arbore une expression que je ne lui ai jamais vue, comme un homme affamé… ou mourant. Effréné, dépravé, peut-être même un peu cinglé. Et je vous jure que j'en ai l'eau à la bouche.

Et puis, c'est parti.

Il m'attrape par les bras.

Me colle à lui.

Claque la porte derrière lui. Écrase sa bouche sur la mienne. Me pousse contre le battant.

Ensuite, il prend. Il ne fait que ça.

Il est insatiable, sa bouche passant de mes lèvres à mes joues puis ma gorge. Il s'arrête à la base du cou et me suce la peau si fort que je sais que j'aurai un bleu demain.

Il passe de l'autre côté, me fait la même chose, puis saisit ma chemise et tire dessus. Elle se déchire, les boutons volant dans toutes les directions.

Il s'agenouille devant moi, mordillant et suçotant ma peau en un chemin qui descend droit vers le centre de mon corps. Il s'arrête sur ma poitrine pendant quelques secondes haletantes, repoussant mon soutien-gorge pour me faire des suçons sur le dessous si tendre de mes seins.

— Ethan, dis-je, entre soupir et gémissement.

J'ai la tête qui balance d'avant en arrière contre le mur, les doigts emmêlés dans ses cheveux, et mon corps… mon corps est comme une étoile sur le point d'exploser. Comme s'il allait brusquement se consumer en une gigantesque flamme à la température si élevée que l'univers tout entier pourrait être réduit en cendres.

— Chloe, gronde-t-il en réponse en ouvrant le bouton de mon jean avant de me l'arracher.

Il pose la bouche sur ma hanche, et cette fois, il mord. Vivement. Je pousse un petit cri, mais je m'embrase de l'intérieur. Les yeux clos, il enfouit le visage entre mes cuisses et me pose les mains sur les fesses.

— Ethan…

Je frotte mon bassin contre lui. Je suis folle de désir de sentir sa bouche, ses mains, n'importe quoi… tout ce qu'il voudra me donner.

Il ne répond pas. Pendant de longues secondes, il ne fait rien du tout. Il ne parle pas, ne mord pas, ne bouge pas. Il se contente de respirer ma fragrance en inspirations tremblantes qui ne font qu'accroître mon excitation.

D'un coup, il déchire la dentelle délicate de ma culotte pour me l'arracher avec un juron qui ressemble davantage à une prière. Il pose une main sur mon ventre, appuyant mes fesses contre le mur, avant d'attraper ma jambe droite pour la passer sur son épaule.

— Ethan !

Cette fois, j'ai crié, d'une voix aiguë et suppliante, alors que toute ma conscience, mon univers tout entier, se retrouve dans ces deux syllabes.

— Je suis là, ma chérie. Je suis là.

Il me mordille l'intérieur des cuisses, passant la langue sur ma peau après chaque morsure pour apaiser la douleur. Il recommence, inlassable, créant un chemin de marques de mes genoux à mon sexe.

— Ethan, je t'en prie ! J'ai besoin de toi…

J'empoigne sa chevelure soyeuse pour lui lever la tête, afin de le regarder. Afin qu'il me regarde également, et qu'il voie le désir qui m'emporte peu à peu dans la folie.

— J'ai besoin de toi.

— Tu m'as, répond-il en suçant un point de mon mont de Vénus.

J'ai du mal à réprimer un cri. Des frissons électriques me parcourent, de sa bouche vers mon clitoris, et je me noie dans mes sensations. Je deviens folle.

Il sort la langue pour suivre les contours de mon sexe dans un geste lent. J'ai l'impression que tout ce qui a précédé n'était rien…

— Ethan !

Cette fois le cri est bas, frénétique. C'est une supplique, pour qu'il arrête, pour qu'il continue, pour qu'il fasse quelque chose, n'importe quoi, afin d'apaiser l'affolement voluptueux qui m'agite.

Mais il ignore mes cris, mon besoin, oubliant tout sauf mon sexe qui l'appelle et mon corps qui vibre.

— Tout va bien ? chuchote-t-il tout contre mon clitoris.

Puis il décrit des cercles autour avec sa langue.

— Fais quelque chose ! gémis-je. Je t'en prie, fais quelque chose. N'importe quoi, mais fais-le.

Dans un geste involontaire, je le frôle avec mes ongles, des cheveux jusqu'aux épaules.

Il perd le contrôle – enfin.

— Merde ! crie-t-il en s'agrippant à mes cuisses pour les écarter davantage. J'étais déjà en équilibre instable, une jambe passée sur son épaule, et je manque de tomber.

Je m'accroche à lui de plus belle, enfonçant les ongles dans sa peau, et il pousse des jurons, d'une voix basse et frénétique.

— Je suis là, grogne-t-il.

Et c'est vrai. Ethan ne me laisserait jamais tomber.

Cette pensée triomphe de l'anxiété qui m'habitait encore. Ethan doit le percevoir car il se saisit de ma seconde jambe pour la caler dans le creux de son coude. Je suis complètement offerte, vulnérable. Dépendant de lui pour ne pas tomber. Pour être en sécurité.

Et je le laisse faire car le contraire est impossible.

Parce que c'est Ethan, et que je lui fais confiance.

Et parce que j'ai plus besoin de lui que de l'air que je respire.

Parce que c'est Ethan et que je l'aime.

Il sent que je m'abandonne – à moins qu'il ne perçoive la détente de mon corps, l'acceptation de son contrôle, malgré le désir qui grandit en moi.

— Je suis là, répète-t-il.

Sa langue pénètre profondément en moi.

J'ai l'impression de perdre la tête alors que le plaisir m'envahit, que mon corps semble éclater dans toutes les directions et en redemander. Demander qu'il me donne tout. Je me cambre contre sa bouche, pressant mon sexe contre lui alors qu'il lèche et effleure les endroits les plus sensibles.

— Ethan ! dis-je encore une fois dans un quasi-sanglot, si proche de l'orgasme que l'attente se transforme presque en torture davantage qu'en plaisir.

Presque.

Ça ne fait pas si longtemps qu'on est ensemble, mais Ethan connaît déjà mon corps aussi bien que moi. Lorsqu'il comprend combien je suis près de jouir, il tourne la langue à l'intérieur de moi, frôlant chacun de mes points les plus sensibles.

Puis il s'écarte et je sanglote, suppliante, pour qu'il mette fin à mes tourments. Il me murmure des paroles sans suite que je suis incapable de comprendre. Il passe les mains sous mes fesses pour me soulever encore davantage, m'ouvrir plus encore, et il pose doucement les dents sur mon clitoris.

Je bascule dans la volupté, tout mon corps tremblant, secoué de plaisir, alors que je me perds entièrement, oubliant tout sauf Ethan et l'extase qui se répercute en moi. Les sensations se succèdent en vagues, jusqu'à ce que j'en aie la tête qui tourne et le corps douloureux. Mais Ethan ne cesse pas, il continue de me lécher, me sucer, m'embrasser et me caresser.

Il introduit un doigt en moi, puis un autre, et un troisième, sans cesser de tourner autour de mon clitoris avec sa langue. Il trouve mon point G, le frotte doucement. Je me mords la lèvre, essayant une fois de plus de retenir mes cris. Mais cette fois, c'est en vain. Je deviens folle, Ethan me conduit plusieurs fois à l'extase avec ses doigts, sa langue, son corps somptueux.

Ça ne s'arrête pas. Le plaisir monte en moi jusqu'à ce que je ne passe plus d'un orgasme à un autre, mais que je continue à ressentir des vagues de plaisir.

Je suis aussi effrayée qu'impressionnée, et je m'agrippe des deux mains aux épaules d'Ethan. Je ne fais rien d'autre que me tenir alors que le plaisir commence à me détruire. Je perds la faculté de penser, de parler, de respirer. De faire quoi que ce soit d'autre que sentir Ethan tout autour de moi, et le plaisir qui m'assaille sans relâche.

Une minuscule part de moi reste en contact avec la réalité alors que tout le reste lâche prise. Cette partie de mon être me crie d'arrêter, m'avertit qu'Ethan est en train de me réduire en miettes, me détruire, de prendre le contrôle si complètement que je n'existerai plus sans lui. Que l'addiction que nous éprouvons l'un envers l'autre ne sera plus seulement une flamme dans nos veines, mais un feu de forêt qui menace de nous anéantir tous les deux.

— Ethan, je n'en peux plus. Je ne…

— Mais si, tu peux. Tu vas prendre tout ce que je te donne, et tu me donneras tout en échange.

Et il tourne la langue autour de mon clitoris, provoquant un nouvel orgasme.

— Tu vas tout accepter, jusqu'à ce qu'on soit complètement vidés, ajoute-t-il.

Il me mord et me pince en même temps le téton. Je perds contact avec la réalité, embarquée dans un plaisir que je n'aurais jamais pu imaginer. Je m'agrippe à lui de toutes mes forces, l'instinct me disant que si je le lâche, je vais perdre tout contrôle.

Percevant mon émoi, Ethan prend garde à ne pas me lâcher. Il me caresse, me tapote et m'embrasse pour m'aider à reprendre doucement contact avec le monde. Il ne me ramène pas entièrement – pas assez pour que je me détende –, mais il me laisse respirer, pendant quelques secondes.

Il reste où il est, le visage contre mon ventre, son corps étroitement enlacé au mien. Ce n'est que lorsque je reprends mon souffle qu'il bouge pour reposer mes jambes par terre.

J'ai les genoux qui tremblent – sans surprise –, tout mon corps crispé et douloureux. Sans me lâcher, Ethan se lève.

— Qu'est-ce qui m'a valu ce plaisir ? dis-je en lui effleurant les lèvres avec les miennes.

Je décèle sur sa bouche le goût de mon excitation, et ça suffit à faire renaître le désir dans mes seins et mon sexe.

— Je t'aime, c'est tout, murmure-t-il, l'air plus sombre que depuis bien longtemps, voire toujours. J'ai eu peur que ton frère ne te persuade que je n'en valais pas la peine.

— Ethan, mon chéri, c'est totalement impossible.

Il pose les mains sur mes joues pour m'obliger à le regarder en face.

— Tu es sûre ? Je sais bien qu'être avec moi, c'est accepter des tas de choses horribles.

Je me serre contre lui. Ses vêtements irritent ma peau rendue trop sensible par toutes mes angoisses, ravivées par les paroles d'Ethan.

Il n'est jamais anxieux, incertain. Il peut lui arriver de se montrer vulnérable, de s'ouvrir à moi comme à personne d'autre, mais il sait ce qu'il fait. Il sait ce qui va se passer. Le fait que ce ne soit pas le cas en cet instant, que les deux semaines de séparation l'aient secoué à ce point, me blesse plus que tout au monde.

Oui, j'ai mes doutes. Oui, je me demande si l'addiction que nous éprouvons l'un envers l'autre est saine, ce qu'il adviendra lorsque tout aura été dit, mais je ne veux pas qu'il nourrisse les mêmes inquiétudes. Je ne veux pas qu'il souffre autant que moi.

— Je t'aime, dis-je en l'embrassant de nouveau. Je t'aime, je t'aime, je t'aime.

C'est sans doute ce qu'il avait besoin d'entendre, car il me retourne aussitôt contre le mur, appuyant mon visage, mes seins et mes mains contre la surface froide tout en me cambrant le bassin en arrière.

Il introduit une jambe entre les miennes, afin de m'ouvrir de nouveau. J'entends le bruit de sa braguette, le froissement de ses vêtements. Aussitôt après, il entre en moi, sans prendre le temps de mettre un préservatif, de vérifier que je suis toujours prête. Rien d'autre qu'un coup de hanches puissant qui l'introduit en moi jusqu'à la garde.

Il pose les lèvres sur mon épaule, léchant mes hématomes – ou plutôt mes suçons –, puis il commence à bouger, chaque poussée me levant sur les orteils et frottant mes tétons sur le mur rugueux jusqu'à ce que j'aie envie de crier.

C'est un moment de décadence totale. J'éprouve une terrible émotion à être nue alors qu'Ethan est habillé, à être ouverte et offerte alors qu'il est dans une telle posture de pouvoir. Il prend ce qu'il veut, dans un va-et-vient brutal.

Il me murmure des mots sans suite tout en me prenant, des paroles d'amour, de sexe, de passion et de désir. Et bien qu'aucun de ces mots n'ait de sens en lui-même, ils forment une mélopée magnifique. Ils me font planer, et je perds une fois encore le contrôle de mon corps.

Lorsque Ethan se raidit, déversant son plaisir en moi avec un cri et un dernier mouvement de hanches qui me procure un nouvel orgasme, je suis frappée par une idée qui ne m'avait jamais effleurée.

J'appartiens à Ethan Frost. Il me possède comme je ne l'ai jamais été et ne le serai jamais. Corps, âme et cœur.

Avec mon passé, c'est le premier des trois qui m'effraie le plus, qui me donne envie de me retirer en moi-même pour échapper à mes émotions en excès. En grand excès.

Mais Ethan sait. Il devine toujours, et il passe une main entre le mur et moi pour me caresser le clitoris.

J'ai beau avoir peur, être totalement terrifiée, je ne peux résister à son toucher, à l'amour qu'il me transmet. Puis il me mord l'épaule, ses dents me ramenant sur terre tout en m'administrant le bleu du siècle.

Et ça m'est égal, car il me fait de nouveau l'amour avec vigueur. De plus en plus fort, m'écrasant contre le mur. Jusqu'à ce qu'il n'y ait plus de Chloe. Plus d'Ethan. Plus de passé, plus de futur. Il ne reste que nous, ensemble. Maintenant.

Alors que je laisse l'orgasme déferler en moi, mon corps ne m'appartient plus.

La seule chose qui compte, c'est Ethan, et ce que je ressens avec lui.

Chapitre 15

— Eh, pourquoi on s'installe ici, aujourd'hui ? dis-je à mon ami Austin en posant mon plateau sur la table de la cafétéria.

Nous nous sommes rencontrés lors de ma première semaine à Frost Industries. Lui et nos deux autres amis, Romeo – mais ne l'appelez pas comme ça sous peine d'en subir les conséquences – et Zayn, effectuent leur stage dans les laboratoires tandis que je travaille à la propriété intellectuelle. Lorsque les internes de mon service se sont mis à me traiter comme une moins que rien – merci, Rick et sa bande – à cause de ma relation avec Ethan, ils m'ont laissée m'asseoir avec eux. Nous nous sommes vraiment bien entendus et, depuis, nous déjeunons ensemble presque tous les jours. Mais, d'habitude, nous sommes à l'autre bout de la cafétéria, un peu à l'écart.

Assise sur l'avant comme aujourd'hui, j'ai l'impression d'être dans une vitrine. Rick et les autres se sont arrangés pour que ma liaison avec Ethan soit connue de toute la boîte. Non que nous nous cachions – Ethan ne supporte pas l'idée –, mais je ne me promène pas non plus avec une pancarte. Après tout, sortir avec le patron n'a jamais été le meilleur moyen de se faire bien voir de ses collègues.

Ma relation illicite – ou du moins pas complètement licite – m'attire bien plus d'attention que je le voudrais lorsque je me trouve dans les parties communes de Frost Industries, et c'est pour cela que je préfère m'installer dans un recoin de la cafétéria. Les garçons le savent, et je suis perplexe devant ce changement d'habitudes.

— Austin ?

Il a toujours été le meneur de notre bande. Mais aujourd'hui il ne m'accorde pas un regard et ne se donne pas la peine de répondre à ma question. Son comportement est tellement étrange que je me tourne vers Ro et Zayn, en quête d'une explication.

— La télé est par là, soupire Ro en levant les yeux au ciel d'un air consterné. C'est la demi-finale de la Coupe du monde, aujourd'hui, et il est scotché à son téléphone, son ordi et cette télé depuis ce matin. Il est même venu quatre fois à la cafétéria, sous prétexte de prendre un en-cas. Et c'est pour ça qu'on déjeune si tard. Il ne veut pas rater le début du match.

— Ça s'appelle un coup d'envoi, abruti ! le réprimande Austin avec son accent *british* à couper au couteau, les yeux toujours rivés sur le grand écran.

Ce n'est pas la seule télé de la pièce. Il y en a douze en tout, réglées sur différentes chaînes d'information ou de sport. La Coupe du monde s'affiche sur sept d'entre elles.

— Je n'ai jamais vraiment compris l'intérêt du foot, dis-je à Ro, qui acquiesce en douce. Je sais que tout le monde est fan, mais je préfère le football américain.

— Exactement ! Quel est l'intérêt de regarder vingt-deux maigrichons en short courir après une balle sur un carré de pelouse ?

Cette fois, Austin s'arrache à son match pour nous transpercer d'un regard si glacial que j'en ai des frissons dans le dos.

— Vous vous foutez de moi ? Le foot, c'est ça, espèce de branleurs. Et je ne sais pas ce qui vous excite tant, vous les Amerloques, quand vous regardez vos gros lards en collants et casques de moto se lancer un œuf d'autruche ! Le vrai football, c'est ça !

— Mais c'est pour les gosses, ce truc. Prends un gamin de trois ans, il peut y jouer, décrète Zayn.

Il m'adresse un clin d'œil avant de se cacher derrière ses mains en attendant l'explosion. Ça ne tarde pas.

— Pour les gosses ? Pour les gosses ?! Je te signale que c'est le sport le plus sophistiqué, le plus important et le plus intéressant du monde ! s'écrie Austin, dont l'accent devient de plus en plus prononcé à mesure qu'il s'énerve. Ce n'est pas ma faute si vous n'y connaissez rien au sport, à l'esprit d'équipe ou à la compétition, mais vous êtes bien les seuls ! Il y a plus de téléspectateurs pour la Coupe du monde que pour les jeux Olympiques, pour l'amour du ciel ! Et en plus…

Amusée, je me penche pour lui mettre la main sur la bouche, le faisant taire au milieu d'une phrase.

— Et en plus, le foot, c'est super cool à regarder, dis-je en feignant l'enthousiasme. C'est mieux que la pêche ou les quilles, et ça bat même le ballet, si tu plisses les yeux assez fort.

— La pêche ? Les quilles ? s'étrangle-t-il.

J'ai peur qu'il n'avale sa langue. Mais le spectacle en vaut la peine.

— Le ballet ! continue-t-il.

Je n'en peux plus. Malgré tous mes efforts pour garder un air sérieux, je ne peux plus me retenir alors qu'il darde sur moi des yeux exorbités. Je commence à rire et, quelques secondes plus tard, les deux autres m'imitent.

— Je n'y comprends rien. Vous vous payez ma fiole, en fait ? demande-t-il, soupçonneux.

— Je ne sais pas ce que tu entends par là, mais je préfère m'abstenir par prudence. Je ne vais pas acheter ta fiole, ni la fiole de personne d'autre. Beurk.

— Il demande si tu te moques de lui. Rien de dégoûtant, rassure-toi.

Je me retourne en entendant la voix d'Ethan, et le trouve à quelques centimètres seulement de ma chaise.

— Comment es-tu arrivé jusqu'ici sans que je m'en aperçoive ?

— Je crois que tu étais trop occupée à te payer la fiole d'Austin pour y prêter attention.

Avec un grand sourire, il se penche pour me donner un rapide baiser.

Je reste pétrifiée. Je ne peux pas m'en empêcher. J'ai l'impression que toute la cafétéria nous regarde, et quand je me détourne d'Ethan pour regarder autour de nous, force est de constater que je ne me trompe guère. Il est en train de nous donner en spectacle.

— Tu veux te joindre à nous, Ethan ? propose Ro en se poussant pour lui faire une place.

Il a fallu du temps pour que les garçons puissent lui faire ce genre d'invitation. Les deux premières semaines, ils étaient tellement impressionnés par Ethan qu'ils étaient incapables de proférer un mot en sa présence. Évidemment, le fait qu'il les toise comme s'ils étaient ses rivaux n'arrangeait rien. Mais les choses ont fini par s'arranger et je suis ravie de constater que nos deux semaines de séparation n'ont rien changé à la dynamique du groupe.

— J'aimerais bien, mais j'ai une réunion. Gardez un œil sur ma copine, d'accord ?

— Je sais garder un œil sur moi-même, dis-je, un peu agacée par cette manifestation de sexisme.

— Tu m'avais caché cet incroyable talent, commente-t-il en déposant à côté de mon assiette l'un des smoothies à la fraise qu'il porte. Il faudra que tu me montres ça un de ces jours.

Il m'embrasse sur la joue avant d'ajouter :

— N'oublie pas de le boire. Ça booste les défenses et ça ne te fera pas de mal, avec ta toux.

— Je ne tousse pas.

— Tu toussais, cette nuit. Bois. Mieux vaut prévenir que guérir.

Il tourne les talons et s'éloigne. Je dois lutter contre le désir de rétorquer « Oui, chef », avec un salut militaire. Ça ne ferait qu'attirer davantage l'attention, et c'est la dernière chose dont j'aie envie.

Je me retourne vers la table. Mes copains me regardent, goguenards. Même Austin réussit à décoller les yeux de son fameux coup d'envoi assez longtemps pour prononcer deux phrases :

— Tu ferais mieux de boire ce smoothie. Je ne voudrais pas être obligé de cafarder à ton copain.

Je lui fais un doigt d'honneur et attaque ma salade d'un air très déterminé. Il se contente de rire, et les choses reprennent leur cours normal – si on peut qualifier ainsi un repas avec Austin hypnotisé par l'écran. Ro et Zayn ont l'air assez fascinés aussi, malgré leurs moqueries.

Je suis donc un peu esseulée, car même si je taquinais Austin, je n'ai dit que la vérité lorsque j'ai expliqué que je ne comprenais pas l'intérêt du foot.

Je mange ma salade dans un silence rompu seulement par les cris de joie ou de déception qui fusent dans toute la salle. Mes copains ne sont pas les seuls à suivre la demi-finale.

Le bon côté, c'est que lorsque ma toux se déclare à la moitié du repas, seul Ro fait suffisamment attention à moi pour s'en rendre compte.

— *No comment!* dis-je d'un ton sec avant de descendre la moitié de mon smoothie.

— Je ne m'y risquerais pas, rétorque-t-il avec un sourire inquiétant.

Je cherche une réponse cinglante lorsqu'un reportage attire mon attention vers l'une des chaînes d'information. On y voit Brandon Jacobs – le Brandon d'Ethan – debout derrière un pupitre, entre le drapeau des États-Unis et celui du Massachusetts.

Sans même savoir ce que je fais, j'attrape mon téléphone et mes écouteurs dans ma poche. Il me faut un moment pour ouvrir la bonne application puis choisir la fréquence indiquée sous l'écran, mais, au bout de trente secondes, je peux écouter le journaliste expliquer que Brandon Jacobs a remporté la primaire dans le Massachusetts quelques jours seulement après son vingt-cinquième anniversaire. Il se présentera à la Chambre des représentants en novembre, avec le soutien de son père, un homme très fortuné, de sa mère, personnalité mondaine en vue, et de son frère, P-DG d'une grande entreprise biomédicale et philanthrope. C'est du moins ce que dit le reportage. Et les sourires chaleureux qu'échangent les deux frères sur les images d'un dîner destiné à financer la campagne abondent dans ce sens.

Le discours de victoire de Brandon est un tissu de rhétorique politicienne, très côte Est bon chic bon genre. Il évoque l'importance de prendre soin des vétérans de notre récente guerre, et du rôle que jouent les entreprises biomédicales dans ce domaine. Il va jusqu'à affirmer que financer la recherche de sociétés comme Frost Industries contribue à sauver la vie de nos soldats, aussi bien au front que sur le sol national.

Je n'en entends guère plus après cela. Je suis de nouveau plongée dans ma dispute avec mon frère, l'autre jour, ses paroles repassant en boucle dans ma tête.

Il n'est pas comme nous, Chloe.

Les richards ne pensent pas comme nous.

Si tu crois qu'Ethan Frost n'est pas prêt à te lâcher au moindre signe de sa famille, tu te fourres le doigt dans l'œil.

Sur le moment, je ne l'ai pas cru. J'ai placé toute ma foi en Ethan. Mais voilà qu'il organise des dîners de gala pour financer la campagne de son frère. Il apporte son soutien à la candidature d'un homme qu'il sait coupable de viol et d'abus de pouvoir.

Et pour quoi ? Pour obtenir de l'argent public pour Frost Industries ? Pour avoir un allié au Congrès qui soutienne le lobby de l'industrie pharmaceutique et celui des anciens combattants ?

C'est insensé.

Les richards ne sont pas comme nous.

Ethan n'est pas comme nous.

Je n'arrive plus à respirer. Je m'écarte de la table d'un bond, arrachant mes écouteurs. Le reportage touche à sa fin, mais je ne peux écouter une minute de plus – une seconde de plus – quelle carrière prometteuse s'offre à ce jeune et bel homme politique de Boston.

— Eh, Chloe ! Ça va ? On dirait que tu vas tomber dans les pommes ! s'écrie Zayn en se levant lui aussi.

Inquiet, il me met la main sur l'épaule. J'ai en effet l'impression d'être sur le point de m'évanouir. Ou plutôt que ma tête va éclater, là, au beau milieu de la cafétéria.

Ethan ne ferait pas une chose pareille, me dis-je. *Il ne me trahirait pas comme ça.*

Mais… et s'il ne considère pas ça comme une trahison ? Si, pour lui, ce sont seulement des affaires ? Ou pire, juste une histoire de famille ?

Sur l'écran, je regarde Brandon passer un bras autour de la taille de sa mère, et l'autre sur les épaules d'Ethan. Il adresse un sourire radieux à la caméra, de même que sa mère et son frère. Je ne sais pas lire sur les lèvres, mais il n'y a pas besoin d'être bien malin pour déchiffrer les mots qu'Ethan lui lance joyeusement : *Victoire en 2014.*

Le smoothie à la fraise que je viens d'avaler n'a pas l'air de vouloir rester sagement dans mon estomac.

Je me rue vers les toilettes. C'est tout juste si j'atteins une cabine avant de gerber cette saleté jusqu'à la dernière goutte.

Chapitre 16

Il me faut du temps pour décider ce que je veux faire, comment gérer la situation.

D'un côté, je voudrais vraiment entrer dans le bureau d'Ethan comme une furie et exiger des explications.

D'un autre, je me dis que trop c'est trop, que je dois me précipiter chez Ethan pour effacer toute trace de ma présence dans sa maison.

Au fond de moi, j'ai envie d'appeler Ethan, de le supplier de venir me voir, de me serrer très fort et de me dire que j'ai mal compris… que j'ai tout interprété de travers. Que ce reportage est mensonger. Qu'il n'a pas collecté de fonds pour Brandon. Qu'il ne soutient pas sa candidature. Qu'il ne m'a pas lâchée à cause des aspirations politiques de son frère. À cause de la mort terrible de son père.

Pour finir, cependant, je ne fais rien de tout ça. Je retourne à mon bureau et termine ma journée de travail, effectuant les recherches qu'on m'a demandées sur de nouveaux arrêts concernant la propriété intellectuelle dans des fusions-acquisitions.

L'après-midi me semble long, et la soirée plus encore alors que j'attends qu'Ethan rentre après un repas d'affaires qui s'éternise. Ce matin, il m'a demandé si je souhaitais l'accompagner, mais j'ai décliné car je n'ai rien à me mettre. Je me suis bien gardée de le lui dire. Il aurait couru m'acheter toute une garde-robe hors de prix, et c'est la dernière chose dont j'aie envie alors que je tente toujours de me remettre du prix de ma chaîne de taille.

À présent, je suis encore plus soulagée d'avoir refusé, car dîner avec ses associés et parler de la pluie et du beau temps me semble insurmontable. Ne pas paniquer et trahir la confiance d'Ethan en fouillant sa maison à la recherche de preuves de sa duplicité est déjà presque au-dessus de mes forces. Ne pas m'enfuir sans me retourner également.

Je me demande si j'en serais capable. J'y ai songé cet après-midi, juste après avoir regardé le reportage, et j'y pense encore maintenant, assise sur la terrasse d'Ethan, un verre de vin à la main, les yeux levés vers le ciel nocturne. Le vent s'est levé et je décèle une légère odeur de brûlé. Un feu de forêt fait rage à vingt-cinq kilomètres d'ici, et je ne peux m'empêcher de me demander s'il fera beaucoup de dégâts avant d'être maîtrisé.

Et si le pétrin dans lequel je me suis mise fera beaucoup de dégâts avant d'être maîtrisé, lui aussi.

Ce serait plus simple – tellement plus simple – d'arrêter les frais. De remballer mes affaires et m'éloigner d'Ethan une fois pour toutes. J'ai fait tant d'efforts pour être forte, pour reconstruire ma vie, que la voir tomber en miettes une fois de plus est la pire des tortures.

Pourtant, que puis-je faire pour éviter cela ? Pour avoir l'impression que tout ce que j'avais rebâti n'est pas en train de s'écrouler ?

Feindre que ça n'a pas d'importance ?

M'en aller et prier pour que tout s'arrange ?

Je ne suis pas sûre d'être capable de quitter Ethan au point où j'en suis. Ne fait-il pas partie de moi ? Ne resterait-il pas en moi où que je m'enfuie ?

Le temps écoulé depuis notre rencontre se mesure encore en jours et en semaines. Il ne lui a pas fallu beaucoup de temps pour se faire une place dans mon cœur.

Lorsque je me réveille, alors que la marée du matin déferle sur la plage froide et déserte, mon esprit embrumé se tourne aussitôt vers lui.

Le soir, lorsque le ciel étoilé est immobile, mes dernières rêveries vont vers lui.

Entre les deux, il est tout. Le secret qui m'enveloppe comme un murmure. La promesse qui plonge ses crochets au plus profond de moi.

Il est mon obsession. Mon addiction.

C'est une vérité à laquelle je ne peux échapper. Une vérité que je paie à présent, tandis que j'attends, que je veille en comptant les secondes alors que l'horloge s'approche lentement de demain.

Il est plus de minuit lorsque j'entends la grille s'ouvrir, puis la BMW remonter l'allée. Lorsque la porte du garage s'ouvre et se referme, je suis appuyée à la balustrade, face à l'océan sombre et infini.

Je me repasse la conversation que je veux avoir avec Ethan en attendant qu'il me rejoigne. C'est sans doute stupide, mais je ne peux me résoudre à ce que cette dispute ait lieu dans la maison, au milieu de ses possessions et des souvenirs gênants de mon humiliation. Mieux vaut parler de tout cela à l'air libre. Ainsi, la douleur et la colère pourront s'échapper.

Mais il lui faut plus longtemps que je l'aurais cru pour me trouver. Quand il arrive enfin, j'ai abandonné, et je marche vers la maison en me demandant ce qui le retarde ainsi.

J'ai atteint la porte-fenêtre la plus proche lorsqu'elle s'ouvre à la volée et qu'Ethan en surgit en courant.

— Chloe ! Chloe, où…

Il s'arrête en me voyant dans l'ombre, et sa voix s'étrangle. Ce n'est qu'alors que je vois combien il était affolé.

— Je suis là. Je regardais l'océan.

Il acquiesce et laisse échapper un soupir. Puis il se penche, les mains sur les genoux, le temps de reprendre son souffle.

On croirait qu'il a eu peur que je ne l'aie quitté. Pourtant, ma voiture est dans l'allée, mes chaussures près de la porte d'entrée, côté garage. Il n'a pas pu ne pas les voir…

— Ça va ? dis-je d'une voix rauque.

Je m'en veux de m'en soucier. C'est moi qui suis secouée, suspendue à un fil, et pourtant je m'inquiète de lui. Je ne peux m'empêcher de vouloir prendre soin de lui.

— Oui, bien sûr. J'ai juste flippé en ne te trouvant pas.

— Je m'en suis rendu compte. Mais je ne comprends pas pourquoi.

Il me regarde pendant plusieurs secondes, et j'ai l'impression qu'il réfléchit à ce qu'il va me dire. Qu'il a la réponse à ma question, mais qu'il évalue ce qu'il va ou non me révéler. Je ne sais pas ce qui me donne ce sentiment, à part l'expression qu'il arbore. Celle qu'il a quand il tente de me mentir, que ce soit par omission ou pour de bon.

Cette prise de conscience brise quelque chose en moi. Je me sens fragile, incertaine et apeurée. Je me mords la lèvre pour ne pas crier et, cette fois, c'est à moi de me concentrer sur ma respiration.

— J'ai eu peur que tu ne sois partie, finit-il par avouer.

— Sans ma voiture ? Sans mes chaussures ?

— Je… je n'ai pas vu tes chaussures. Et ta voiture aurait pu tomber de nouveau en panne.

— Mais non, tu l'as fait réparer. Elle est comme neuve.

— J'en suis très heureux, répond-il avec un sourire.

— Moi aussi.

Il s'approche de moi, me passe un bras autour de la taille et m'attire contre lui. Je me laisse faire, mais sans me détendre comme d'habitude. Je bouillonne de trop de pensées négatives.

Ethan s'en rend aussitôt compte – évidemment. Il est tellement connecté à moi, à mon corps, à chaque infime nuance dans mes postures, qu'une fois rassuré il ne peut manquer de remarquer que quelque chose ne va pas.

— Ma chérie ? demande-t-il en repoussant mes mèches de cheveux pour me regarder à la lumière chaude des lampes de la terrasse. Tu vas bien ?

— Je ne sais pas.

C'est sans doute la phrase la plus sincère que j'aie prononcée depuis ce midi.

— D'accord…, dit-il en me serrant plus fort et en me frottant le dos comme pour me consoler, comme s'il n'était pas la cause de mes tourments. Qu'est-ce que je peux faire pour toi ?

C'est une bonne entrée en matière, qui ne se refuse pas. Incapable de me retenir plus longtemps, je déverse le flot de paroles qui m'oppressait. Je me libère des horribles accusations qui attendaient que je les formule.

— Brandon se présente au Congrès.

Ethan s'immobilise comme un cerf pris dans les phares d'une voiture, conscient du danger qui fond sur lui, mais incapable de l'éviter.

— Oui.

— À Boston.

Il acquiesce et me serre encore plus fort. Je ne peux plus respirer, mais ça vient sans doute davantage de l'anxiété que de son étreinte.

— Oui.

— La ville où il m'a violée.

— Oui. Ma chérie…

— Laisse-moi finir ! dis-je d'une voix plus froide que d'ordinaire, du moins quand je m'adresse à Ethan.

— Je t'en prie, répond-il en me massant le dos pour m'apaiser, alors que je veux laisser libre cours à ma colère.

— Je ne te demandais pas la permission. J'essaie simplement d'y voir plus clair. Brandon se présente à la Chambre des représentants, dans le septième district, celui-là même où il s'est rendu coupable d'un crime. Envers moi.

Ethan déglutit, mâchoires serrées. Mais je dois reconnaître un point. Il ne se détourne pas, ne baisse pas même les yeux.

— Oui.

— Et tu le soutiens.

— Quoi ? Non ! s'écrie-t-il en m'attrapant par l'épaule. Tu plaisantes ?

— Ne me mens pas ! Ne me mens pas une fois de plus ! Je ne le supporterais pas, et notre couple ne s'en remettrait pas.

— Mais c'est la vérité. Chloe, je ne te mentirais jamais. Tu dois bien le savoir.

— Je ne sais rien du tout.

— Merde ! crie-t-il en se passant la main dans les cheveux avec colère. Ce n'est pas vrai. Chloe, c'est faux, j'ai passé les trois dernières semaines à me démener pour qu'il ne soit pas élu.

Je m'attends à ce que ses paroles me procurent un certain soulagement. Mais ce n'est pas le cas. Je ne pense qu'à une chose : il ne m'a rien dit. Même s'il raconte à présent la vérité, ce dont je ne suis pas sûre, il ne m'a pas parlé de ce qui se passait. De ce qui allait arriver. Il m'a laissée dans l'ignorance, comme je l'étais lorsque j'ai ouvert cette maudite porte pour me trouver nez à nez avec Brandon.

— Tu ne m'as rien dit.

— Bordel !

Il ferme les yeux, visiblement mort de fatigue, et je prends conscience qu'à part la nuit où il a essayé de me quitter, il ne s'est jamais montré aussi grossier avec moi.

Cette pensée sort de nulle part, mais en cet instant je suis incapable d'avoir un raisonnement cohérent. Comme si les pièces d'un puzzle tourbillonnaient dans ma tête sans aucune direction ni raison, tandis que j'essaie de comprendre comment les assembler.

Ces derniers jours, ma vie tout entière semble n'être qu'un grand puzzle impossible à résoudre. Je déteste cette sensation.

— Si je ne t'en ai pas parlé, c'est parce que je pensais que tu avais assez de problèmes en ce moment sans rajouter Brandon.

— Ce n'était pas à toi de décider. Tu n'es pas responsable de moi.

— Te protéger, c'est toujours ma responsabilité, déclare-t-il avec aplomb, comme si c'était indiscutable. Prendre soin de toi, ce sera toujours ma décision.

— Me cacher ça, ce n'est pas prendre soin de moi.

Il blêmit et recule de quelques pas. Je ne l'ai jamais vu si vulnérable. Je sens la glace qui entoure mon cœur se fissurer, commencer à fondre, alors que je voudrais qu'elle reste intacte. Comme un rempart.

— Je t'en prie, ne dis pas ça…

Mais comment pourrais-je me taire, alors que tout va de travers ?

— J'ai vu le reportage, Ethan. J'étais à la cafétéria, au milieu de centaines de gens, quand je l'ai vu à la télé. Tu appelles ça prendre soin de moi ?

Pour la première fois, il semble perplexe. Et en colère.

— Quel reportage ?

— Ne fais pas l'idiot ! Tu étais forcément au courant.

— J'étais au courant que les médias de Boston s'empareraient de sa candidature, évidemment. Mais les chaînes nationales ? Et si tôt ? J'ai tiré toutes les ficelles que j'avais à ma disposition… L'histoire n'aurait pas dû sortir. Elle n'aurait pas dû être mise en avant.

— Parce que tu ne voulais pas que je le voie ?

— Parce que je voulais que personne ne le voie ! C'est une élection importante dans une très grande ville, et plus il passe à la télé, plus ses chances augmentent. Je voulais lui mettre des bâtons dans les roues. Et c'est ce que j'ai fait, déclare-t-il en sortant son téléphone de sa poche. C'était sur quelle chaîne ?

— MSNBC.

— Merde, soupire-t-il en secouant la tête comme pour s'éclaircir les idées. Chloe, ma chérie, je suis tellement désolé. Tu n'aurais jamais dû voir ce reportage. Ça n'aurait jamais dû se produire…

— C'était sûr, que ça se produirait ! Tu es une figure publique, lui aussi. Les deux ensemble, c'est du pain bénit. Pourquoi est-ce que les médias n'en profiteraient pas ?

— Parce que je leur ai demandé de ne pas le faire. Donne-moi une minute. Laisse-moi creuser l'affaire, ma douce…, supplie-t-il en appelant je ne sais qui.

— Tu crois vraiment que c'est ce qui m'importe ? Tu crois que je me soucie vraiment de savoir qui a fait fuiter l'histoire que tu essayais d'étouffer ? Le seul fait que tu aies cherché à faire taire les journalistes me donne envie de me casser et de ne jamais revenir.

— Allô ? Ethan ?

Il se tient assez près pour que j'entende la voix de son attaché de presse dans le téléphone.

— Désolé, Anthony. Je te rappelle, rétorque Ethan en raccrochant. Explique-toi.

— Il n'y a rien à expliquer.

— Au contraire. Je t'ai dit pourquoi je t'avais caché cette histoire. J'essayais de te protéger…

— C'est toi que tu essayais de protéger !

— Quoi ?

— Je t'ai vu, Ethan. Au dîner de charité. C'est toi qui l'as organisé pour lui, pour financer sa campagne. Tu rigolais avec lui. Et tu étais tellement fier de lui ! Je connais bien ce regard. Je me fous que tu aies voulu étouffer l'affaire ! Comment as-tu pu lever des fonds pour ce salaud ? Comment as-tu pu rester à ses côtés, célébrer sa victoire, et ensuite revenir ici et dormir dans le même lit que moi ?

J'ai la chair de poule alors que je lui pose mes questions, que j'étale devant lui l'horreur de ma découverte.

Pendant un long moment, il ne bouge pas, ne parle pas et ne fait rien d'autre que me regarder fixement, les mâchoires serrées. Je ne l'ai jamais vu aussi perdu, et si je n'étais pas folle de chagrin devant sa trahison, je serais sans doute heureuse de l'avoir déstabilisé, surtout quand on sait combien c'est difficile avec le grand Ethan Frost.

— Le dernier gala de charité que j'ai tenu pour mon frère, c'était en mai. Avant de te rencontrer, et bien avant de savoir quel homme il est. De quoi il est capable.

— Je t'ai vu. J'ai vu les images avec ta mère, et ton frère. De mes yeux…

— Ces images datent du mois de mai ! répète-t-il avec force. Ou peut-être même d'avant. Je ne sais pas, je n'ai pas vu le reportage. Mais je n'ai organisé aucun autre gala depuis que je suis au courant. Rien du tout. Je te le jure.

Ses paroles résonnent dans l'air odorant de la nuit. Elles nous environnent et pénètrent en moi. Je le crois. Devant son visage stoïque, les yeux agrandis par la colère et la peur, douter de sa parole est impossible.

Je ne remets pas ses mots en cause. C'est vraisemblable – bien plus que l'idée qu'il ait couru à Boston pendant nos deux semaines de séparation.

Pourtant, je sens que quelque chose cloche. Je suis taraudée par une question.

— Pourquoi ont-ils diffusé ces images aujourd'hui ? Pourquoi ont-ils fait comme si c'était récent ?

— Ils ont mélangé des films d'archive et d'actualité pour créer ce reportage, sans préciser de quand datent les images. Les journalistes font ça tout le temps. Ce n'est pas éthique, mais c'est comme ça. Quant à savoir pourquoi ils l'ont passé aujourd'hui, je l'ignore. Surtout que les reportages sur ma famille étaient censés être suspendus. Mais je peux te dire que je vais obtenir des réponses. Dès ce soir.

Il reprend son téléphone et je me détourne pour rentrer dans la maison. Je n'ai pas envie d'écouter la conversation. Je me sens trop bouleversée, incapable de comprendre.

Je me dirige vers la chambre et ouvre le placard où j'ai rangé mes chaussures de sport. Ethan me suit, une main sur le bas de mon dos, et j'essaie de me détendre à son contact. D'aller bien. Mais je n'y arrive pas. Pas du tout.

Il discute avec Anthony du reportage de MSNBC, cherchant à établir quelles autres chaînes ont pu le reprendre. Anthony doit être devant Google en même temps, parce que les noms de chaînes se mettent à fuser. De même qu'un tas de jurons.

Je ne les écoute plus. Je me fiche de connaître le pourquoi du comment. Ce qui m'importe, c'est que ça se soit produit, si facilement.

J'enfile mes chaussures sans adresser un mot à Ethan, ni un regard. Puis je me dirige vers la porte d'entrée.

— Eh, qu'est-ce que tu fais ? demande-t-il en me barrant le passage. Anthony, je te rappelle dans un moment.

Il raccroche une fois encore au nez du malheureux attaché de presse.

— Ce n'était pas la peine d'interrompre ta conversation.

— Je ne suis pas d'accord. Il se trouve que quand ma petite amie part en claquant la porte, je préfère être disponible. Surtout qu'elle m'a promis il y a moins d'une semaine de ne plus le faire.

— Je ne te quitte pas, Ethan. Je vais marcher pour m'aérer la tête. Ce n'est pas la même chose.

— Tu es sûre ?

— Certaine, réponds-je avec un soupir agacé. Je reviens dans une heure. Peut-être deux.

— Il est minuit passé. Laisse-moi une minute pour me changer, je t'accompagne.

— Je suis une grande fille, Ethan, je peux me débrouiller. Surtout à La Jolla, qui n'est pas exactement un quartier chaud.

— Je préférerais quand même que tu me laisses t'accompagner.

— Oui, mais pas moi. J'ai besoin de réfléchir, Ethan.

— Tu peux le faire avec moi à tes côtés !

— Non. Justement pas. C'est à toi que je dois réfléchir.

— Je ne vois pas ce qu'il y a à réfléchir. Je n'ai pas fait ce que tu croyais. Je ne te blesserais jamais de cette façon ! Jamais de la…

— Mais tu l'as fait ! Tu m'as blessée en ne me parlant pas de Brandon. Et maintenant, tu recommences. Tu me caches des choses en pensant que c'est pour mon bien.

— Je ne voulais pas te faire encore plus de mal. Tu as déjà assez souffert.

Ça y est, je comprends ce qui cloche. Ce qui me dérange. Ce pour quoi il m'est si difficile de faire confiance à Ethan alors même qu'il est irréprochable.

— Tu sais, c'est exactement ce que m'ont dit mes parents avant de me forcer à signer cet accord de non-divulgation, à retirer ma plainte. Que j'avais assez souffert et qu'ils ne voulaient pas me voir traverser de nouvelles épreuves.

— Chloe. Tu sais que ça n'est pas la même chose.

C'est vrai, je le sais. Mais ça importe peu en cet instant. Tout ce qui compte, c'est de m'échapper d'ici avant d'étouffer.

— Je vais courir, dis-je en traversant la maison vers la porte. Ne me suis pas.

— Chloe, bordel de merde ! Ce n'est pas prudent !

— Tu n'as pas toujours le choix, Ethan. Je suis une adulte. Je prends mes décisions, et tu n'as pas toujours ton mot à dire. Et, sur ce point, c'est comme ça.

Je prends mon téléphone dans mon sac posé sur une table dans l'entrée, enfonce mes écouteurs dans mes oreilles, pousse ma playlist 1975 à un volume à la limite du supportable, et franchis la porte. Puis je me mets à courir. À toutes jambes, plus vite que jamais.

Ethan n'essaie pas de me rattraper.

Chapitre 17

Comment est-ce que tout a pu de nouveau dérailler à ce point ?

Cette question me hante alors que je cours sur la plage presque déserte. Je chemine tout au bord de l'eau, car il est plus facile de fouler le sable mouillé et ferme. Et ce soir, je ne veux pas gaspiller d'énergie. Je veux courir loin.

Peut-être que si je cours assez longtemps, j'arriverai à laisser derrière moi ce champ de bataille qui me tient lieu de vie.

Je ne sais pas quoi faire.

Je ne sais pas quoi penser.

Ce n'est pas que je ne croie pas Ethan. Au contraire. Son explication est bien plus logique que l'idée qu'après notre rupture causée par son frère, il ait couru organiser une collecte de fonds pour lui. Certes, les paroles de Miles me hantent, me traversent la tête quand je ne m'y attends pas et que je ne le veux pas – mais c'est tout. Ce ne sont que des mots. Ce n'est pas parce qu'il les croit que je dois les croire aussi. Ça ne veut pas dire qu'ils sont vrais.

Mais il n'a pas complètement tort. J'ai vu Ethan avec sa mère lors de ce dîner, et je ne peux ignorer combien ils sont heureux ensemble, combien il l'aime. C'est la même femme qui hante mes cauchemars, avec son rouge à lèvres criard, sa voix stridente et son acharnement à protéger son fils à n'importe quel prix. À mes yeux, elle sera toujours une sorcière, la Maléfique de la Belle au Bois dormant qui n'attend que de me déchirer avec sa méchanceté et ses griffes acérées.

Quand on s'est remis ensemble, je lui ai dit que je ne voulais pas parler de sa famille. Je ne souhaitais pas les rencontrer, entendre parler d'eux, avoir quelque contact que ce soit avec eux. Je pensais que ça suffirait. Que si je dressais un mur entre eux et moi, je pourrais oublier ce qui s'était passé, ce qu'ils m'avaient fait.

Parce qu'ils ne m'importent pas. Je ne vais pas leur accorder cet intérêt. C'est Ethan que j'aime, Ethan avec qui je veux être.

Le seul problème, la seule faille dans mon raisonnement, c'est que si, ils ont de l'importance… pour lui. Et c'est normal. Je ne souhaite à personne d'être coupé de ses parents comme moi. Ce mépris, cette méfiance, cette aversion ouverte. Cette trahison. Non, je ne veux pas qu'Ethan vive cela. Mais en même temps, je ne suis pas certaine de pouvoir supporter qu'il fasse autre chose que les renier totalement.

Ce n'est pas juste, mais c'est ce que je ressens.

Parce que j'allais bien. Pendant une si longue période, je m'en suis sortie. J'avais une vie – peut-être pas fabuleuse ni palpitante, mais vivable. Une vie stable. Qui m'a permis de me sentir forte, en sécurité et saine d'esprit.

À présent… j'ai une vie fabuleuse. Ethan m'aime, j'ai un boulot que j'adore, et je suis folle amoureuse d'Ethan. Que le mot amour ne suffit pas à décrire. Je ne crois pas qu'il existe un mot qui puisse évoquer la profondeur des émotions que cet homme suscite en moi.

Pourtant, ma vie est devenue un enfer. Je ne me sens plus ni en sécurité ni stable, et certainement pas saine d'esprit. Comment le pourrais-je alors que chaque jour me fait passer par des hauts et des bas si extrêmes ? Que chaque instant est un terrifiant voyage vers l'inconnu ?

Si j'ai survécu jusqu'à maintenant, c'est parce que j'avais un plan et que je m'y tenais. Ça me donnait un centre d'intérêt, un but, quand ma vie n'était plus qu'un vaste chaos. À présent, j'ai l'impression que mon unique objectif est de traverser chaque nouvelle journée sans craquer.

Ça ne suffit pas. C'est loin de suffire, surtout que j'atteins rarement cet objectif.

Est-ce à cela que doit ressembler ma vie avec Ethan ? Beaucoup de passion, des émotions déchaînées, mais sans direction ? À la dérive ? Un hymne à la joie sans joie ? Cette pensée me terrifie plus que tout.

C'est pour cela que je cours. Sans m'arrêter. Jusqu'à avoir mal dos, jusqu'à ce que mes poumons menacent d'éclater, jusqu'à avoir les jambes en guimauve, incapables de me porter plus longtemps. Pourtant, je continue à courir. Pendant des kilomètres, pendant des heures.

Je suis loin sur la plage lorsque l'épuisement me rattrape et que je m'écroule sur le sable, mes jambes refusant de faire un pas de plus. Cela fait bien longtemps que je n'ai pas couru ainsi, que je n'ai plus utilisé le sport comme un exorcisme.

Je regarde autour de moi, cherchant des repères. Essayant de deviner quelle distance j'ai parcourue. Mais aucune des maisons ne me semble familière, et je suis trop fatiguée pour marcher jusqu'à la rue et tenter de trouver un panneau.

En plus, ça m'est égal. Je n'aurais rien contre rester étendue ici pour toujours – ou du moins jusqu'à ce que les gardes-côtes me trouvent au petit matin.

C'est dans cet état d'esprit que j'éteins ma musique – Imagine Dragons, ma playlist 1975 étant épuisée depuis longtemps – et jette le téléphone à côté de moi sur le sable. J'écoute. Le son des rouleaux de l'océan, l'eau qui bat le rivage, une voiture dans le lointain qui progresse à travers les rues sombres et désertes.

C'est paisible, bien plus que tout ce que j'ai vécu ces derniers temps. Même alors que les crampes s'installent – à cause de la course, du manque d'étirement et du sable froid et mouillé –, je n'ai pas envie de bouger. Je voudrais juste prendre ces moments comme ils viennent.

Mais ça ne peut pas durer. Rien n'est éternel. Et quelques minutes à peine s'écoulent avant que mon téléphone vibre. J'ai bien envie de ne rien faire, de le laisser vibrer et de rester dans l'instant, mais il n'y a qu'une seule personne qui pourrait m'appeler à cette heure-ci, et elle ne mérite pas que j'ignore son appel.

En ramassant le téléphone, je découvre avec stupeur qu'il est presque 3 h 30 du matin. J'ai vraiment couru pendant des heures. Et j'ai raté trois appels d'Ethan. Merde.

— Je vais bien, dis-je en décrochant.

Il ne répond pas tout de suite, comme s'il tentait de contrôler sa colère.

— Où es-tu ? demande-t-il d'une voix hachée, si calme que je le devine furieux.

— J'ai couru sur la plage. Je vais bien.

— Je suis sur la plage, Chloe. Et je ne te vois pas. Dis-moi où tu es.

— Je ne sais pas. J'ai couru assez loin.

— J'ai remarqué. Ça fait une heure que je te cherche.

Merde. Son ton est parfaitement maîtrisé, poli même – mais dénué de toute chaleur. Il est vraiment fou de rage. Je me redresse pour regarder autour de moi, sur la plage plongée dans la pénombre, à la recherche d'un indice sur l'endroit où je me trouve. J'aperçois deux panneaux un peu plus haut. Je me lève pour aller les consulter, malgré les crampes dans mes jambes. L'un d'entre eux indique « Projet de préservation du littoral », et je sais soudain où je me trouve.

— Je suis quelque part après Coastal Park. Sans doute trois kilomètres plus loin.

Il ravale un juron particulièrement salé.

— Tu veux dire que tu as couru trente-cinq kilomètres ce soir ? Sur la plage ?

— Je crois. Je ne faisais…

— Est-ce qu'il y a quelqu'un près de toi ? Qui te suit ?

— Non, c'est désert. Je suis toute seule.

Il jure de plus belle.

— Je ne sais pas si ça doit me rassurer ou me mettre en colère. Écoute, ne bouge pas, d'accord ? Reste sur la plage, de préférence dans l'ombre, et réponds quand je t'appelle. J'arrive le plus vite possible.

Il me raccroche au nez – nouvelle preuve de sa colère – et je ne peux pas le lui reprocher. Dans ma fuite éperdue, j'ai quitté la sécurité de La Jolla, et bien que le quartier où je me trouve ne soit pas le pire, il n'est pas très rassurant quand même.

Ethan va me tuer.

J'essaie de faire ce qu'il m'a recommandé, mais après avoir passé quelques minutes plantée là, je commence à me sentir nerveuse. Et frigorifiée. Maintenant que la chaleur de la course est retombée, je sens la brise froide de l'océan s'infiltrer à travers mon débardeur et mon pantalon de fitness.

Du coup, je me lève et commence à marcher en sens inverse sur la plage. Je ne rejoins pas la rue – je ne suis pas complètement idiote –, mais je tente de parcourir les trois kilomètres qui me séparent de Coastal Park, afin qu'Ethan ait un point de repère pour me retrouver quand il me rappellera.

Je viens d'arriver au parking lorsque Ethan me rappelle pour tenter de me localiser. Une fois que je lui ai dit où je me trouve, il ne lui faut que trois minutes pour me rejoindre.

À peine m'a-t-il aperçue qu'il jaillit de sa voiture pour me prendre dans ses bras et me serrer contre lui.

— Je vais bien, dis-je en me débattant.

— Tu veux bien me laisser te tenir une minute, s'il te plaît ? Le temps de me faire à l'idée que tu vas vraiment bien ?

Sa voix rauque témoigne de la tension qui l'a habité ces dernières heures, sensible également dans l'étreinte qu'il ne veut pas rompre.

— Écoute, je sais que j'ai agi comme une idiote, et je suis désolée. Je voulais courir dans les trois kilomètres, et puis je me suis laissé emporter et je suis allée beaucoup plus loin que ce que j'avais prévu. Je suis navrée. Mais il ne m'est rien arrivé. Je n'ai croisé personne pendant tout ce temps.

Il desserre enfin les bras pour me regarder.

— C'est normal. Des quartiers entiers de San Diego sont en état de couvre-feu, et d'autres sont en train d'être évacués. Avec ce vent, les feux de forêt ont empiré. Tu as choisi le pire moment pour disparaître.

— Oh, merde.

Pas étonnant qu'il ait été aussi inquiet. Ce n'était pas juste sa tendance habituelle à me surprotéger. Il avait peur que je ne me retrouve piégée par les flammes, ce qui aurait pu m'arriver si je n'avais pas décidé de rester sur la plage.

— Tu l'as dit…

Il me ramène à sa voiture, avant de repartir sur les chapeaux de roue, dans l'espoir de nous mettre à l'abri chez lui le plus vite possible.

— Où se trouve le feu le plus proche ? dis-je quelques minutes plus tard, alors que nous dépassons La Jolla Cove.

— À six kilomètres environ. Ils pensent qu'on ne devrait pas être en danger sur le front de mer, mais ils évacuent Miramar jusqu'à la fac, et Torrey Pines jusqu'à Del Mar.

— Punaise. La moitié de la côte ! Il y a combien de foyers d'incendie ?

— Sept pour le moment, mais, avec ce vent, ils pensent que de nouveaux vont se déclarer.

— Il faut que j'appelle Tori.

— Je l'ai appelée. Elle va bien. Son père envoie un avion la chercher demain matin. Elle a décidé d'aller passer quelques jours à Las Vegas.

S'assurer que Tori va bien, c'est tout Ethan. Il est comme ça, depuis toujours. Le fait que sa famille soit ce qu'elle est ne change rien au fait qu'il soit vraiment quelqu'un de bien.

— On devrait peut-être aller à Vegas, dis-je pour rire. Je viens juste d'avoir vingt et un ans, après tout.

Ethan me regarde.

— J'y ai songé, crois-moi.

— Ah oui ? Pour des vacances ?

— En lune de miel. Je pourrais te soûler puis t'épouser avant que tu aies le temps de dire « ouf ».

— Ouais, c'est ça. Tu ne devrais pas rigoler avec cette idée, réponds-je alors que mon estomac fait des bonds. Je pourrais te prendre au mot.

— Je ne demande pas mieux.

Il ne se tourne pas vers moi, car la rue qui mène chez lui est trop tortueuse pour qu'il en détache les yeux, mais ça ne fait qu'accroître l'impression que cette conversation est surréaliste.

— Arrête de me taquiner, dis-je alors qu'il emprunte l'allée vers la maison.

Il coupe le moteur et se penche pour m'attraper et m'attirer sur ses genoux d'un geste rapide. L'espace est exigu et le volant me rentre dans le dos, mais je n'y prête pas attention. Car Ethan me dévore des yeux.

— Qu'est-ce qui te fait croire que je plaisante ? Je t'épouserais demain si tu voulais bien. À Vegas. À la maison avec un juge de paix. Sur la plage à Tahiti. Je m'en fous, en fait. Je t'aime, Chloe, et à l'instant où tu seras prête à m'épouser, je te promets que nous le ferons.

Il presse ses lèvres sur les miennes, et je suis tellement sidérée que je ne peux rien faire d'autre que m'agripper à lui pendant qu'il prend possession de moi.

Sa bouche est partout à la fois, ses mains également, et je ne sais que penser, que dire. Tout ce que je peux faire, c'est ressentir. Et je ne m'en prive pas.

Je ressens le contact de ses lèvres sur ma clavicule alors que, de la langue, il m'effleure la gorge, là où bat mon pouls.

Je ressens les caresses rudes de ses mains qui se glissent sous mon débardeur pour me frôler les flancs et le dos.

Je ressens les coups de sa queue en érection sur mon sexe, sur mon clitoris alors qu'il se frotte contre moi à un rythme lent et doux qui m'amène au bord de l'orgasme.

— Je veux me réveiller chaque matin en te tenant dans mes bras, murmure-t-il en me mordillant le cou. Je veux t'étreindre quand tu pleures, goûter ta joie quand tu ris. Je veux te protéger, t'abriter au plus profond de moi afin que nul ne puisse te blesser à l'avenir.

Il ramène les mains vers l'avant de mon corps, passe les pouces sous ma chaîne de taille et tire doucement les maillons de platine. Pour me rappeler qu'il a déjà pris possession de moi, qu'il m'a marquée.

— Je veux t'aimer, Chloe. Tout ce que je veux, c'est t'aimer.

Ses paroles me font décoller encore un peu plus, attisant les flammes qui se déchaînent en moi jusqu'à ce que je ne puisse plus rien sentir, voir ou respirer que lui.

— Je sais que tu es jeune. Je sais que tu n'es pas prête à parler d'éternité avec moi, surtout après tout ce qui s'est passé, mais je veux que tu saches que c'est la direction que nous prenons. C'est ce que je veux que tu me donnes, et te donner moi aussi.

C'est ce que je désire moi aussi. J'en ai eu envie depuis qu'il m'a fait l'amour avec une telle tendresse, une telle sincérité, après mon récit du viol. C'est ce que je ressens depuis qu'il a noué cette chaîne autour de ma taille et pris possession de moi de façon si absolue. C'est la raison pour laquelle notre séparation m'a anéantie à ce point, m'a arraché le cœur et transformée en une pauvre chose tremblante en proie à l'autodestruction. La raison pour laquelle ce que j'éprouve pour lui est bien plus qu'un besoin, bien plus qu'une addiction.

— Ethan, je…

J'ai tant de choses à lui dire, tant de choses que je voudrais qu'il sache sur mes sentiments et mes désirs, mais je n'arrive pas à parler. Les mots sont coincés au plus profond de moi, et je ne parviens pas à les exprimer.

Je ne sais pas pourquoi. Je suis pourtant engagée avec lui. Je l'aime. Ça, oui, je l'aime. C'est juste que… que quoi ? Je n'en sais rien. Pendant tout ce temps passé à courir, j'ai tenté de comprendre, et je n'en suis pas plus près maintenant que lorsque j'ai franchi la porte, il y a plusieurs heures.

Tout ce que je sais, c'est que la découverte de ce que tramait Brandon a cassé quelque chose en moi. Voir Ethan debout à ses côtés, à rire, plaisanter et fêter sa victoire m'a déchirée et brisée de nouveau. Quelque chose a été détruit, et j'ignore si on peut le réparer.

Je sais qu'Ethan n'était au courant de rien. Je le crois lorsqu'il me dit que cette collecte de fonds a eu lieu avant qu'il découvre mes relations avec Brandon. Et ça devrait tout changer, mais je garde pourtant en moi cette boule de glace qui ne semble pas vouloir fondre. Comme si c'était la goutte d'eau. La blessure de trop, le coup de trop.

La trahison de trop.

De tous les hommes que j'aurais pu rencontrer, il a fallu que je tombe amoureuse de celui-ci.

Ça n'a aucun sens. Suis-je réellement si dévastée, si accro, que je ne peux m'écarter ? De lui ? De tout ça ? Des émotions dangereuses qui m'assaillent de toute part…

Ou bien ne suis-je au contraire pas dévastée du tout ? Éprouvée, oui. Heurtée, sans l'ombre d'un doute. Mais aimer Ethan – être aimée de lui – est la chose la plus saine, la plus pure qui me soit jamais arrivée.

— Ce n'est pas grave, ma chérie, dit-il en effleurant ma gorge, mon épaule et la naissance de mes seins par des baisers doux comme de la soie. Je sais qu'il est trop tôt. Je sais que tu ne me fais plus confiance.

— Ce n'est pas…

Il m'embrasse, avec douceur, tendresse, attention. Tellement d'attention.

— Mais si. Ce n'est pas grave. Je comprends.

Pourtant, c'est grave, au contraire. Malgré l'obscurité, je vois l'expression de ses yeux. Je sais que je l'ai blessé. Que je le détruis, encore en cet instant.

Et cela me bouleverse jusqu'au centre de mon être. Ça me retourne et me déchire comme jamais je ne l'ai été. J'aime cet homme, je l'aime malgré la douleur, malgré la peur et la trahison, et l'idée de le dévaster comme je l'ai moi-même été… ça me détruit.

— Je t'aime, dis-je en lui prenant le visage pour attirer de nouveau sa bouche vers la mienne.

Mais ce baiser-là n'est ni doux ni tendre. Il est profond, ténébreux et meurtri, tellement meurtri. Nos langues et nos dents se rencontrent dans un ballet de plaisir et de douleur, de paradis et d'enfer. Tout ce que nous sommes l'un avec l'autre, à nu, s'y exprime avec une infinie justesse.

— Chloe, bordel ! grogne Ethan en arrachant sa bouche à la mienne tout en ouvrant la portière.

Il passe les mains sous mes fesses et sort de voiture en me portant dans ses bras.

Je m'attends à ce qu'il m'emmène dans la maison, mais il ne dépasse pas le perron. Il me repose et me tourne, dos à lui, les mains posées sur la balustrade.

— Qu'est-ce qui te prend ? On est sur le…

Il me fait taire d'une morsure sur la nuque, assez forte pour me laisser une marque.

Tremblante, envahie par une vague de chaleur, je laisse échapper un halètement. Ethan s'avance entre mes jambes. D'une main, il baisse mon pantalon de fitness tandis que de l'autre, il se dégage de son jean.

Il me pousse en avant, me passe une nouvelle fois les dents sur la nuque, et s'assure du bout des doigts que je suis prête. Je suis brûlante et humide, tout le corps tendu et douloureux du besoin de le sentir en moi.

— Ethan, je t'en prie… je veux…

Mais je me tais, incapable d'en dire davantage, alors qu'il me plie sur la rambarde et me pénètre d'un puissant coup de reins.

Je gémis. Si je n'avais pas peur d'informer tout le voisinage de nos activités, je crierais. Cela fait moins de vingt-quatre heures que je ne l'ai pas reçu en moi, mais c'est déjà trop long. Bien trop long. J'en ai besoin, j'ai besoin de lui, Ethan, en moi, à m'aimer, tout le temps. J'ai besoin de sa puissance et de sa douceur, de sa passion et de sa tendresse. Sans fin.

J'essaie de parler, mais j'ai la bouche plus sèche que jamais. Je n'ai plus la faculté de penser, et je ne peux produire que des sons rauques et affamés à chaque va-et-vient d'Ethan.

Je tends un bras dans mon dos pour lui griffer les fesses et tenter de le coller encore davantage à moi.

— Plus fort, parviens-je enfin à articuler.

Ce sont les mots qui bouillonnent en moi depuis qu'il a passé les doigts sur mon sexe.

— Je t'en prie… plus fort.

Ethan obéit, poussant si fort que j'ai l'impression qu'il va me déchirer. Mais c'est bon, délicieux même, et je ne veux pas qu'il arrête. Ni maintenant ni jamais.

Laissant la main droite dans le creux de mon dos pour me maintenir dans la bonne position, il passe la gauche entre mes jambes. Il caresse l'endroit où nos corps se joignent. Un feu d'artifice éclate à l'intérieur de moi, et je plane de plus en plus haut, le désir de jouir s'accroissant de seconde en seconde.

— Jouis, ma chérie, me murmure-t-il à l'oreille, son souffle chaud me caressant la peau. Je veux que tu jouisses. J'ai envie de te sentir autour de ma queue.

Il m'effleure le clitoris avec son pouce, une fois, puis deux, puis trois. Il ne m'en faut pas plus pour voler en éclats. Je crie son nom, comme un sanglot, dans l'orgasme.

Mais il ne s'arrête pas. Il continue à aller et venir en moi pendant que je suis secouée de spasmes de plaisir, son corps puissant cognant le mien alors qu'il continue à me frôler le clitoris. Les sensations déferlent sur moi comme des vagues. Les genoux tremblants, je suis parcourue de frissons électriques.

Il passe une main sous mon débardeur et me caresse les tétons à travers mon soutien-gorge. Je suis tellement sensible que c'est presque douloureux. Pourtant, une nouvelle onde de plaisir s'empare de moi.

— Je n'en peux plus, dis-je en arrêtant sa main. Impossible…

— Rien n'est impossible, déclare-t-il en me pinçant le sein entre le pouce et l'index. Jamais. Tu es à moi, Chloe. Tu es à moi, et je ne te lâcherai jamais.

Sans cesser son va-et-vient, il me lèche le cou. L'une de ses mains est posée sur ma poitrine, l'autre sur mon sexe, et je sens un nouvel orgasme monter. Celui-ci est immense, terrifiant, presque douloureux tant il est intense, et je n'ai pas vraiment envie de me laisser aller. Je préférerais rester là, en sécurité. Bien ancrée, sans risquer de dériver sur l'océan d'émotions que fait jaillir Ethan en moi.

Mais il ne l'entend pas ainsi.

— Allez, Chloe. Donne-moi ce que je te demande. Je suis là, chérie. Je suis là, mon amour. Encore une fois. Je suis là, promis.

Il accentue ses caresses sur mon clitoris, bien décidé à me faire jouir.

— J'aime quand tu jouis. J'aime sentir tes muscles se contracter autour de mon sexe.

Il penche la tête sur mon épaule pour lécher la sueur qui perle sur mon omoplate.

— J'aime voir ta peau rougir, ta bouche s'ouvrir. J'aime voir tes tétons durcir et tes hanches se cambrer vers moi.

Il passe les lèvres sur le lobe de mon oreille, effleurant de la langue le point sensible que j'ai derrière, sans cesser de murmurer, d'augmenter mon plaisir par ses paroles, son corps et son amour. Son indéfectible amour.

J'ai les joues ruisselantes de larmes, et mon corps échappe tellement à mon contrôle que je ne peux imaginer en reprendre un jour possession. À cet instant, je n'arrive même pas à m'en soucier. Pas alors qu'Ethan bouge fébrilement en moi. Et que ses mots se répercutent en moi comme un éclair qui m'embrase et m'entraîne de plus en plus haut dans la volupté à chaque souffle que nous échangeons.

— J'aime ta façon de me prendre en toi, ajoute-t-il. Ta façon de te donner si entièrement, de ne jamais cesser de t'offrir à moi. De m'accepter tout entier. De trembler contre moi en demandant plus…

Il pose la bouche en bas de mon cou et me suce la peau avec avidité.

— J'aime ta façon de me regarder, comme si tu ne me comprenais pas complètement, mais que tu voulais essayer. J'aime ton courage. J'aime ta force, le fait que tu n'abandonnes jamais. J'aime ton honnêteté et ta pureté… Tu ouvres ton corps et ton cœur à la fois.

Il me suce encore le cou, laissant une nouvelle marque, qu'il apaise d'un coup de langue. De sa langue si agile et merveilleuse.

— J'aime ton corps, déclare-t-il en me pénétrant, inlassable. J'aime la douceur de ta peau, son éclat sous la lune. J'aime relier les points de tes taches de rousseur, dessiner des images sur tes cuisses, ton ventre et tes épaules. J'aime tes seins, leur contact dans ma main, rond, doux et lourd.

Il ramène sa deuxième main sur mon autre sein et se met à le taquiner aussi.

— J'adore les sentir durcir, j'aime ton goût de crème et de miel. J'aime tes yeux et le fait qu'ils me révèlent toujours tes pensées. J'aime ta façon de me regarder. J'aime ton ouverture, ta sincérité, le fait que tu n'essaies jamais de te cacher de moi. J'aime être en toi, poursuit-il en me donnant un coup de reins vigoureux pour souligner son propos.

C'est tout juste si je parviens encore à respirer.

— Et je suis complètement fou de tes fesses.

Il me passe une main entre les fesses, m'appuyant sur l'anus jusqu'à me faire voir des étoiles. Puis il introduit un doigt, avec lenteur et précaution, de plus en plus profondément, jusqu'à me faire oublier pourquoi je me retiens de faire du bruit. Je crie de plaisir.

Ça l'amuse, et son rire grave contre mon oreille me procure des vagues de chaleur. Je suis au bord de l'orgasme, mais malgré tout ce qu'il vient de me dire, il refuse de me faire basculer. Il ne veut pas m'accorder la volupté que je réclame en me tordant contre lui.

— J'aime tout en toi, Chloe.

De nouveau, il introduit ce doigt insidieux en moi, me caresse l'intérieur, sans cesser le mouvement de son sexe.

— Je t'aime, c'est tout, ma chérie. Je t'aime.

Et ce sont ces mots qui me font jouir, qui me plongent dans un orgasme si puissant qu'il ressemble un peu à la mort. J'ai les oreilles qui bourdonnent, je ne vois plus rien. J'ai l'impression d'avoir en moi une étoile qui brille de plus en plus fort jusqu'à ce que je tombe en son centre, où tout est noir.

Ethan jouit en criant mon prénom.

Je le rejoins dans un orgasme qui dure une éternité pour nous deux, et qui nous lie comme rien d'autre jusque-là.

Lorsque c'est fini, qu'il a déversé en moi tant de plaisir qu'il peut à peine lever sa tête qu'il a appuyée entre mes omoplates, la vérité m'apparaît.

Ethan m'a détruite comme il s'est détruit lui-même. Et par là même, il m'a comblée. Remplie d'amour, de lui-même, de tout ce dont j'avais besoin sans le savoir. Et pour cela, je l'aimerai toujours.

Chapitre 18

Mon alarme sonne à 6 h 30, à peine une heure après qu'Ethan et moi sommes finalement entrés d'un pas chancelant dans la maison pour nous coucher. Avec un grognement, je tends la main vers mon réveil pour l'éteindre, en me disant que je ne dois pas le lancer à travers la pièce… après tout, ce n'est pas sa faute si je suis une véritable idiote.

Il en réchappe de peu, pourtant. Ça aurait pu mal finir, mais Ethan me le prend des mains et le dépose par terre doucement avant de m'attirer vers lui, tout contre son torse.

— Il faut qu'on se lève…, dis-je.

L'idée d'ouvrir les yeux suffit à me donner la nausée. Je suis épuisée, et courbaturée à cause de ma fuite éperdue sur la plage, la nuit dernière. Fuite qui me semble stupide quand on sait comment elle a fini, par une union si totale entre Ethan et moi que, pendant un moment, je n'étais plus consciente des limites de nos deux corps.

— J'ai une réunion. Et toi, tu dois sans doute acheter un petit pays.

— Deux petits pays, pour être exact, répond-il en déposant des baisers doux et chauds sur mon épaule. Mais, hélas, Frost Industries est fermé à cause des incendies, et je ne peux donc pas faire d'acquisition aujourd'hui.

— Fermé ?

Je trouve la force d'ouvrir les yeux et de lever la tête vers lui.

— Tu te fous de moi ? Tu dis ça pour me punir de ce qui s'est passé hier soir ?

Il me lèche le dos, prenant tout son temps.

— Je croyais m'être déjà vengé de ton échappée d'hier. Tu te souviens, sur le porche, quand je t'ai rendue un peu folle ? Mais si tu veux que j'essaie de nouveau… je suis sûr que je peux me laisser convaincre.

Il me fait rouler, à plat ventre, et s'allonge sur moi, tout en muscles.

Je me cambre un peu, frottant mes fesses nues sur son sexe déjà durci par le désir. Avec un grognement sourd, il passe un bras sous mon ventre pour me soulever les hanches. Puis il se glisse contre moi, et en moi, en mouvements lents et désinvoltes qui me coupent le souffle.

— Chloe, tu vas me tuer…, murmure-t-il dans mon oreille tout en me caressant le clito avec son pouce.

— Moi ? Je ne demandais rien à personne quand soudain…

Je me tais, haletante, quand sa queue effleure mon point G.

— Tu aimes ça, hein ? demande-t-il en roulant des hanches afin de le titiller de nouveau.

— Difficile… difficile de ne pas aimer…

Je me tortille un peu pour dégager mon bras de sous ma poitrine. Ethan ne peut réprimer un gémissement.

— Oh, merde, ma chérie. Refais ça…

Je m'exécute, remuant le bassin tout en contractant les muscles pour le serrer davantage.

— Merde, répète-t-il, d'une voix assombrie par le désir.

Son excitation augmente la mienne, et il n'en faut pas plus pour passer de la nonchalance d'un câlin matinal à la frénésie. Envahie par une chaleur torride, je plante les ongles dans ses fesses pour le serrer plus fort contre moi.

Il grogne en sentant la douleur, puis accentue ses mouvements si fort que la tête du lit cogne contre le mur.

C'est rapide, intense et puissant. Très puissant. C'est la première fois que nous le faisons comme ça, avec Ethan sur moi, me recouvrant entièrement de son corps musclé. Je ne sais pas comment ça se fait, à part qu'il a toujours pris soin de ne pas me mettre dans une position dans laquelle je me sente coincée, subjuguée. Impuissante.

Mais ce n'est pas ainsi que je me sens. Certes, je suis emprisonnée sous lui. C'est lui qui donne le rythme. Pourtant, jamais je n'ai eu un tel sentiment de pouvoir.

Car Ethan me murmure des petits mots coquins. Il pousse des grondements de plaisir. Il me fait l'amour comme si rien n'était plus important que moi à ses yeux.

— Merde, Chloe, chérie. Je n'en peux plus. Je…

Je tourne la tête, attrape Ethan par les cheveux et l'attire contre ma bouche. C'est un baiser décadent, dépravé, entre jurons marmonnés, coups de langues et de dents. Et nous continuons longtemps, tandis qu'Ethan poursuit ses mouvements brutaux en moi.

— Je t'aime, dit-il en écartant la bouche de la mienne. Chloe, je t'aime. Je t'aime, je t'aime, je t'aime.

À son tour, il plonge les doigts dans mes cheveux, et me tire la tête en arrière. Il pose la bouche sur mon cou, ma gorge, et l'extase monte en moi.

— Ethan !

Je crie alors que mon corps bascule dans l'orgasme. Il me rejoint dans la volupté, sans cesser de me tenir, de m'aimer, alors que nous éclatons en milliers de morceaux qui s'ajustent parfaitement entre eux.

Quelques heures plus tard, je me réveille en sentant la main d'Ethan sur mon épaule. Son visage inquiet n'est qu'à quelques centimètres du mien.

— Qu'est-ce qui ne va pas ? dis-je en tentant de reprendre mes esprits.

— Il faut que tu t'habilles. On doit partir.

— Partir ?

Je suis encore groggy, déphasée, après ma course folle dans la nuit et nos galipettes intenses de ce matin.

— Les feux ont empiré. On va passer quelques jours à Napa.

— À Napa ? Mais on ne peut pas s'en aller comme ça.

— Écoute, on ne peut pas rester ici. Il y a quinze foyers d'incendie autour de la ville, la qualité de l'air est dégueulasse, et tout est fermé. Il va falloir des jours et des jours pour que tout rentre dans l'ordre.

— Oh, mon Dieu ! Toutes ces personnes…

— Je sais, répondit-il d'un air sombre. Frost Industries a mis des bus à la disposition des habitants des quartiers les plus pauvres. Les lignes régulières sont prises d'assaut et les gens n'ont pas de voiture.

— Vous les emmenez où ?

— On travaille avec la ville pour ouvrir des refuges à Temecula et Lake Elsinore. Le vent souffle vers le sud, et la météo ne prévoit pas de changement. Du coup, on est en danger ici, mais les gens sont en sécurité plus au nord.

— Tu es merveilleux, dis-je en l'embrassant avec ferveur. J'espère que tu en es conscient.

— Ce n'est rien. Tout le monde le ferait, à condition d'avoir les moyens.

— Non, réponds-je en le regardant dans les yeux. C'est ce qui te rend unique.

C'est ce que j'aurais dû expliquer à Miles lorsqu'il est venu cracher son venin sur Ethan, et que j'aurais dû me rappeler quand j'ai commencé à douter. Ethan est le plus moral de tous les hommes que je connais, et c'est une certitude. Il aide les gens parce qu'il en a la capacité, c'est tout. Un homme comme celui-là ne fait pas de cadeau à la racaille, quand bien même ce serait sa famille. Un homme comme celui-là ne me trahirait jamais.

— J'ai le temps de prendre une douche ?

Je me dirige vers la cabine, consciente d'être sale et collante.

— Si tu te dépêches. Cinq minutes, pas plus. Michael nous attend déjà dehors.

— Michael. Tu ne le laisses pas ici, n'est-ce pas ?

— Non, Chloe. C'est lui qui pilote l'hélicoptère qui nous emmène. Et j'ai affrété un avion vers Las Vegas pour tous les employés de Frost Industries qui souhaitent s'y rendre avec leur famille. Cela vous convient-il, Votre Altesse ?

— Parfait. Mieux que ça, même.

— Maintenant, presse-toi. Il ne te reste que quatre minutes pour te doucher, décrète-t-il en m'assenant une petite tape sur les fesses.

Je prends six minutes, mais Ethan ne se plaint pas. Puis nous courons à toutes jambes vers l'héliport. J'ai les cheveux qui dégoulinent et je suis encore en train de fourrer dans mon sac à dos des vêtements pris au hasard tandis qu'il me pousse vers la porte du jardin.

Mais à l'instant où nous mettons le pied dehors, je comprends son inquiétude. Le ciel est presque noir de fumée, et tellement chargé de poussières que j'ai du mal à respirer. Notre course vers l'héliport nous laisse gris de cendres. Nous en avons sur les cheveux, la peau, les habits.

— Seigneur, c'est l'enfer ! dis-je en le regardant, effarée. Pourquoi ne m'as-tu pas réveillée plus tôt ?

— J'ai attendu que tout soit organisé. Ça n'aurait servi à rien que tu sois debout, sauf à te laisser davantage de temps pour t'inquiéter.

— Sans vouloir te contredire, j'aurais eu raison de m'en faire…

L'hélicoptère nous attend, ses pales déjà en mouvement.

— On va s'en sortir, me rassure-t-il avec un baiser sur la tempe. Maintenant, dépêche-toi. Michael va avoir du mal à piloter si la fumée épaissit encore.

Il n'en faut pas plus pour que je me remette à courir, de toute la vitesse de mes jambes, malgré mes courbatures et ma difficulté à respirer.

Quelques minutes plus tard, nous sommes dans les airs. Michael monte à la verticale pour s'extraire du gros de la fumée et retrouver un peu de visibilité.

— Pourquoi avoir choisi Napa ? dis-je une fois que nous sommes un peu dégagés.

— J'ai un vignoble là-bas, et je me disais que tu serais contente de le voir.

— Un vignoble ? Un vignoble rien qu'à toi ?

Je ne sais pas pourquoi ça me surprend autant. Après tout, Ethan a de nombreuses propriétés. Mais quand même… un vignoble ? Ça me paraît décadent et charmant tout à la fois.

Avec un rire, Ethan m'attire vers lui.

— J'en ai plusieurs, en vérité. Mais un seul à Napa.

— Plusieurs… Où sont les autres ?

— En Italie. En France. Au Mexique.

— Bah oui. Quoi de plus normal que de posséder des vignobles partout dans le monde ?

— En effet, pourquoi s'en priver ? répond-il avec un rire.

Je lui lance un regard sévère.

— Tu n'attends pas de réponse à cette question, j'imagine ?

— Pas le moins du monde. Mais c'est celui-ci que je préfère, cela dit.

Ça m'intrigue. Tout est tellement intense entre Ethan et moi depuis le début que j'oublie souvent que j'ignore encore beaucoup de choses sur lui. Et que j'aimerais en savoir plus.

— Pourquoi ? Qu'est-ce qu'il a de mieux que les autres ?

— Il produit mon pinot noir favori. Et c'est le premier domaine viticole que j'ai acheté.

— Ah, on n'oublie jamais les premières fois…

Il me regarde d'un air sombre et sensuel, et je ne peux réprimer un halètement.

— Pour…

Ma voix s'étrangle et je toussote avant de réessayer. Mais c'est difficile, avec Ethan qui me couve des yeux comme s'il allait me dévorer, là, dans l'hélico.

— Pourquoi tu me regardes comme ça ? reprends-je.

Il me caresse les lèvres avec son pouce.

— Ça me plaît, que tu aies eu ta première fois avec moi. Le contraire ne m'aurait pas dérangé. Ça n'aurait pas diminué mes sentiments pour toi. Pourtant, je suis heureux de savoir que je suis le premier… Et je compte bien être aussi le dernier.

Mon estomac fait un nœud.

— D'un point de vue technique, tu n'es pas le…

Il m'arrête d'un regard.

— Je suis le premier pour de vrai. Brandon n'est qu'un animal, et il n'a rien reçu de toi ! Ce qu'il a pris…

Il secoue la tête en silence avant de poursuivre.

— Ce qu'il a pris n'a rien à voir avec ce que nous partageons, ce que nous sommes l'un pour l'autre.

Ses paroles sont si intenses et si douces que j'en ai les larmes aux yeux.

— Je t'aime, dis-je quand je suis de nouveau capable de parler.

— Je t'aime encore plus.

Chapitre 19

— C'est un vignoble. Pour de vrai.

— Je te l'avais bien dit.

Nous venons d'atterrir chez Ethan à Napa et je me tiens derrière la maison principale, au sommet d'une énorme colline qui domine des hectares et des hectares de vignes.

— Oui, mais je pensais que tu n'avais que quelques pieds…

Avec un haussement d'épaules, il lève les mains comme pour se déprécier.

— J'ai un peu plus que quelques pieds.

— Je vois. Tu as aussi des camions, des vignerons et une salle de dégustation. Et tout l'équipement qui va avec. Tu as un domaine viticole, quoi.

— Je ne t'ai pas menti.

— Non. Mais…

— Mais quoi ?

— Mais c'est un vignoble !

Il sourit d'une oreille à l'autre, comme s'il n'avait jamais rien vu de plus fou que moi.

— Tu l'as déjà dit.

—Je sais, mais c'est…

—… un vignoble. Oui. C'est vrai. Et même si cette conversation est très profonde, je me demandais si on pouvait passer à autre chose…

—Je ne sais pas. Peut-être. Qu'est-ce qu'il y a d'autre à faire, dans le coin ?

—Je pourrais te faire visiter, te montrer « l'équipement qui va avec », comme tu le décrivais si justement. Ou bien on pourrait aller en ville, pour déjeuner. Faire quelques courses.

—Comment ? dis-je d'un air faussement offusqué. Tu n'as pas de cuisinier ? Ni de domestique pour faire tes courses ? Je suis très déçue. Moi qui croyais que tu menais la vie de château…

—En fait, si, j'ai une employée qui s'en charge, mais j'avais peur que tu ne te fiches de moi si je la mettais à contribution. Je me demande bien pourquoi j'avais cette crainte…

—Aucune idée.

Je me dresse sur la pointe des pieds pour lui donner un baiser sonore.

—Mais j'ai faim, reprends-je, alors je suis d'accord pour sortir manger. Laisse-moi une minute pour me brosser les cheveux et remettre un peu de gloss, et je suis prête.

—Tu veux que je te montre la chambre ? Je peux te faire visiter la maison.

— J'adorerais ça. Mais j'ai l'estomac qui gargouille, et vue d'ici, ta baraque ressemble à Versailles en un tout petit peu moins grand, alors peut-être qu'on visitera après. Mais si tu veux m'indiquer la salle de bains la plus proche, je ne dis pas non.

— Ton mépris pour ma richesse est vraiment impressionnant, si je puis me permettre.

— Presque aussi impressionnant que ta fortune elle-même, hein ? dis-je en levant les yeux au ciel.

— Ah non, plus. Bien plus.

Ethan rit, ses yeux bleus brillants autant que le soleil bas au-dessus de nos têtes. C'est exactement ce que je voulais obtenir par mes plaisanteries, après le coup que je lui ai fait hier soir. Je sais que j'étais dans mon bon droit – et, pour tout dire, je n'ai toujours pas digéré cette affaire –, mais je m'en veux de l'avoir blessé. Je culpabilise que mes failles m'aient poussée à lui faire du mal alors qu'il n'a agi que par amour. En prenant soin de moi du mieux qu'il pouvait.

Je ne sais pas encore comment je vais supporter le fait que mon violeur ne soit qu'à un cheveu de devenir membre du Congrès des États-Unis. Ni, s'il gagne, l'idée que l'homme que j'aime l'ait aidé à remporter l'élection.

Bien sûr, Ethan dit que ça ne va pas se produire. Qu'il met tout en œuvre pour que Brandon ne puisse plus jamais abuser de son pouvoir. Mais il m'a aussi avoué avoir déployé beaucoup de moyens pour son petit frère avant de découvrir la vérité. Il lui a donné beaucoup d'argent sur sa fortune personnelle, qui échappe aux lois sur le financement de campagne. Il a organisé une dizaine de galas de collecte de fonds, il y a deux ans, lorsque Brandon est sorti de la fac. C'est ainsi qu'il a gagné un siège au sénat du Massachusetts.

Donc même s'il lui retire désormais son soutien, le mal est fait. Ou le bien, du point de vue de Brandon.

Peut-être que ce serait plus malin de m'éloigner. En fait, il n'y a pas de « peut-être ». Ce serait plus malin, point. Mais pas plus facile. Et pas mieux.

Car j'aime Ethan.

J'ai besoin de lui jusque pour respirer.

Il me conduit à travers la maison jusqu'à la salle de bains la plus proche. Je suis impatiente de me rafraîchir et de sortir manger, mais je ne peux m'empêcher d'être éblouie par les parties de la maison que j'entrevois. Je pensais que rien ne pouvait égaler la perfection de sa demeure à La Jolla, tout en plafonds hauts et en baies vitrées, dont la plupart donnent sur l'océan. Mais, à sa manière, cet endroit est aussi beau.

Alors que la villa de La Jolla est moderne et aérienne, celle-ci est plus chaude et plus ornée. Avec ses meubles anciens, son ameublement sophistiqué, et la présence chaleureuse du bois de cerisier dans toutes les pièces, elle pourrait être un peu étouffante. Mais elle a été décorée avec génie par quelqu'un qui savait y faire. Chaque pièce est à la fois accueillante et élégante, alors qu'elle pourrait être froide et chargée.

Je suis impatiente d'explorer – et peut-être de tenter de battre le record du nombre de pièces où nous avons fait l'amour à La Jolla –, mais, pour l'instant, rien ne m'intéresse plus que de manger. Même pas des galipettes avec Ethan. Je n'aurais jamais cru dire ça un jour. Mais hier, j'étais trop bouleversée pour déjeuner ou dîner, et aujourd'hui, après les trente-cinq kilomètres de course à pied, la journée a démarré par un voyage en hélicoptère. J'ai bien le droit d'être affamée.

Un rapide coup d'œil dans le miroir m'apprend que ma douche de six minutes ne m'a pas rendu service. Mes cheveux ont séché en frisottis qui me donnent un peu l'air d'une folle – bon, d'accord, plus qu'un peu – et mon coucher très tardif que ne corrige aucun maquillage m'a laissé des cernes tellement foncés qu'on dirait des cocards.

C'est tout à l'honneur d'Ethan de m'avoir proposé d'aller déjeuner en ville avec cette tête. Je crois que je risquerais d'effrayer les enfants.

Après avoir farfouillé dans mon sac, je trouve une pince à cheveux et une petite trousse de maquillage. Je n'en attendais pas tant, pour être honnête. Je m'attache les cheveux en chignon avant de tenter de limiter les dégâts avec de la BB crème, du gloss et du mascara.

Je ne vais certes pas remporter un concours de beauté, mais au moins peut-être que les petits enfants ne hurleront pas trop fort en me voyant.

Nous faisons la route vers la ville en silence. C'est la première fois que je viens à Napa, et je suis submergée par la beauté des paysages. À perte de vue, les vignobles s'étalent sur les collines moutonnantes, les fleurs s'épanouissent au soleil… Et même si ce qui se passe à San Diego est affreux, je ne peux m'empêcher de me réjouir de ces quelques jours en tête à tête avec Ethan dans cet endroit superbe. Rien que nous deux, à essayer de recréer nos liens après toutes les merdes qui nous sont tombées dessus ces dernières semaines.

Il m'emmène dans un adorable bistro aux murs de pierre et auvents rayés, avec une carte étonnante, qu'Ethan semble bien connaître. Il me propose de commander pour moi et s'en tire très bien, quand on sait qu'on n'est sortis ensemble que quelques fois.

Nous commençons par une soupe paysanne française, suivie d'une délicieuse salade de betteraves et du meilleur coq au vin que j'aie jamais mangé. C'est copieux, mais j'ai suffisamment faim pour y faire justice, malgré les différents vins qu'Ethan tient à me faire goûter pour accompagner chaque plat. Ma limite, c'est le dessert, et Ethan demande qu'on nous emballe deux portions que nous mangerons plus tard.

Nous nous promenons pendant deux heures dans le Historic Napa Mill, un centre commercial rempli de charmantes petites boutiques et d'épiceries fines. C'est un bonheur de me balader main dans la main avec Ethan, qui connaît la région bien mieux que je l'aurais imaginé. Il me régale d'anecdotes sur la Napa Valley et notre seul moment de discorde est celui où il veut m'acheter une écharpe de soie qui a attiré mon regard.

Peinte à la main par une artiste locale, elle est absolument magnifique – très impressionniste, et même les couleurs me rappellent *L'Allée aux roses* de Monet. Elle me plaît beaucoup, mais je n'ai pas envie de laisser Ethan dépenser près de 2 000 dollars. Pas après tout ce qu'il m'a déjà offert. Surtout que la boutique en face vend de l'huile de bain à la lavande qui fera un aussi joli souvenir pour cent fois moins cher.

Alors que nous retournons à la voiture, je me rends compte qu'Ethan est un peu contrarié par mon refus – et ça me rend anxieuse. Pas au point de changer d'avis, mais suffisamment pour vouloir lui expliquer mes raisons.

— Je n'essayais pas de t'embêter, dis-je alors qu'il sort de son stationnement.

— Même sans essayer, tu y es très bien arrivée, rétorque-t-il d'un ton acerbe.

Mais lorsque je me tourne vers lui, je m'aperçois qu'il a les commissures des lèvres qui tremblent – comme toujours lorsqu'il réprime un sourire.

— Écoute, je sais que tu as de l'argent. Et même beaucoup, et qu'acheter cette écharpe n'a aucune importance pour toi…

— Bien sûr que si ! réplique-t-il, surpris. Tout ce que je t'achète a une importance.

Je me sens fondre. Ce n'est pas vraiment le moment, mais je ne peux m'en empêcher. Le temps que je contrôle mes émotions, il est en train de se garer sur le parking d'un marché.

— Tu m'autorises à payer la nourriture ? demande-t-il après avoir fait le tour de la voiture pour m'ouvrir la portière. Ou tu préfères qu'on partage ? Je ne voudrais pas te vexer.

— Tu plaisantes ? dis-je en croisant les bras pour le fusiller du regard.

Il lève les mains en signe d'apaisement.

— Eh, je demande, c'est tout. Je veux juste être sûr d'avoir bien compris les règles.

— Je ne sais pas. Si tu dois faire le connard comme ça, je crois que je vais payer ma bouffe moi-même, merci.

— C'est moi le connard, là ?

Il claque la portière et s'y adosse comme s'il n'avait pas l'intention de bouger avant qu'on ait réglé le problème. Ce qui me convient à merveille, puisque ce conflit s'étire depuis maintenant un bon moment.

— Chaque fois que je veux t'offrir quelque chose, c'est un combat. Tu ne t'es jamais demandé ce que je pouvais ressentir ?

— Tu es injuste !

— Non, c'est ton attitude qui est injuste. Vraiment. Alors on ferait mieux d'aller au fond du problème une bonne fois pour toutes, et ensuite on pourra continuer à passer des bons moments. Pourquoi est-ce que ça te gêne tellement que je te fasse des cadeaux ?

— Premièrement, j'ai dit que tu étais injuste parce que je ne refuse pas tous tes cadeaux.

Il me regarde d'un air dubitatif, mais j'insiste.

— C'est vrai. J'aime les choses que tu m'envoies, les coquillages, les sachets de thé, les livres, les peignes. J'ai même gardé le tailleur sans protester, alors que ça me dérangeait un peu. Mais j'en avais besoin et je sais que c'était pour t'excuser de ce qui s'était passé sur la plage.

— Soyons clairs, je ne regrette rien de ce qui s'est passé sur la plage cette nuit-là, et je n'ai aucune raison de m'excuser.

— Tu sais très bien ce que je veux dire. La pluie a fichu mon tailleur en l'air, et ça ne se serait pas produit si tu n'avais pas…

— Si je n'avais pas… Ah, oui. Si je ne t'avais pas arraché tes vêtements pour te baiser contre un mur ?

Je lève les yeux au ciel en feignant de ne pas me rendre compte que je suis rouge comme une pivoine.

— Voilà, exactement. C'est à ça que je faisais allusion.

— Donc, tu as accepté le tailleur parce que j'étais au moins aussi responsable que toi de ce qui était arrivé à celui que tu avais avant.

— Euh, non. Tu étais bien plus responsable que moi. Tu as arraché tous les boutons de mon chemisier. Et tu as cassé la fermeture Éclair du pantalon.

— J'étais pressé…, se souvient-il, souriant.

— Ouais, j'avais cru remarquer.

— Donc, tu as accepté le tailleur. Mais le blender, l'écharpe, la chaîne de taille… ça, tu ne digères pas.

— Non, en effet. Certes, j'adore la chaîne, et si tu voulais la reprendre, tu devrais me passer sur le corps. Mais si je m'étais doutée une seule seconde de son prix quand tu me l'as donnée, je ne l'aurais jamais acceptée.

— Mais pourquoi ?!

Pour la première fois depuis le début de cette conversation, il semble vraiment agacé.

— Cette chaîne, c'est plus qu'un bijou, reprend-il, et nous le savons tous les deux. Alors pourquoi est-ce que tu refuserais le symbole de notre engagement ? Un objet qui aide à t'ancrer et te permet de te sentir plus sûre de toi et de notre relation ?

— À t'entendre, on croirait qu'il s'agit d'un collier de chien !

— Mais c'est exactement ce dont il s'agit et nous le savons tous les deux. Et je n'apprécie pas que tu sous-entendes le contraire. Tu veux discuter, très bien. Mais je n'ai pas envie de t'entendre raconter des conneries.

Ethan ne m'a jamais parlé comme ça et je sens la colère monter. Mais un regard à ses yeux bleus têtus me montre que c'est exactement ce qu'il cherche. Il essaie de m'énerver. De me forcer à réagir alors que je déploie de grands efforts pour rester calme.

Mais j'ai beau le savoir, ça marche quand même.

— De mon côté, je n'apprécie pas cette démonstration de machisme. Tu devrais peut-être songer à changer d'attitude, dis-je d'un ton cinglant.

— Si tu n'apprécies pas, dis-moi ce qui se passe vraiment. Ne me raconte pas de salades, comme quoi tu adorerais les bouts de verre poli, mais ne pourrais accepter aucun cadeau qui coûte plus de 20 dollars.

— Ce ne sont pas des salades !

Cette fois, je suis en colère pour de bon.

— Ben, si. Et je commence à en avoir ras le bol. Alors dis-moi la vérité, maintenant. Qu'est-ce que tu reproches à mon argent ?

— Rien du tout ! Je sais que tu as travaillé dur pour obtenir tout ce que tu as. Tu mérites ta fortune.

— Très bien..., réplique-t-il, sceptique. Si ce n'est pas ma richesse qui te dérange, alors qu'est-ce que tu as contre moi ?

— Tu es sérieux ? Là, tu deviens franchement bête.

— Vraiment ? Je ne crois pas. Parce que c'est forcément l'un ou l'autre. Soit tu n'aimes pas mon argent, soit tu ne m'aimes pas, moi. Aucune autre explication ne tient la route.

— Je suis folle amoureuse de toi, Ethan. Tu le sais.

— Dans ce cas, je ne comprends pas. Si ce n'est ni l'argent ni moi, alors qu'est-ce qui te gêne ?

— Ta famille a acheté mon silence pour 3 millions de dollars.

C'est sorti tout seul. Mais je ne dis là que la vérité, et si on veut que ça marche entre nous, autant qu'Ethan sache à quoi il a affaire. Contre quoi il doit se battre.

— Ils m'ont jeté leur argent pour dédouaner Brandon, et ça a marché, comme ils s'y attendaient. Je l'ai accepté, pas vrai ?

— Tes parents l'ont accepté, Chloe…

— Certes, mais ce ne sont pas eux qui ont dû aller au commissariat pour revenir sur leur déposition. C'est moi qui ai dû faire ça. C'est moi qui ai dû aller là-bas toute seule et raconter que j'avais tout inventé. Qui ai été menacée de poursuites pour fausse déclaration, pendant que ton frère repartait, libre comme l'air. C'est moi qui ai signé un accord de non-divulgation, promettant qu'en échange de la somme je n'évoquerais jamais le viol en citant Brandon. Et je m'y suis tenue, jusqu'au moment où il s'est pointé chez toi, il y a trois semaines. Mais tu savais déjà, donc je suppose qu'on ne peut pas le retenir contre moi.

Bouleversé, Ethan tend le bras vers moi.

— Chérie, je suis désolé. Je n'y avais jamais pensé comme ça, je t'assure. Si j'avais réfléchi…

— Tu n'as rien à te reprocher.

Pourtant, je repousse sa main d'un haussement d'épaules. Je ne supporte pas l'idée qu'il me touche alors que je lui raconte ma chute. Ma déchéance.

— Ce n'est pas toi qui les as regardés tendre à mon père un chèque de 3 millions de dollars. Ni toi qui es rentré chez toi pour t'immerger dans un bain chaud en essayant de trouver le courage de t'ouvrir les veines.

— Bordel de merde, Chloe…

Il tend de nouveau les bras vers moi et je le repousse de la même façon.

— Tu ne peux pas me raconter ça et m'empêcher de te serrer contre moi.

— Je vais bien.

— Je sais. Mais pas moi. Moi, je ne vais pas bien, ma chérie.

Il semble sur le point d'essayer encore de m'attraper, de me toucher, mais pour finir il lève la main vers sa nuque et la masse. Je ne sais pas si ça me soulage ou si ça me déchire.

En fait, je me dis que ça n'a pas d'importance. Je veux juste terminer de vider mon sac. Qu'on n'en parle plus.

— Je n'ai jamais eu la force de le faire. Chaque jour, j'allais au lycée, et j'entendais ton frère et ses copains me traiter de salope et de pute. Je les repoussais dans l'escalier quand ils me pelotaient les seins ou essayaient de me mettre la main sous la jupe. Quand ils me jetaient à genoux en me disant que j'en mourais d'envie. Quand ils ouvraient leur braguette et essayaient de…

Ma voix se brise et je m'aperçois que je suis en train de pleurer. Une fois de plus. Merde. Pourquoi y en a-t-il toujours plus ? Plus de souffrance. Plus de larmes. Plus de merde, de névroses avec lesquelles je dois me débattre, simplement parce que j'étais bête quand j'avais quinze ans, et que j'ai fait des erreurs stupides.

Après être tombée amoureuse d'Ethan, j'ai cru que c'était fini. Que j'avais dépassé tout ça, que je m'étais remise. Et maintenant, je suis plantée au milieu d'un parking à la con dans la Napa Valley, et toute cette histoire se dresse entre nous. Comme toujours.

Et je crains que cela ne cesse jamais.

Je contemple le sol, parce que je serais incapable de raconter la suite en regardant Ethan. Après tout ce que je lui ai déjà révélé… Alors que je ne sais toujours pas ce qui me fait le plus honte. D'avoir eu envie de me tuer ou de ne pas avoir eu le courage de le faire.

— Chaque jour pendant un an, j'ai essayé. En rentrant à la maison, je me rendais directement à la salle de bains et sortais le rasoir que j'avais acheté exprès. Et j'essayais. J'essayais sans relâche, jusqu'à avoir les bras couverts d'égratignures. Des coupures d'hésitation, c'est comme ça que les psys les appellent. C'était tout moi, constamment en train d'hésiter. Jamais capable de me décider, malgré tous mes efforts.

Avec colère, j'essuie les dernières larmes qui m'ont échappé, et attends qu'Ethan dise quelque chose, n'importe quoi. Il n'a plus dit un mot depuis le juron étouffé qu'il a murmuré au début de mon récit. Je ne sais pas ce que signifie ce silence, mais je suppose qu'il n'augure rien de bon.

Chapitre 20

J'ignore combien de temps nous restons plantés là. Assez longtemps pour que les propriétaires du SUV garé à côté de nous déchargent leur chariot et s'en aillent. Assez longtemps pour que la petite fille assise sur le banc devant le magasin finisse sa glace. Plus de temps que nécessaire pour que tous ces morceaux, qui me semblaient hier si bien collés ensemble, soient de nouveau mélangés.

Nous attendons.

J'imagine qu'Ethan va parler. Qu'il va me dire qu'il comprend, que ce n'est pas grave. Ou l'inverse, qu'il ne saisit pas, et que nous avons fait une énorme erreur. Au point où j'en suis, je ne sais plus ce qui serait le pire. Tout ce que je vois, c'est que je ne vais pas supporter de continuer à attendre bien longtemps. Je vais devenir folle.

Il refuse de me regarder. Depuis que je lui ai parlé de mon désir de mourir, il n'a pas posé les yeux sur moi.

Je finis par ne plus pouvoir endurer ce silence une seconde de plus.

— Ethan.

Il lève les yeux vers moi. Ils sont flous, troubles… Je dois être de nouveau en train de pleurer. Mais quand je me passe une main sur la joue, elle est sèche. C'est alors que je comprends. Ce n'est pas moi qui pleure, c'est Ethan.

— Oh, mon chéri, je t'en prie. Ne fais pas ça…

Cette fois, c'est moi qui tends le bras et lui qui recule. Ça me fait mal. Pas seulement qu'il me repousse, mais que je l'aie blessé. Que je l'aie rejeté.

— Si tu l'acceptais, je te donnerais tout mon argent, jusqu'au dernier cent. Celui que j'ai déjà, et celui que je vais gagner.

— C'est ça que tu penses que je veux ? Ton argent ?

À croire qu'il n'a pas entendu un mot de ce que j'ai dit.

— Pas du tout. Mais c'est ce que tu mérites.

Il pose une grande main calleuse sur mon cou et m'attire doucement vers lui.

— Peu importe que ces petits salopards t'aient traitée de pute. Tu n'en es pas une. Et peu importe que tu te sois accusée d'être faible. Tu n'en restes pas moins la femme la plus forte que j'aie jamais rencontrée.

— Arrête. Ne me mets pas sur un piédestal…

— J'aimerais bien. J'aimerais bien te mettre sur un piédestal. J'aimerais pouvoir te mettre sous cloche, pour te protéger de toute cette merde qui n'aurait jamais dû te tomber dessus. J'aimerais avoir su de quoi Brandon était capable il y a longtemps, j'aimerais avoir pu te faire échapper à ses griffes cette nuit-là, et toutes les autres, quand tu as dû subir tout ça. Et je veux que tu saches que lorsque je t'achète un cadeau, ce n'est pas parce que je pense que tu t'y attends. Ni parce que je crois que c'est le moyen de te rendre heureuse. Ce n'est pas ça du tout, Chloe, explique-t-il en appuyant son front sur le mien. C'est juste que je t'aime, et que je voudrais te donner la lune.

Je l'écoute, la gorge serrée, me retenant à grand-peine de m'effondrer une fois de plus. Mais il a l'air vraiment secoué, et je me dis que dans un couple, on ne peut pas être deux à craquer en même temps. Pour le moment, c'est donc le tour d'Ethan.

Je déglutis calmement et attends que ça passe. Ce n'est que lorsque je suis certaine d'avoir retrouvé une voix normale que je reprends la parole.

— Tu le sais, n'est-ce pas, que je ressens la même chose pour toi ? Je pense que tu mérites le meilleur et ça m'embête que tu sois coincé avec moi. Je suis névrosée, démolie, et tellement loin d'être normale que je ne sais même plus ce qu'est la normalité.

— Coincé avec toi ? Bordel, Chloe, pas du tout. J'ai de la chance de t'avoir !

— Oh, Ethan, mon amour, tu sais bien que c'est l'inverse.

— Non. Non, certainement pas.

Il frôle mes lèvres avec les siennes, et ce baiser, le premier depuis un moment, est comme une tapisserie.

Un millier d'histoires et d'erreurs, un millier de fils de lumière, tous noués ensemble pour former quelque chose de beau. De réel.

— Je t'aime, murmure-t-il contre ma bouche.

Je ris, et si cela ressemble un peu à un sanglot, il n'y a personne d'autre pour s'en apercevoir.

— Je me demande pourquoi. Je suis folle.

— Oui, mais ta folie me plaît, alors…

Il s'écarte et rouvre la portière.

— Je croyais qu'on allait faire des courses ?

— Laissons tomber. Je te ramène à la maison.

— Pourquoi ? J'ai bien mangé ce midi, mais on finira forcément par avoir faim.

— Je sais, mais c'est le bon côté d'être riche. Parce que j'ai vraiment quelqu'un dont le boulot est de remplir les placards.

— Puisqu'on est là… Ça ne prendra que quelques minutes.

— Tu es sûre ?

Cette fois, il a vraiment l'air de penser que je suis folle.

— S'il te plaît… J'ai juste envie de faire un truc normal, pour une fois. Comme tous les autres couples américains.

Comme je m'y attendais, il ne trouve rien à répondre.

Quelques minutes plus tard, nous poussons un chariot dans les allées du supermarché, et choisissons tout ce qui nous fait envie. De la glace cerise-choco. Du brie. Des œufs bio. De la baguette. Des petits pains à la cannelle. De la salade de pâtes. Ça ne nous prend qu'une demi-heure, et tout se passe bien. Du moins jusqu'à ce que nous arrivions à la caisse et que je me retrouve devant un présentoir de magazines people.

Je suis encore dans mes pensées après notre conversation sur le parking, et il me faut bien deux minutes avant de lire les titres criards qui s'étalent sous mes yeux. Mais à ce moment-là, je dois m'agripper à Ethan pour ne pas tomber alors que le sol semble se changer en sable mouvant sous mes pieds.

— Qu'est-ce qui se passe ? demande-t-il en passant un bras autour de ma taille pour me soutenir.

Incapable de proférer un son, je lui montre du doigt les couvertures.

« La nouvelle conquête d'Ethan Frost : portrait d'une chercheuse d'or », titre l'un des journaux.

Un autre tente une approche plus spirituelle : « Ethan Frost, le playboy millionnaire. Il la prend au berceau, elle le prend au piège ».

Et comme si ça ne suffisait pas, au milieu du présentoir se trouve l'un des torchons les plus populaires. En une s'affiche une photo de Brandon avec le titre « Le nouveau chouchou de l'Amérique ». Il me faut beaucoup de maîtrise pour ne pas vomir sur le tapis roulant de la caisse.

Ethan nous extrait de là en quelques minutes. Il emballe les courses et jette des billets à la caissière avant de me prendre par l'épaule pour me conduire à la voiture. Je suis tellement égarée que je ne lui rappelle même pas d'attendre sa monnaie.

Le trajet jusqu'à la maison se passe dans le brouillard. Je ne remarque rien des magnifiques paysages qui me semblaient si poétiques à l'aller. Ne prête pas attention à la circulation légère tout à l'heure et terrible à présent. Ne vois ni n'entends rien, en réalité, à part Ethan qui me répète sans cesse combien il est désolé.

— Ce n'est pas ta faute, réponds-je chaque fois.

Mes lèvres bougent de leur propre chef. Je ne sais pas vraiment ce qu'il me dit, et encore moins ce que je réplique.

Finalement, le choc s'estompe, remplacé par la colère. Je sais qu'Ethan est connu et que le fait qu'il ait une petite amie doit intéresser la presse. Mais les titres sont tellement sexistes ! L'idée qu'il ne m'ait choisie que pour mon physique, et moi que pour son argent, est insultante – pour nous deux. Sans oublier que c'est tout le contraire de ce qui s'est passé. Je serais bien plus heureuse s'il était moins riche. S'il était monsieur Tout-le-Monde. Et il le sait.

Qui sont ces journalistes pour se permettre de me juger sur le fait que je sois étudiante et stagiaire ? Je travaille pour l'une des plus prestigieuses entreprises d'Amérique, et j'entre en master de droit dans moins de six mois. Ça ne compte quand même pas pour rien ?

Apparemment, si. La vérité importe peu, sauf quand elle permet de vendre du papier. Rien ne saurait prouver cette idée davantage que ce titre qui affirme que Brandon est « le chouchou de l'Amérique ».

Nous arrivons enfin – enfin ! – à la maison, et Ethan, une fois garé, contourne le véhicule en courant pour m'ouvrir la portière.

— Je ne suis pas infirme, tu sais, dis-je en descendant de voiture pour me diriger vers la porte d'entrée. Je vais bien. C'était juste le choc, après tout ce qu'on venait de se dire.

— Je sais. Et je suis déso…

— Si tu me dis encore une fois que tu es désolé, je ne réponds plus de rien. Mais si ça peut te permettre de te sentir mieux, tu n'as qu'à rentrer les provisions pendant que je me languis sur le canapé comme une demoiselle en détresse.

— Ça me va.

— Je m'en doutais, dis-je en levant les yeux au ciel.

De mon côté, je ne suis pas trop du style à me morfondre, et lorsque Ethan apporte les sacs, je les range avec efficacité dans sa cuisine dernier cri. Je trouvais déjà celle de La Jolla au-dessus de la moyenne, mais celle-ci est encore un cran au-dessus. Deux cuisinières, un gril, plusieurs réfrigérateurs, des tiroirs chauffants, sans oublier d'énormes fours doubles. Napa est connu pour être l'une des capitales de la gastronomie, et je ne peux m'empêcher de me demander si c'est pour cela que la maison est ainsi dotée d'un paradis pour chef. Si ça fait partie de la culture locale.

Et oui, je suis consciente que si je m'intéresse tellement au réfrigérateur de luxe et aux accessoires haut de gamme, c'est parce que ça m'évite de penser à ces magazines. Et au fait qu'on me traite une fois encore de traînée – sauf que cette fois, ce ne sont pas seulement mes camarades de classe qui en sont témoins. C'est le monde entier.

Après avoir fini de ranger les provisions, je traverse le vaste salon puis le couloir, en quête d'Ethan. Je le trouve à l'arrière de la maison, dans la suite parentale. Il est en train de préparer un bain avec ma nouvelle huile à la lavande, et la salle de bains embaume comme une prairie en été.

—Attention, dis-je en l'enlaçant par-derrière. Si tu continues à sentir aussi bon, les gens vont te prendre pour une fille.

—Ça ne me gênerait pas. J'adore les filles, répond-il en se retournant avec un sourire.

—Je crois avoir en effet lu ça quelque part…

Je l'embrasse entre les omoplates et me délecte de le sentir se détendre entre mes bras.

—Tu vas bien ? me demande-t-il une minute plus tard.

Il prend garde à ne pas détacher les yeux du filet d'eau pendant qu'il attend ma réponse.

— Oui, ça va.

Et si ce n'est pas tout à fait vrai, personne d'autre que moi n'a besoin de le savoir.

— Et puis, si je suis ta petite amie officielle, je vais devoir m'habituer à ce genre de piques. Bien des femmes seraient prêtes à échanger leurs Louboutin préférées pour être à ma place.

— Pour être dans tes chaussures, tu veux dire ? demande Ethan d'un air malicieux.

— Absolument. Mes tongs bas de gamme font fureur en ce moment.

Il se tourne enfin, en riant, et m'enlace pour un câlin réconfortant. Peut-être est-ce un signe de faiblesse de ma part, mais je ne peux m'empêcher d'enfouir le visage dans son cou. De m'accrocher à lui pendant un long moment de silence partagé.

— Tu ne veux pas prendre un bain ? suggère-t-il lorsque je m'écarte. Après ta course de la nuit dernière, tu dois avoir mal partout.

C'est le cas. Et ces courbatures me rappellent que cette fuite éperdue dans la nuit ne date que d'hier. Avec tout ce qui s'est passé entre-temps – le bon comme le mauvais –, la dispute qui m'a poussée à m'enfuir me semble très, très loin.

— J'en ai bien l'intention.

Je commence à déboutonner sa chemise avec lenteur et attention.

— Pourquoi ne te joindrais-tu pas à moi ? ajouté-je.

Il pose la main sur mes doigts pour m'arrêter avant que je n'aille plus loin que le deuxième bouton.

— J'adorerais, mais j'ai quelques coups de fil à passer. Je veux m'assurer que tout le monde a bien été évacué en bus et que l'avion est arrivé à Las Vegas. Ça ne devrait pas me prendre trop longtemps. Ensuite, je nous préparerai un dîner léger. Ça te convient ?

— Très bien. Même si tu vas me manquer pendant que je barboterai dans cette énorme baignoire, toute seule.

— Il faudra qu'on remédie à ce problème avant de rentrer à San Diego, rétorque-t-il avec un sourire. Je ne voudrais pas que tu te sentes abandonnée.

Je ris pour lui faire plaisir et le regarde quitter la salle de bains, avant de me déshabiller et de m'immerger dans l'eau brûlante et odorante. Dès que je tente de me détendre, un million de pensées m'assaillent, et je les laisse déferler. Je ne veux pas me concentrer sur quoi que ce soit de plus compliqué que de décider quels vins je vais tester demain dans le vignoble. Pas le pinot noir, puisque c'est le préféré d'Ethan. Mais j'adore les bulles, moi aussi, et je ne peux m'empêcher d'espérer qu'il ait également un bon petit muscat à me faire déguster.

Épuisée par les événements des deux jours précédents, je traîne presque une heure dans la baignoire, manquant à plusieurs reprises de m'assoupir. Lorsque l'eau devient froide, je sors à regret et me mets à la recherche du sac à dos que j'ai rempli en hâte.

Je le trouve près du lit, et un examen rapide de son contenu me prouve que je dormais encore à moitié lorsque je l'ai préparé. Il n'y a ni pyjama ni tenue confortable pour traîner à la maison. Mais j'ai emporté un jean et deux chemisiers. Un débardeur rose vif vient compléter cet épouvantable choix de vêtements.

Après avoir contemplé la catastrophe pendant quelques secondes, je décide de laisser tomber. Je suis trop fatiguée pour passer la soirée dans un jean moulant. Je fouille dans le tiroir d'Ethan et y déniche un tee-shirt extra-large, si usé que les lettres dans le dos commencent à s'effacer. Il est incroyablement doux, et c'est tout ce que je demande. Je l'enfile, mets aussi une culotte, et estime que je suis habillée.

Je suis le couloir jusqu'à la cuisine, dans l'idée d'aider Ethan à mettre la touche finale au dîner. Mais la pièce est déserte et il semble évident qu'Ethan n'y a pas remis les pieds depuis qu'il a vidé le coffre de la voiture il y a plus d'une heure.

Songeant qu'il est sans doute pris par l'un des nombreux coups de fil qu'il avait à passer, j'ouvre le frigo en me demandant ce que je vais préparer.

Bien qu'il soit 20 heures passées, je n'ai pas très faim, et me décide pour un plateau de fromages. Comme ça, il me restera de la place pour le pain perdu au rhum qui me titille depuis que j'ai décliné de le manger au déjeuner.

Je chantonne à voix basse – une autre de mes habitudes qui me permettent d'éviter de penser aux sujets douloureux – et sors du raisin et des fraises pour accompagner les fromages. Je les lave soigneusement sans cesser de fredonner. Ce n'est qu'en éteignant l'eau que j'entends Ethan crier au téléphone.

Ce n'est pas dans ses habitudes – il est d'un tempérament si égal que je ne l'ai entendu élever la voix qu'une seule fois depuis que je le connais. J'ai déjà parcouru la moitié du couloir quand je comprends le sujet de sa colère. C'est moi, en l'occurrence.

— Je ne veux pas d'excuses, Anthony. Je veux savoir ce qui se passe. Toute cette histoire n'est qu'un immense merdier depuis le début et ça commence à me péter les couilles !

Au départ, je suis surtout choquée par les jurons – Ethan n'est pas un ange, mais, en principe, il n'enchaîne pas les horreurs de cette façon, sauf s'il est contrarié. Très contrarié. Et pas sur ses employés.

— Je sais que tu as discuté avec les agences de presse. Mais je sais aussi que tu avais un accord avec elles. Ce qui s'est passé hier avec MSNBC et ce que j'ai vu aujourd'hui au supermarché ne reflète pas cet accord.

Il se tait un moment, écoutant les explications d'Anthony. Puis il se remet à hurler.

— Il y a quelque chose qui cloche, et je veux savoir ce que c'est ! Les médias – surtout ce genre de torchons – ne contreviennent pas aux accords, sauf s'ils ont ferré un plus gros poisson. Quelqu'un fait pression sur eux, et je veux savoir qui c'est. Je veux aussi qu'il soit bien clair qu'on ne parle pas de Chloe. S'ils publient encore un papier diffamatoire sur elle, on les poursuit en justice. Ils peuvent m'attaquer, moi, mais je préfère crever que de laisser ces salauds s'en prendre à elle. Et trouve aussi qui finance ces articles à la noix sur mon frère. C'est forcément quelqu'un de très riche, et je veux savoir qui.

Il se tait de nouveau quelques instants avant de reprendre.

— Ouais, exactement. J'ignore qui c'est, mais ils se sont trompés de cible. C'est le premier avertissement. La prochaine fois, je les réduis en morceaux, eux aussi. La campagne de mon frère ne passera pas le mois. Je l'en empêcherai. Oui, d'accord, Anthony, merci pour ton aide. On se rappelle demain pour faire le point. Oui, d'accord. N'oublie pas de…

Il se tourne au milieu de la phrase, s'immobilise en me voyant plantée là avec les yeux écarquillés.

— Anthony, je dois te laisser.

Et il raccroche alors que son interlocuteur est encore en train de parler.

Nous restons pétrifiés un moment, chacun à un bout du couloir, à nous dévisager fixement. Puis

Ethan range son téléphone dans la poche arrière de son pantalon et s'approche de moi, les bras tendus en signe d'apaisement.

— Je peux t'expliquer ce coup de fil…

— Pas la peine, dis-je en m'avançant vers lui.

Je passe les bras autour de son cou pour l'embrasser. Et remercie Dieu d'avoir eu la chance – et le bon sens – de tomber amoureuse d'Ethan Frost.

Mon projet était de l'embrasser avec douceur, pour le remercier de se battre pour moi et lui montrer que je suis prête à aller de l'avant. Exprimer que je suis désolée de nous avoir fait du mal à tous les deux, et que je me bats, moi aussi.

Il semble accepter cette douceur – et même plus, car je le sens s'en délecter comme un homme assoiffé d'une oasis –, mais au moment où nos lèvres se rencontrent, un incendie s'allume en moi.

Le désir court dans mes veines, me submerge, m'entraîne dans un tourbillon, et je ne peux plus penser qu'à Ethan. Je n'ai besoin de rien d'autre que lui, ne désire que lui, ne sens que lui.

Je le serre plus fort contre moi et lui lèche les lèvres pour mieux le goûter. Le posséder.

Avec un grognement, il ouvre la bouche et m'y laisse entrer. Je le mordille, le lèche, y plonge la langue. Il a un goût salé comme l'océan, sombre comme le pinot noir qu'il apprécie tant. Sucré comme ces fichues myrtilles dont il ne peut se passer.

Mais sur lui, la saveur est délicieuse. J'aime le goût d'Ethan, cet homme aux si nombreuses facettes, puzzle aux si nombreuses pièces que j'apprends tout juste à assembler.

— Chloe, ma chérie, souffle-t-il sur mes lèvres alors que je recommence à le dévorer. Tu es sûre ? Tu vas bien ?

— Je t'aime. Je t'aime, je t'aime, je t'aime.

Ça suffit à le rassurer, et il me passe les mains sous les fesses pour me soulever ; je m'enroule autour de lui, bras autour de son cou, jambes autour de sa taille, si bien que nous ne faisons plus qu'un.

Il me porte aussi vite qu'il le peut sachant que sa bouche est toujours livrée à la mienne. Nous nous cognons une ou deux fois dans le mur et frôlons la catastrophe dans un coude du couloir. Nous heurtons un cabinet ancien dans l'entrée. Ethan s'arrête alors un instant, m'appuie contre le meuble et m'arrache ma culotte. Je m'attends à ce qu'il ouvre sa braguette et me pénètre d'un coup. Je me prépare au plaisir capiteux de le sentir me prendre aussi brutalement.

Mais cela ne se produit pas. Il s'agenouille devant moi, enfouit le visage entre mes cuisses, et sans autre forme de procès, introduit sa langue en moi.

Je suis tellement tendue que je jouis aussitôt, décollant vers le septième ciel comme une fusée au premier contact de sa langue. Il m'encourage par une sorte de fredonnement, dont les vibrations sur mon intimité accentuent encore mon plaisir.

— Ethan !

Je m'accroche à ses cheveux, enroule les jambes autour de ses épaules et presse mon sexe sur sa bouche comme une offrande païenne. Il me caresse de la bouche et des mains pour faire durer l'orgasme, tirer de moi chaque sensation, avant de se relever.

J'écarte les jambes et l'attire contre moi. Je sens sa queue, longue et dure, et c'est si délicieux que je ne peux m'empêcher de me frotter contre lui, bien que mon corps soit encore illuminé par mon dernier orgasme.

Je passe une main entre nous pour ouvrir sa braguette – je veux le sentir en moi, lui procurer autant de plaisir qu'il vient de m'en donner –, mais il me soulève une nouvelle fois pour m'emporter vers la chambre.

Il est encore moins délicat que tout à l'heure, ses doigts agrippant mes fesses avec une telle force que je suis sûre d'avoir des bleus.

Et je m'en réjouis.

C'est une drôle de réaction, mais c'est ce que j'éprouve. J'aime qu'il me marque, j'aime voir sur mon corps les signes de sa possession longtemps après que nous avons fait l'amour. Comme la chaîne de taille que je n'enlève jamais, cela me rassure plus que tout au monde. Cela m'ancre dans mon corps, dans mon amour pour lui et le sien pour moi.

— Je t'en prie, soufflé-je alors que, arrivé au bout du couloir, là où il devrait tourner, Ethan me plaque contre le mur, sa queue appuyant sur mon clitoris juste comme il faut, malgré le jean qu'il n'a pas encore enlevé. Ethan, s'il te plaît…

— Oh, merde, grogne-t-il en se frottant contre moi à me faire tourner la tête. Oh, Chloe, bordel…

Il se frotte avec une vigueur accrue, par des mouvements puissants qui m'écrasent contre le mur.

— Je te veux dans mon lit. Notre lit, halète-t-il tout contre ma bouche. J'en rêve depuis longtemps. Tes cheveux étalés sur les oreillers, ta peau rose et chaude sur les draps…

Ses paroles, murmurées d'une voix rauque qui trahit son excitation extrême, me poussent à deux doigts d'un nouvel orgasme.

— Oh, Ethan… la prochaine fois, pas maintenant…

Je l'agrippe par les cheveux pour ramener sa bouche sur la mienne.

— Merde, soupire-t-il encore en m'écartant du mur pour me conduire vers le lit.

Il me pose, m'arrache mon tee-shirt, enlève ses vêtements. Puis il me tombe dessus, place mes jambes sur ses épaules et me pénètre d'un coup. Au plus profond de moi.

Les choses vont vite, m'étourdissent et m'excitent tout à la fois. Je jouis de nouveau deux fois pendant qu'il va et vient en moi, ses mains caressant mon corps tout entier.

Lorsque je pense avoir atteint ma limite, ne pas être capable de davantage de sensations, Ethan soulève mes hanches un peu plus haut, passe une main entre nous et me caresse le clitoris. Me procurant un orgasme encore plus fort que les précédents.

Cette fois, il jouit également, criant mon prénom à plusieurs reprises, comme un mantra. Ou une prière.

Lorsque c'est fini, qu'Ethan s'endort et que je ne suis pas très loin de l'imiter, tous les événements de la journée me reviennent d'un coup. Et je ne peux m'empêcher de me demander pourquoi ça ne s'arrête jamais.

La souffrance.

Le traumatisme.

La confusion, la colère et la peur.

Je voudrais une vie normale, mais… rien de tout ça ne l'est. Ni le mauvais ni le bon.

Ethan remue contre moi dans son sommeil. Sa main s'enroule autour de ma taille, me serrant contre son corps, contre son cœur. Et pendant un court moment, j'oublie ce que je désire et me concentre sur ce que j'ai déjà.

Parce qu'Ethan me suffit. Plus que ça, même. Du moment que je me concentre là-dessus, le reste m'importe peu.

Chapitre 21

— Merci encore, Rodrigo ! dis-je en quittant, titubante, le siège passager de l'un des camions du vignoble.

— De rien, *señorita* Chloe. Appelez-moi si vous avez besoin de quoi que ce soit.

— D'accord. Mais je pense avoir tout ce qu'il me faut. Bonne soirée ! Faites un bisou à votre adorable fillette de ma part.

— *Sí.* Ce sera fait, répond-il avec un petit rire, les joues empourprées. Ma petite Padma sera contente ! Sa mère dit que depuis qu'elle vous a rencontrée ce matin, elle ne parle de rien d'autre.

— Ça n'est que justice. Moi aussi, j'ai parlé d'elle toute la journée. Elle est tellement mignonne !

— *Sí, sí.* Je crois que vous avez monté une société d'admiration mutuelle, toutes les deux.

— Ce n'est pas faux, réponds-je en le saluant d'un geste de la main avant de m'éloigner vers la porte d'entrée en vacillant.

— Ça va, *señorita* Chloe ? Vous voulez que je vous aide à entrer ?

— Non, ça va. Ça va. Je suis juste un peu pompette.

Pompette, le mot est peut-être faible. Je commence à me demander si je ne suis pas complètement bourrée. Mais je vous jure que je ne sais pas comment ça s'est fait. Un instant, j'étais en train de passer un bon moment lors de la dégustation, écoutant Lucia décrire avec passion les différents vins rouges qui font la réputation du vignoble d'Ethan.

Elle était très enthousiaste à propos d'un cabernet bien charpenté, que je trouvais un peu sec. Mais le pinot noir qu'elle m'avait servi était aussi merveilleux que l'avait prédit Ethan. De même que l'assemblage maison de rouges, et quelques autres élixirs qui m'échappent à présent.

Normalement, dans une dégustation, on ne boit que de tout petits verres. Mais être la petite amie du propriétaire entraîne des privilèges, semble-t-il, car les miens étaient bien deux fois plus grands que ça. Voire plus. Tout ce que je sais, c'est que j'ai goûté beaucoup de vins aujourd'hui, y compris un délicieux muscat. J'en ai acheté plusieurs bouteilles – ou plutôt je les ai acceptées en cadeau, prends ça, Ethan Frost ! – et je suis très impatiente de les montrer à Tori. S'il y a une personne au monde qui aime les bulles plus que moi, c'est cette fille.

Soûle, heureuse, folle amoureuse, j'entre dans la maison comme sur un nuage, bien décidée à trouver Ethan – et peut-être le convaincre de faire une courte sieste avec moi. Après une partie de galipettes pas trop courte, j'espère.

Je dois avouer que l'idée d'interrompre Ethan au milieu de l'après-midi pendant un ennuyeux coup de fil professionnel pour l'attirer au lit m'excite au plus haut point. À moins que ce ne soit le vin. Ou le fait que je suis totalement détendue, pour la première fois depuis je ne sais combien de temps. Quoi qu'il en soit, c'est agréable, et j'ai l'intention d'en profiter. La vraie vie ne reprendra ses droits que trop tôt.

C'est notre quatrième jour à Napa, et bien que les feux de forêt soient enfin sous contrôle à San Diego – après avoir dévasté de grandes zones qui abritaient des entreprises, des habitations, et même une partie du célèbre Safari Park –, Ethan a décrété que nous n'avions pas besoin de rentrer avant dimanche. Ce qui nous laisse encore deux magnifiques journées devant nous. Dont j'ai l'intention de profiter à fond.

Chantonnant, de bonheur cette fois et non pour éviter de penser, j'emprunte le couloir principal menant au bureau d'Ethan. Depuis que nous sommes arrivés, il a passé presque tout son temps avec moi, mais cet après-midi il avait quelques coups de fil à passer – concernant le dossier Trifecta, entre autres – et il a désigné Rodrigo comme baby-sitter pour me garder. Il prétend que c'était une visite du vignoble, mais je sais reconnaître un baby-sitter.

J'aurais sans doute été vexée si Rodrigo, sa femme Lucia et leur fille Padma n'étaient pas d'une aussi agréable compagnie. Mais ils étaient joyeux, charmants et gentils, tellement gentils… Je ne pouvais pas ne pas apprécier le temps que j'ai passé avec eux.

Et maintenant, je suis de retour, pompette – ou bourrée, selon le point de vue – et excitée. Si j'ai de la chance, Ethan profitera du problème numéro deux pour régler le problème numéro trois.

Mais quand j'arrive dans le bureau d'Ethan, il n'y est pas. Il n'est pas non plus dans notre chambre, ni sur la terrasse pour répondre au téléphone, comme il aime le faire. Il ne se trouve pas dans la cuisine, ni dans le salon, ni dans la salle télé. En fait, il n'est dans aucun des lieux que je l'ai vu fréquenter depuis notre arrivée, et je commence à me dire que j'ai laissé passer ma chance. Qu'il est parti régler une affaire et que je vais devoir m'occuper toute seule.

Soudain, tout me semble moins brillant, moins pétillant.

Je veux Ethan.

Je sors mon téléphone pour lui envoyer un rapide « Où es-tu ? ». J'ai beau attendre la réponse avec impatience, elle ne vient pas. C'est curieux – à moins d'être plongé dans quelque chose de très important, Ethan n'omet jamais de me répondre.

Je ne suis pas encore trop inquiète. Après tout, je suis à Napa, et tout est magnifique. Il est sans doute au téléphone pour le travail, et ne peut raccrocher. À moins qu'il ne soit en rendez-vous, et que sortir son téléphone soit impossible sous peine de paraître malpoli.

Rien de plus, me dis-je en retournant vers la cuisine. J'apprécie mon ébriété, mais ce ne serait peut-être pas une mauvaise chose de manger un morceau pour éponger l'alcool. Surtout si Ethan n'est pas dans les parages pour profiter de mon état.

C'est donc là que je me trouve quand ça se produit. Dans la cuisine, pliée en deux pour farfouiller dans le réfrigérateur à la recherche du reste de salade de pâtes. Je fredonne à pleine voix tout en écrivant une lettre de motivation pour mon master de droit dans ma tête, lorsqu'une voix bien timbrée, à l'accent distingué, s'élève dans mon dos.

— Eh bien, eh bien, c'est un plaisir de constater que rien n'a changé. Tu es toujours aussi classe moyenne, n'est-ce pas ?

Je pivote aussitôt. Je n'ai entendu cette voix qu'une fois par le passé, mais je sais très bien à qui elle appartient. La mémoire auditive est très puissante, et la dernière fois que mes oreilles ont perçu cette voix, c'était le pire jour de ma vie. Je ne l'ai jamais oubliée. Comme je n'ai jamais oublié la femme à qui elle appartient. Ni les émotions que j'éprouvais ce jour-là.

En effet, Vanessa Frost Jacobs se tient sur le pas de la porte de la cuisine. La mère d'Ethan. Et de Brandon.

Vêtue d'un tailleur rose pâle qui vaut plus cher que l'ensemble de ma garde-robe – malgré l'ensemble Armani que vient de m'offrir Ethan –, elle ressemble à une très belle vipère blonde. Et la publicité n'est pas mensongère, si vous voulez mon avis. Je n'ai jamais rencontré de femme plus froide et plus venimeuse de toute ma vie. Sans oublier qu'elle est prête à mordre quiconque se met en travers de son chemin.

D'après le regard assassin dont elle me gratifie, je suis la dernière personne en date à l'avoir offensée – et à devoir tomber sous ses attaques. Mais j'ai déjà été l'une de ses victimes, et je me suis juré que ça ne se reproduirait jamais. J'ai beau être terrifiée, intimidée par son assurance glaciale – il y a de quoi, pour être honnête –, je ne plierai pas devant elle. Pas cette fois-ci. Je ne ressemble plus guère à la gamine de quinze ans que j'étais lorsqu'elle s'est occupée de moi.

Cette idée me réconforte, ou le ferait si je n'étais pas si bourrée. Les choses étant ce qu'elles sont, je reste clouée sur place, titubant et la voyant double. J'essaie désespérément de me reprendre.

— Chloe, n'est-ce pas ? dit-elle, comme si nous nous trouvions à une garden-party.

Comme si elle n'avait aucune idée de mon identité. Comme si elle n'était pas précisément venue pour me voir.

Je sais que tout cela fait partie d'un plan – elle feint de ne pas se soucier de moi suffisamment pour se rappeler mon nom. Mais bien sûr qu'elle s'en souvient. Je me demande à quel point elle enrage de me savoir désormais avec Ethan. Énormément, à en juger par sa présence. Et par la tête qu'elle fait, comme si elle venait d'avaler une cuillerée de moutarde forte.

— En effet, réponds-je après avoir réfléchi une minute à la meilleure façon de réagir.

Mis à part la scalper avant de la faire rouler en bas de la colline qui jouxte la maison, dans son joli tailleur rose.

— Et vous êtes Vanessa.

Je ne pensais pas que c'était possible, mais son regard se fait encore plus haineux. La mère d'Ethan n'apprécie pas que je l'appelle par son prénom. C'est d'ailleurs réciproque. Mais je ne vais pas la laisser s'en sortir comme ça. Hors de question.

— Tout à fait. Je suis ravie de voir que vous n'avez aucun mal à faire comme chez vous sous le toit de mon fils.

— Oui, eh bien, c'est un homme généreux. Et comme nous vivons pratiquement ensemble de toute façon…

— Vraiment ?

Elle regarde derrière moi, et je me rends compte que je suis toujours devant le frigo, dont la porte est grande ouverte. Merde. Connerie de dégustation… Maintenant que je suis confrontée à ça – à elle –, être bourrée ne me fait plus autant rire. J'ai besoin de toute ma présence d'esprit pour me mesurer à elle.

Je fais un geste pour fermer le frigo, mais mon équilibre est perturbé, et je me retrouve à trébucher et me cogner dans la porte.

— Doux Jésus, tu es soûle. Et il n'est que 14 h 30.

Abandonnant son masque, elle ne cache plus son dégoût.

Je me sens défaillir devant tant de dédain. Mais cette idée me révolte, et je me redresse. Je m'interdis de baisser les yeux. Je repousse les souvenirs de ce jour lointain dans le bureau de l'avocat, où elle s'est montrée d'une politesse glaciale en même temps que d'une grossièreté sans borne. Elle n'a aucun droit de me juger. Elle qui a fait tant de choses affreuses.

— Écoutez, Vanessa, dis-je en me forçant à me comporter en adulte et affronter la situation au lieu de me laisser engloutir par le passé. Ethan n'est pas là. Mais je lui dirai que vous êtes passée quand il rentrera.

— Est-ce que tu es en train de me mettre à la porte de la maison de mon fils ? s'écrie-t-elle.

Une expression de surprise se lit sur son visage trop tendu par un excès de chirurgie esthétique. Elle semble plutôt légèrement incrédule, mais je ne vais pas faire la fine bouche.

— Non, non, je ne vous mets pas dehors. Je remets votre visite à plus tard, c'est tout.

— Oh, Chloe. Qu'est-ce qui te fait croire que tu as le droit d'interférer entre mon fils et moi ?

Il y a encore deux semaines, j'aurais faibli devant l'immensité de son mépris. De sa supériorité. Mais c'était avant d'affronter les secrets d'Ethan, et d'apprendre ce que j'étais ou non capable de supporter. Et si je peux supporter beaucoup de choses pour Ethan, cette femme n'en fait pas partie – et c'est définitif.

— Ethan est avec moi, maintenant. Et si je ne veux pas de vous ici, je peux vous jurer que vous n'y viendrez pas.

Ce sont des paroles courageuses, mais j'ignore jusqu'où elles sont vraies. Peu importe, cela dit. La seule chose qui compte, c'est de la faire sortir d'ici avant que je ne pète les plombs. Je pensais pouvoir affronter la situation, faire face à cette femme, mais la panique commence à me serrer la gorge. Je tiendrais le choc si j'étais sobre. Mais ivre, je ne suis pas à la hauteur, et je suis assez maligne pour m'en apercevoir.

Par chance, ma petite fanfaronnade fonctionne. Je vois au raidissement de ses épaules que j'ai marqué un point. Elle pince les lèvres comme si elle venait de mordre dans un citron particulièrement acide.

— Tu ne crois quand même pas que je vais te laisser mettre le grappin sur un autre de mes fils ?

— Le grappin ? Je ne suis pas un corsaire de bas étage. Et pour information, je n'ai jamais mis le grappin, ni quoi que ce soit d'autre, sur Brandon.

— Mais il n'en va pas de même avec Ethan, tu ne peux pas le nier…

— Je ne dirais pas ça ainsi, Vanessa.

Elle ne peut réprimer une grimace en m'entendant l'appeler par son prénom, et cela me ravit au plus haut point.

— Ethan et moi, nous sommes en couple, et nous allons le rester.

— Je sais bien que, cette fois, tu as l'intention de garder ta proie, mais je peux te dire, Chloe, que mon fils n'épousera jamais une fille comme toi. Tu imagines peut-être que tu finiras par avoir accès à tous ses biens et son argent, mais je t'assure qu'il n'en est rien.

Je ne veux pas de son argent. Ça n'a jamais été mon souhait, et ça ne le sera jamais. Mais je n'ai pas envie de le lui dire. De toute façon, elle ne me croirait pas. Les journaux me qualifient peut-être de chercheuse d'or, mais elle n'est pour sa part que la potiche d'un vieil homme riche. Ça se voit dans chaque centimètre carré de sa peau lissée au Botox.

— Nous verrons bien à quoi j'ai accès dans six mois… quand vous n'aurez plus vous-même accès à rien, lui répliqué-je d'une voix égale.

C'est un coup de bluff, rien de plus, mais quelque chose dans mon attitude doit l'impressionner, car sa façade calme se fissure à vue d'œil. Je suis désormais face à face avec un dragon cracheur de feu, qui risque fort de tenter de me crever les yeux à la première occasion.

— Combien ? demande-t-elle après d'interminables secondes.

— Combien pour quoi ?

— Tu sais très bien pour quoi.

— Pas du tout. Vous allez devoir être plus explicite.

Elle serre les mâchoires, exactement comme Ethan lorsque je le contrarie. Ou que je l'inquiète. Ça me déplaît de découvrir ce détail. Je déteste tout ce qui les lie. Ça ne fait que rendre toute cette scène plus réelle.

— Très bien. Combien mon fils va-t-il devoir payer pour se débarrasser de toi, cette fois-ci ?

— Votre fils ? dis-je, déroutée. Je ne veux pas un cent de Brandon. Je n'ai jamais voulu de son argent.

— Il ne s'agit pas de Brandon…

Ses yeux luisent d'un éclat de triomphe. Soudain, je comprends que je n'ai jamais eu la main. Elle m'a manipulée, a joué avec moi comme une araignée avec une mouche, et je me retrouve engluée dans sa toile comme elle le voulait.

— Il s'agit d'Ethan, complète-t-elle.

Je sais que c'est une mauvaise idée. Mon instinct me crie de n'en rien faire, de ne pas tomber dans le piège. Mais je ne peux me retenir. Je ne peux résister au besoin de clarifier son propos, même si je sais qu'il ne peut rien en sortir de bon.

— Je n'ai jamais accepté le moindre argent de la part d'Ethan, et je ne le ferai jamais.

Elle éclate de rire. Elle rit pour de bon, à gorge déployée.

— Certains diraient que tu es naïve, mais je préfère appeler un chat un chat. Tu es stupide, Chloe. Stupide, ignorante et faible. Si tu n'étais pas si déterminée à coincer l'un de mes fils, j'aurais peut-être même pitié de toi. Mais les choses étant ce qu'elles sont, je n'éprouve rien de tel.

Elle traverse la cuisine pour coller devant le mien son visage souriant et pâle. Et c'est là qu'elle prononce la phrase fatidique. Et fait s'écrouler mon univers.

— Il y a cinq ans, le père de Brandon était très serré sur le plan financier. Cela arrive de temps à autre, lorsqu'on investit l'essentiel de sa fortune dans l'immobilier et l'industrie. Bref, nous n'avions pas trois millions de dollars à dépenser pour une petite pute qui jugeait bon d'accuser notre fils de viol.

Je ne suis pas une pute.

La phrase ne demande qu'à sortir, mais je me retiens. Mon instinct me recommande de me taire pour entendre la suite. Qui sera forcément terrible.

— C'est alors que nous nous sommes tournés vers mon génie de fils aîné, issu de mon premier mariage. Ethan venait de déposer les brevets de deux très grandes innovations biomédicales, et les avait vendus à des grandes boîtes. Il avait dégagé suffisamment de capital pour monter Frost Industries. Son petit frère avait un problème que l'argent pouvait effacer. Cette somme, Ethan l'avait. Tu veux que je te fasse un dessin, ou tu commences à comprendre ?

Oh, je comprends, pas de problème. L'argent qui a acheté mon silence. L'argent qui a fait sortir mes parents de la misère chronique et permis à mon frère de financer son labo. Il n'est pas venu des parents de Brandon, pas du tout. Il est venu de son frère.

D'Ethan.

Chapitre 22

— Eh bien, déclare Vanessa après quelques secondes qui semblent une éternité. Il semblerait que tu sois moins bête que ce que je pensais. Tu es capable d'assembler les pièces du puzzle.

Je manque d'éclater de rire en entendant cette phrase, cette idée que je sais reconstituer un puzzle. Moi qui ai passé les cinq dernières années à tenter de recoller les morceaux de moi-même, pour finir par retomber en miettes après chaque tentative.

Je croyais que cette fois, c'était la bonne. Après avoir découvert le lien entre Brandon et Ethan, avoir quitté ce dernier puis m'être remise avec lui, après avoir enfin accepté ce qui m'était arrivé et dépassé tout cela, je pensais avoir enfin compris. Avoir trouvé le moyen de recoller tous les morceaux. En les mélangeant à ceux d'Ethan. En construisant quelque chose de nouveau, de brillant et d'entier sur les décombres du passé.

Ça aurait dû marcher. Vraiment.

Mais il s'avère que ce n'était qu'une illusion, qu'un simple élément d'information vient de faire s'écrouler. Ma vie ne peut être réparée. Mes blessures ne peuvent être guéries. Ni par le passé, ni maintenant, ni jamais. Je suis toujours la même personne en ruine, avec des morceaux trop fissurés et abîmés pour être un jour recollés.

Je ne sais pas comment j'ai pu croire le contraire, même une seconde. Ni comment j'ai pu penser qu'Ethan – Ethan ! – m'aiderait à recoller les morceaux. Alors qu'à chaque tournant je découvre que c'est lui qui m'a déchirée.

Je sens monter un rire, puissant et vrai. Il semble se battre en moi pour sortir, pour éclater à l'air libre.

J'ai besoin de toute ma volonté pour le retenir. Et de toute ma peur aussi, car je sais que si je commence à rire, je ne m'arrêterai jamais. La folie, que je fuis depuis si longtemps, menace de m'engloutir. Elle m'invite à plonger dans l'oubli. Et si je le fais, si je me laisser aller, je sais très bien que je ne remonterai jamais à la surface.

Pourtant, cela me tente. J'ai envie de lâcher, d'abandonner. D'arrêter de lutter, d'essayer, de faire confiance, parce que ça me fait tellement mal. Ça me déchire, m'ouvre en deux, me laissant une blessure sanglante que je découvre trop tard pour l'éviter.

Trop tard pour me sauver.

C'est dans cet état que je me trouve en ce moment. Déchirée. En sang. Au-delà de toute possibilité de secours.

Sans oublier Ethan. Si beau, si intelligent, si traître. Mon obsession. Ma drogue. Et jusqu'à cet instant, toute ma vie.

Mais c'est fini. Fini pour toujours.

Le savoir me permet de m'ancrer, de garder la souffrance sous contrôle. Du moins jusqu'à ce que mon téléphone vibre pour m'informer de l'arrivée d'un texto. Pas besoin de regarder l'écran pour savoir qu'il vient d'Ethan. De même que le suivant. Et celui d'après. Et celui d'encore après.

Soudain, je n'en peux plus. Je ne supporte plus cette connexion entre nous, même ténue. J'arrache l'appareil de ma poche, m'approche du broyeur à ordures et l'y jette. Puis je presse le bouton.

Comme le moindre équipement de cette cuisine, le broyeur est d'une qualité professionnelle. Même si l'opération produit un bruit abominable, il ne faut que quelques secondes pour que mon téléphone soit pulvérisé en débris. Réduit à son expression la plus rudimentaire.

Comme moi. Exactement comme moi.

Cette pensée m'arrête un instant. Chaque objet brisé a des liens avec un autre objet brisé. En cet instant, c'est moi le deuxième objet brisé. Les fragments qui restent de moi sont aussi inaptes à affronter mon environnement que ceux du téléphone.

La mère d'Ethan profite du spectacle, sourcils levés et lèvres pincées, une discrète lueur de joie dans les prunelles. Très discrète. Mais qui suffit pour que je m'arrête au milieu de la cuisine quelques instants, comme si tout mon univers ne venait pas de s'écrouler autour de moi.

Elle attend, essayant de deviner quelle folie je vais commettre ensuite. Comme je ne fais rien, que je garde le contrôle de justesse grâce au peu de volonté qui me reste et avec l'appui d'une prière, elle renonce avec un haussement d'épaules. Elle secoue la tête et sort de la cuisine.

— Stupide, ignorante et minable, me lance-t-elle depuis le couloir. Tu n'as jamais eu la moindre chance.

Je devrais sans doute être vexée, mais ce n'est pas le cas. Parce qu'elle a raison. Je n'avais en effet pas la moindre chance de m'en sortir, tout jouait contre moi dès le début, et je ne me doutais de rien.

Je manque de partir. D'emballer mes quelques affaires dans mon misérable sac à dos et de sortir de la maison d'Ethan, et de sa vie, à jamais. Je pourrais le faire. Je devrais. Il y a assez d'argent sur la commode d'Ethan pour payer un trajet en taxi vers l'aéroport. Et si ça me dérange de prendre cette somme – je me raconte que ce n'est pas le cas, mais ça n'est qu'un mensonge de plus –, je peux toujours demander à Rodrigo et Lucia. Je suis certaine qu'ils accepteraient de me déposer.

Je passe tout près de le faire. Je sors de la maison et descends la colline jusqu'aux granges qui abritent les installations vinicoles où travaille Rodrigo la plupart du temps, mais soudain je suis incapable de faire un pas de plus.

Je suis coincée, bloquée par une écrasante tristesse et des regrets plus pesants encore. Regrets de ce qui aurait dû être, si la vie était différente, si j'étais quelqu'un d'autre… si Ethan n'était pas un horrible menteur.

Mon incapacité à partir me tue. De même que le fait que je tienne encore à lui, que je ne parvienne pas à le traiter aussi mal qu'il ne cesse de le faire.

Oh, je sais qu'il a énormément de qualités. Comme je sais qu'il m'a traitée avec presque tous les égards qu'un homme peut montrer à une femme. Mais lorsque ces égards ont manqué, lorsqu'il s'est mal comporté… c'était juste trop. Trop énorme. Je ne peux pas vivre comme ça, en sachant ce qu'il a fait. Et je ne peux pas non plus rester avec lui en attendant la prochaine catastrophe. J'ai déjà l'impression qu'un nombre effarant de calamités est venu s'abattre sur moi. Je ne vais pas rester à attendre de voir la fin du spectacle. Je suis peut-être stupide et naïve, mais on ne m'a encore jamais traitée de masochiste.

Pourtant, je reste assise sur le canapé du salon à regarder tourner la trotteuse de l'horloge. À regarder la grande aiguille progresser lentement, jusqu'à ce qu'elle ait elle aussi fait un tour complet. J'ai un étrange sentiment de déjà-vu, comme si j'avais déjà vécu ça par le passé.

Et c'est le cas. Il y a moins d'une semaine. J'ai attendu, les yeux sur l'horloge, attendu sans fin pendant qu'Ethan offrait à dîner et faisait couler le vin à flots pour des clients. Aujourd'hui, je fais la même chose. La seule différence, c'est qu'il ne me reste aucun espoir. Aucune crainte que les choses ne tournent pas bien. Car je sais déjà que ce ne sera pas le cas, que c'est fini. Je veux juste avoir la courtoisie de l'annoncer à Ethan en face.

Finalement, après deux heures aussi longues qu'une journée entière, la porte d'entrée s'ouvre et se referme.

— Chloe !

C'est Ethan, de retour de ce qu'il faisait – quoi que ça puisse être. Ethan qui m'appelle en hurlant et traverse la maison au pas de charge.

— Chloe !

Toujours ce sentiment de déjà-vu.

— Je suis là, dis-je, depuis mon coin dans l'ombre.

— Dieu merci ! Comme tu ne répondais pas à mes textos et ne décrochais pas ton téléphone, j'ai cru qu'il t'était arrivé quelque chose.

Ça, c'est bien vrai. Mais je ne suis pas encore prête à le lui raconter. Je me demande si je serai prête un jour, ou si je vais juste lui annoncer mon départ et le quitter sans jamais lui expliquer que je sais.

Mais je n'ai pas la retenue nécessaire. Ça sort tout seul dès que j'ouvre la bouche.

— Ta mère est passée.

— Ma mère ? demande-t-il comme si j'étais cinglée. Elle habite à Boston…

— Peut-être, mais elle était là il y a deux heures.

— Elle était là ? Et elle n'y est plus ? Elle est repartie sans me voir ?

— Ouais, ben, elle a fait ce qu'elle avait à faire.

Je repère l'instant où il comprend ce qui s'est passé pendant qu'il vaquait à ses mystérieuses occupations.

— Chloe.

Je ne peux même pas le regarder. Toutes ces minutes perdues à l'attendre, à préparer ce que j'allais lui dire et comment, et je suis incapable de le regarder. D'ouvrir la bouche.

— Chloe, ma chérie, je t'en prie, ce n'est pas ce que tu crois.

— Ah ouais, vraiment ?

La colère déferle sur moi, et je parviens enfin à parler. Pas grand-chose, mais c'est mieux que rien.

— Je t'en prie, ne te gêne pas, explique-moi comment c'est possible que ça ne soit pas ce que je crois. Parce que ce que je crois, c'est plutôt atroce, Ethan. Je me permets de le dire. Je veux que tu le saches. De mon point de vue, c'est plutôt atroce.

— Je sais. Je sais, ma chérie.

Il s'agenouille devant moi. Je suis toujours assise sur le canapé, et nos visages sont à la même hauteur, mais ça fait bizarre de le voir à genoux. Ethan n'est pas tellement du genre à s'agenouiller, et qu'il le fasse maintenant… Je ne sais pas ce que ça signifie. Si tant est que ça signifie quelque chose. Mais ça me déstabilise encore plus.

— Je n'ai aucune excuse, avoue-t-il, affolé. Aucune excuse pour le rôle que j'ai joué dans cette histoire qui t'a fait tant de mal. Si je pouvais revenir en arrière, je n'hésiterais pas. Pas une seconde.

— Pourquoi as-tu fait ça ? Pourquoi lui as-tu donné l'argent ? Tu ne me connaissais pas encore, mais aucune fille ne mérite d'être traitée ainsi…

La voix brisée, je n'essaie même pas de poursuivre. Il n'a pas besoin que je le dise. Il sait déjà.

Il sait.

— Ma mère m'a raconté que ton père les faisait chanter. Que c'était un escroc qui avait décidé de s'en prendre à eux et qu'il se servait de toi pour leur extorquer de l'argent.

— Et tu les as crus, juste comme ça ? Comment est-ce possible ? Tu es intelligent. Comment as-tu pu accepter de les croire, surtout quand on sait que ton frère est un vrai connard ? Comment as-tu pu décider qu'ils disaient la vérité et que je mentais ?

— Mais je ne les ai pas crus tout de suite ! D'abord, j'ai fait des recherches. J'ai découvert que ton père était en effet un escroc. Qu'il avait réellement, toute sa vie, soutiré de l'argent à des gens qu'il considérait comme des poires. Et que tu n'étais pour lui qu'un instrument parmi d'autres. Une nouvelle façon d'obtenir du pognon.

— Tu as cru que j'étais comme lui. Tu as pensé que du coup, c'était correct de faire ça.

— Oui, j'ai pensé que c'était correct, parce que je croyais que tu mentais. Je pensais que tu accusais Brandon d'un acte qu'il n'avait pas commis.

— Tu m'as poignardée dans le dos !

— Oui. C'est vrai. Et j'en suis désolé. Je les ai crus parce que je le voulais bien. Parce que c'était mon petit frère et que je ne pouvais imaginer, que je ne pouvais croire qu'il puisse faire quelque chose comme ça.

— Mais il l'a fait, Ethan ! Il l'a fait !

— Aujourd'hui, je le sais. À l'époque, je ne voulais pas le croire.

— Mais tu n'avais pas de difficulté à croire que j'inventerais que je m'étais fait violer.

— Je ne te connaissais pas encore.

— Ça aurait changé quelque chose, si tu m'avais connue ?

— Est-ce que la question se pose seulement ? demande-t-il, les yeux brillants de milliers d'éclats de folie.

— Tu as l'impression que c'était une question ?

— Évidemment que ça aurait changé quelque chose ! Que ça change quelque chose ! Tu ne crois pas que je suis conscient de mon erreur ? Tu ne crois pas que ça me tue que le petit frère que j'ai toujours protégé ait joué un rôle dans la destruction de la seule femme que j'aie jamais aimée ? La seule que j'aimerai jamais… Et qu'à travers lui, j'aie joué un rôle, moi aussi…

— Dans ce cas, pourquoi m'as-tu menti ? Si tu es tellement désolé, pourquoi ne m'as-tu jamais dit ce qui s'était passé ? Pourquoi m'as-tu laissée l'apprendre de ta mère, comme si elle n'était pas la pire personne pour me le révéler ? Tu as eu tout le temps et toutes les occasions du monde, ces dernières semaines. Pourquoi n'as-tu rien dit ?

— J'ai essayé. Tu ne peux pas savoir combien de fois, ces trois dernières semaines, j'ai essayé de te l'avouer, Chloe. Et puis, tu as décrété que le sujet était tabou, et je me suis dit que j'allais peut-être m'en sortir à bon compte…

Je repense à cette nuit, à toutes ses tentatives pour me communiquer quelque chose et au fait que je l'ai fait taire chaque fois. Ce souvenir me rend malade, surtout quand je comprends que j'aurais pu éviter tout ça. Si seulement j'avais écouté. Si seulement je n'avais pas essayé de me cacher.

Mon champ de vision rétrécit un peu, et, pendant quelques secondes, j'ai peur de m'évanouir. Mais la raison vient à mon secours. Ainsi que la colère, et un triste sentiment d'outrage lorsque je comprends ce qu'il vient de dire.

— Tu as vraiment cru que tu pourrais éviter de m'en parler ? Que je ne découvrirais pas la vérité ? Jamais ? dis-je, incrédule.

— Bien sûr que non. Tu es bien trop intelligente, tu aurais découvert le pot aux roses tôt ou tard. Même sans l'intermédiaire de ma mère.

— Dans ce cas, pourquoi ?

— Je voulais réparer mon erreur. Réparer le mal que j'avais fait. Je pensais que si je m'y prenais bien, personne ne saurait ce qui t'était arrivé. Mais que je pourrais quand même empêcher Brandon de faire du mal à une autre fille ou d'abuser de son pouvoir. Tu ne vois pas ? Je ne peux pas t'aider, Chloe. Je ne peux pas effacer les choses horribles qui te sont arrivées. Mais ça fait trois semaines que j'essaie de trouver le moyen de te rendre justice. J'ai engagé des détectives privés pour tenter de retrouver la piste, dénicher un témoin de ce qui s'est passé cette nuit-là. Ou une autre nuit, avec une autre fille. Quelqu'un qui n'aurait pas signé d'accord de non-divulgation. Quelqu'un qui ne risque pas de poursuites s'il parle. J'ai fait tout mon possible pour saboter la candidature de Brandon au Sénat. C'est pour ça que ma mère s'est pointée. Et c'est aussi pour cette raison que tu t'es retrouvée en couverture de ces magazines. Elle se bat bec et ongles, et pas à la loyale – ça ne serait pas son style. Elle a décidé de te détruire, et c'est ma faute. J'ai essayé de te protéger, d'arranger les choses pour toi, et tout ce que j'ai réussi à faire, c'est empirer la situation…

» J'ai travaillé toute la journée avec une équipe de détectives privés. On a passé en revue les preuves que je peux utiliser pour forcer Brandon à se retirer de la campagne. Et je cherche encore. Je suis toujours décidé à le faire payer pour ce qu'il t'a fait. Je me disais que si je parvenais à le faire souffrir autant qu'il t'a fait souffrir, tu me pardonnerais peut-être le mal que j'ai contribué à te faire.

Il se tait, haletant, et attend ma réponse. Il voudrait que je lui dise que je comprends ce qu'il fait et pourquoi. Mais la vérité, c'est que je ne comprends pas. Je ne lui ai jamais demandé de me venger. Tout ce que je lui ai demandé, c'est de m'aimer. Et de me laisser l'aimer.

Pourtant, voilà où nous en sommes. Blessés, démolis, notre relation flinguée, et tout ça par la faute de personne d'autre que nous-mêmes. Moi, parce que j'ai institué cette règle débile concernant le passé, et lui parce qu'il y a obéi alors qu'il détenait un secret aussi destructeur.

Incapable de me retenir, je prends la main d'Ethan pour lui caresser la paume avec mon pouce.

— Je ne peux pas continuer, Ethan.

Pour la première fois, il panique.

— Ne dis pas ça !

— Je n'ai pas le choix.

— Mais si.

— Non.

Je voudrais m'appuyer sur la colère que j'éprouvais il y a quelques minutes, mais elle a disparu. Il ne reste que la douleur, le chagrin qui jaillit du plus profond de moi et remplit tous les interstices.

— Je t'aime. Et je sais que tu m'aimes aussi. Mais parfois, ça ne suffit pas. Cette relation… cette addiction l'un à l'autre, alimentée par les événements du passé et le désir au présent… ça nous détruit.

— Non ! proteste Ethan en secouant la tête.

Il s'agrippe à ma main comme à une bouée. Comme s'il se noyait et que seule ma main le maintenait à la surface.

— Chloe, notre relation, c'est la seule chose positive dans ma vie.

— Alors pourquoi est-ce que tu fais tout le temps tout foirer ?

La colère est revenue comme elle était partie.

— Pourquoi est-ce que tu me repousses tout le temps ? Sans cesse ? Pourquoi est-ce que tu me forces constamment à te quitter ?

— Ce n'est pas ce que je veux faire.

— Ça ne suffit pas. Je te fais confiance. Après tout ce que j'ai découvert, tout ce qui s'est passé, j'arrive encore à trouver le moyen de te faire confiance. Et chaque fois, tu trahis cette confiance. Chaque fois, tu trouves le moyen, toi, de ne pas me faire confiance.

— Mais si, Chloe, je te fais confiance ! Je te confierais ma vie.

— Peut-être. Peut-être pas. Mais ce qui est sûr, c'est que tu ne me confierais pas ton cœur.

— Comment peux-tu dire ça ? Je ferais n'importe quoi pour toi. Je sais que j'ai commis des erreurs. Je sais que je t'ai caché des choses que tu aurais dû savoir…

— Au point où on en est, Ethan, ce n'est pas le fait que tu ne me l'aies pas dit qui me gêne. C'est la raison pour laquelle tu ne me l'as pas dit. Et la raison pour laquelle on recommence toujours la même histoire. Quand tu as découvert que Brandon était mon violeur, ta première réaction a été de me quitter !

— Tu étais tellement fragile… Je ne voulais pas te blesser encore plus.

— Et quand je t'ai dit que je ne supportais plus les mensonges, tu m'as laissée partir. Tu m'as laissée souffrir toute seule pendant deux semaines. Et si je n'avais pas fait un geste vers toi devant le restaurant, on serait sans doute encore séparés.

— Je t'avais déjà fait tant de mal… Comment aurais-je pu te blesser davantage ?

— Et maintenant ça. Tu savais depuis le début que c'était toi qui avais payé mes parents, et tu ne m'as rien dit. Au lieu de me faire confiance pour comprendre, tu m'as abandonnée aux griffes de ta mère. Alors que j'étais capable de dépasser ce qui était arrivé il y a cinq ans, pour me concentrer sur ce que nous partageons aujourd'hui.

— Comment aurais-je pu te demander ça ? Comment aurais-je pu te révéler que je t'avais trahie, et ensuite attendre que tu l'acceptes ?

— Parce que c'est ça, la confiance ! Dire à l'autre les choses difficiles, et savoir qu'il sera quand même là. Savoir qu'il n'abandonnera pas, ne partira pas, quelles que soient tes erreurs. Tu n'as jamais fait ça. Pas une fois. Comment tu penses que ça peut marcher, à l'avenir ? Tu vas juste continuer à mentir par omission ? Tu t'abstiens de me dire ce qui pourrait nous faire du mal ? Tu me laisses découvrir la vérité de la pire façon possible ? Et ensuite tu me dis que tu m'aimes et tu me supplies de rester ?

Ethan ouvre la bouche pour prendre la parole, mais il n'a rien à répondre et il le sait. Il secoue la tête et détourne les yeux.

— À combien de dernières chances penses-tu avoir droit ? Je dois pardonner combien de fois ?

Les yeux baissés, il continue de secouer la tête.

— Je ne sais pas…

— Et ? C'est tout ce que tu as à dire ? Après tout ça ? C'est comme ça que tu clos le débat, avec un « je ne sais pas » ?

Il ne répond pas, ne lève même pas les yeux vers moi. Alors, moi, je sais. Je peux rester ici éternellement, à lui donner constamment une nouvelle chance, sans que ça suffise jamais.

— Au revoir, Ethan.

Je me penche pour lui effleurer la joue d'un baiser. Puis je ramasse mon sac à dos et me dirige lentement vers le couloir et la porte d'entrée. Je descends la colline, priant à chaque pas pour qu'Ethan me rattrape. Pour qu'il ne me laisse pas partir.

Mais il n'en fait rien, ne proteste même pas. Une fois arrivée près des installations vinicoles, je demande Rodrigo. Deux minutes plus tard, je le vois arriver et écarquiller les yeux devant mon sac à dos.

— Vous nous quittez déjà, Chloe ?

— Oui. Je me demandais si vous pourriez me conduire à l'aéroport.

— Bien sûr. Mais où est Ethan ?

Ne sachant que répondre, je reste silencieuse. Je me contente de hausser les épaules, comme si ça valait une explication. Rodrigo n'insiste pas.

Chapitre 23

— Je crois que je vais appeler le médecin. Voir s'il peut me filer des hormones.

Tori s'assied à table en écartant les jambes avec ostentation.

— Qu'est-ce qui ne va pas ? Tu es malade ? dis-je, inquiète.

— Non, je crois juste que je commence à avoir des boules.

— Des boules ? Tu veux dire des ganglions ?

Je laisse mes questions en suspens lorsque je comprends ce qu'elle veut dire.

— Non mais franchement ! Et moi qui m'inquiétais pour toi.

— C'est moi qui m'inquiète pour toi. Tous ces « je t'aime, moi non plus » avec Ethan, c'est tellement tordu que ça commence vraiment à me foutre les boules. Tu passes ton temps à me demander de m'adapter à une chose et son contraire. Tu l'aimes, tu le détestes. Tu l'aimes, tu le détestes. Je ne comprends jamais de quel côté de la barrière je dois me situer à tel ou tel moment.

— C'est des conneries et tu le sais très bien. En plus, je n'ai jamais dit que je détestais Ethan, et je ne t'ai pas demandé de lui en vouloir. Ne me mets pas tous tes problèmes sur le dos.

— J'aimerais bien échanger mes problèmes avec les tiens, déclare-t-elle en versant du lait dans la tasse de café que je viens de poser sans ménagement sur la table devant elle. Parce que j'ai beau être tordue, je sais reconnaître quelque chose qui marche quand je l'ai sous le nez, crois-moi.

— Quelque chose qui marche ? Là, c'est toi qui me fous les boules. Tu n'as pas cessé de haïr puis d'adorer Ethan depuis que je l'ai rencontré.

— C'est parce que je suis tiraillée par ton yo-yo émotionnel. Mais franchement, Chloe, c'est un mec bien. Mieux que la plupart. La moindre des choses serait que tu regardes ce qu'il t'a envoyé, cette fois.

Elle désigne le carton fermé qui attend près de la porte. C'est encore un cadeau – le sixième depuis que je suis rentrée de Napa. À moins que ce ne soit le même. Je ne sais pas. Je n'ai pas ouvert les autres, et je ne compte pas toucher à celui-ci.

Pourquoi me torturer en le déballant ? Quel que soit son contenu, il ne peut résoudre les problèmes qu'Ethan et moi rencontrons, alors pourquoi me faire du mal ? Je sais qu'il va me plaire, et je ne veux plus jamais accepter de cadeau de lui.

Dès l'ouverture du bureau de poste, je vais le lui renvoyer, comme les précédents. Je ferais sans doute mieux de les refuser directement auprès du livreur – les frais postaux commencent à faire un sacré trou dans mon budget. Mais Tori se précipite toujours sur la porte avant moi, et elle est toujours « ravie d'accepter un colis ».

— Il faut que je m'habille, dis-je en finissant d'un trait mon café bouillant, qui me brûle la langue. J'ai un entretien dans une heure.

Je postule comme serveuse dans un restaurant qui requiert que l'on porte l'uniforme le plus minimaliste qui soit. Je me suis bien gardée de le dire à Tori. Elle aurait une attaque, exigerait que je reste chez elle sans me soucier du loyer. Mais ça fait trop longtemps que je vis à ses crochets, et maintenant que j'ai démissionné de mon stage à Frost Industries, il faut que je m'occupe. Pas seulement pour gagner de l'argent, mais aussi pour ma santé mentale. Après six jours passés assise ici à regarder les murs, je suis comme un lion en cage.

— Mais ça aussi, ça me rend dingue ! Laisser tomber le stage que tu as bossé si dur pour décrocher ! Et ton master ? Ton avenir ?

— Attends, arrête d'inverser les rôles. Ce n'est pas toi qui m'as dit et répété que ce stage n'avait pas d'importance, et qu'il fallait que je démissionne ?

— Mais ensuite tu m'as convaincue du contraire. Il n'y a que les imbéciles qui ne changent pas d'avis.

— Exactement, renchéris-je en me forçant à sourire. C'est justement ce que j'ai fait. Au revoir, stage, bonjour, service en salle.

— Tu es idiote, assène Tori en se levant sans toucher à son café.

— Non. Avant, j'étais idiote. Maintenant, je suis réaliste.

— Tu ne crois pas qu'il y a déjà assez de réalisme sur terre ? Ethan te faisait vivre un conte de fées, Chlo. Tu aurais dû t'accrocher des deux mains. C'est ce que n'importe quelle princesse Disney aurait fait.

— Grand bien leur fasse ! Tu as vu comment elles finissent ?

— Elles vivent longtemps et heureuses ?

— Non, elles sont poursuivies par le grand méchant loup. Ou par la méchante sorcière des mers. Ou par…

— Tu me déprimes.

— C'est parce que je suis déprimée, réponds-je en m'éloignant vers ma chambre.

— Exactement ! Et si sortir avec Ethan te permet d'être moins déprimée, je pense que tu devrais le faire.

— Mais c'est justement de sortir avec Ethan qui m'a déprimée pour commencer.

Ignorant le fait qu'elle m'a suivie dans ma chambre, je commence à sortir des vêtements de ma garde-robe. Comment est-on censée s'habiller pour un entretien d'embauche dans ce qui n'est pas loin d'être un bar à strip-tease ? C'est bien ma veine qu'ils soient les seuls à recruter !

— Tu es infernale ! s'écrie-t-elle en levant les bras.

— Infernale, idiote… Tori, si tu me disais plutôt ce que tu ressens pour de vrai ?

— Très bien. Tu ne devrais pas faire ça.

Elle m'arrache des mains mon unique minijupe et la jette par terre.

Je feins de me méprendre sur le sens de ses propos.

— Je ne devrais pas aller à un entretien d'embauche ?

— Tu sais très bien ce que je veux dire ! rétorque-t-elle en levant les yeux au ciel. Pourquoi est-ce que tu n'acceptes pas l'invitation de Miles à aller le voir ? Il semblait sincère quand il a appelé hier pour prendre de tes nouvelles.

— Pourquoi veux-tu que je retourne là-bas ? Rendre visite à Miles implique de voir mes parents et je ne me sens pas prête.

— Tu n'as qu'à rencontrer seulement ton frère, dans ce cas. Il n'habite sûrement plus chez eux.

— Non, mais mes parents l'apprendront et je ne peux pas les affronter.

Pas après avoir tout fait foirer comme ça.

— Je t'accompagne. Je serai ton garde du corps, je les maintiendrai à distance. Ils ne me font pas peur, dit-elle en montrant ses minuscules biceps.

— Je n'en doute pas. Mais je n'ai aucune envie d'assister à ce spectacle.

— Tu n'as aucune envie de quoi que ce soit, en ce moment, Chloe. C'est tout le problème.

— Et toi, tu as plein d'idées sur ce que je dois faire et où, tout d'un coup ! Pour quelqu'un qui ne rentre jamais chez ses parents, tu es bien prompte à me fournir de bonnes raisons de me rendre à Boston.

À ma grande surprise, Tori est incapable de répondre. Les joues d'un rose vif assez intéressant, elle bredouille et bégaie. Mais elle finit par reprendre contenance.

— Faux. Je vois que tu n'es pas bien, et je ne veux pas que ça empire.

— Je ne crois pas que ça puisse empirer, dis-je en toute honnêteté.

J'enfile une petite robe d'été qui me fait de jolies épaules. J'imagine que ça ne peut pas nuire, pour ce genre d'entretien.

— Chloe, ma puce, on n'a jamais touché le fond. Le pire reste toujours possible.

— C'est comme ça que je t'aime ! Pessimiste jusqu'au bout des ongles ! J'ai cru que je ne reverrais jamais la Tori que je connais.

Je lui tapote la joue d'un air faussement réjoui.

Elle tourne la tête pour me mordre les doigts. Juste quand je retire vivement ma main, quelqu'un frappe à la porte.

— J'y vais ! crie-t-elle en s'élançant dans le couloir comme une dératée.

Je songe à lui emboîter le pas, à tenter de la prendre de vitesse, mais ça me demanderait trop d'effort. Ces temps-ci, tout me demande des efforts ; ce n'est pas bon signe.

Peut-être que je suis vraiment déprimée.

Ne voyant pas revenir Tori, je suppose qu'un voisin est passé lui dire bonjour. Ça arrive tout le temps. Mais, après avoir fini de m'habiller – ce qui ne me prend que deux minutes car je ne me démène pas vraiment pour décrocher ce job, alors que je devrais –, je me dirige vers la cuisine et trouve Tori assise là, un grand couteau brandi au-dessus d'un colis.

— Qu'est-ce que tu as commandé ? dis-je tout en me demandant si je mange avant ou après mon rendez-vous.

— Rien. C'est pour toi. De la part d'Ethan.

Et sous mes yeux horrifiés, elle plonge le couteau à travers le ruban adhésif.

— Pourquoi tu as fait ça ?!

Je me jette sur elle pour lui arracher le couteau, mais elle se débat.

— Non, bordel ! Tu te comportes comme s'il n'y avait que toi qui souffrais de la situation, mais c'est faux. Premièrement, tu es tellement déprimée que j'ai peur que tu ne te fasses renverser par une voiture parce que tu ne regardes pas où tu marches. Et deuxièmement, je suis un être humain, et si je ne découvre pas le contenu d'au moins l'une de ces boîtes que tu reçois, je vais devenir cinglée. J'ai signé le bordereau, donc les dés sont jetés.

— Je ne veux pas savoir.

Elle hausse les épaules, sans cesser toutefois de taillader le paquet.

— Très bien. Mais moi si.

Je me détourne et regagne ma chambre comme si ça ne me dérangeait pas qu'elle ouvre mon cadeau. Mais il ne me faut que cinq minutes pour revenir, brûlant d'envie de savoir ce que contient la boîte – ma volonté ne tient que devant les colis fermés, semble-t-il.

Je m'attends à trouver des bouts de papier plein la cuisine – Tori est un peu trop enthousiaste lorsqu'elle déballe un présent –, mais le carton est posé sagement sur le plan de travail. Ouvert, mais pas déballé.

Merde.

Je décide de m'éloigner. Il le faut, pour ma santé mentale.

Mais je me surprends à m'approcher de la boîte, l'envie de l'ouvrir me démange. Comme pour les précédentes.

J'ai réussi à résister aux six premières – une par jour depuis que j'ai quitté Ethan à Napa –, mais à présent, avec le paquet ouvert et les paroles de Tori dans les oreilles, je ne suis pas de taille.

Malgré toutes mes convictions, je soulève les rabats et jette un regard à l'intérieur. Et je reste sans voix. Car au lieu des nombreuses petites attentions qu'Ethan me fait parvenir d'habitude, il n'y a qu'un seul cadeau.

Je plonge des mains tremblantes dans la boîte pour en retirer un petit écrin niché au milieu du carton. Je voudrais le reposer, mais j'en suis incapable.

Je ne sais pas à quoi m'attendre. Un collier, des boucles d'oreilles, peut-être une bague avec un diamant… même si je n'avouerais à personne – même pas moi – que j'ai caressé cette idée. Mais ce n'est rien de tout ça. Je découvre une gourmette en platine, dont les maillons sont aussi robustes que ceux de ma chaîne de taille sont délicats.

— C'est quoi, ces conneries ?! s'écrie Tori, déçue. J'étais certaine que ce serait une bague.

Elle tend la main, mais je retire l'écrin et le serre contre ma poitrine, façon Gollum. Je m'abstiens seulement de susurrer « mon précieux » d'une voix sifflante.

Car je comprends ce que signifie ce présent, et pour la première fois depuis que j'ai quitté Ethan, une lueur d'espoir s'allume en moi. Ce n'est qu'une étincelle, mais c'est plus que ce que j'avais jusque-là. Depuis six jours. Peut-être même depuis toujours.

Lorsque la sonnette retentit une minute plus tard, je sens l'étincelle se transformer en une flamme minuscule. Capable, peut-être, de repousser le froid glacial qui m'étreint.

Chapitre 24

— J'y vais, annonce Tori.

C'est une bonne chose, car je suis pétrifiée. Elle attrape ses chaussures et son sac Vuitton avant d'ouvrir la porte dans un grand geste cérémonieux.

Sans surprise, Ethan se tient sur le seuil, pâle et amaigri. Tori le toise de la tête aux pieds, sans trahir le fait qu'elle milite sans relâche pour lui depuis des jours.

— Déconne encore une fois, et je te coupe les couilles, déclare-t-elle d'un ton hautain.

Sur ces bonnes paroles, elle s'enfuit, se glissant par la porte avant même que j'aie décidé comment saluer Ethan.

Mais ce n'est pas grave, car je n'en ai pas le temps. Il apparaît dans la cuisine, un énorme bouquet à la main, tout son amour écrit sur son visage.

— Tu avais raison, dit-il.

— À quel propos ?

Une petite voix me dit que c'est le moment le plus important de mon existence, alors autant que tout soit bien clair. C'est un bon conseil. Dommage que mon cœur batte si fort que je risque de ne pas entendre un mot de ce qu'il a à me dire.

C'est un problème. Mais je suis bien décidée à le résoudre si ça me permet d'entendre la belle voix d'Ethan. Et de regarder son visage magnifique. Il est plus beau que jamais, malgré ses cernes noirs et ses pommettes devenues saillantes, comme ses poignets et ses clavicules.

— De tout.

Il s'assied à table et, sans me toucher, me fait signe de le rejoindre.

— Tu veux bien t'asseoir ? Tu accepterais que je te raconte une histoire ?

— Bien sûr.

Je me précipite sur une chaise avec une telle hâte que je manque de me casser une jambe.

Je m'attends à ce qu'il commence son récit dès que je suis installée, mais non. Il me prend la main, et les minutes s'écoulent sans qu'il fasse rien d'autre que la caresser avec son pouce. Je patiente, sans même savoir si c'est la meilleure attitude. Devrais-je plutôt le pousser, tenter de savoir ce qu'il veut me confier ? Devrais-je…

— Tu sais que mon père était soldat, pas vrai ?

— Bien sûr.

Le monde entier est au courant.

— Et tu sais aussi qu'il est mort au combat quand j'étais petit.

— Il a reçu la Médaille d'honneur du Congrès.

— En effet.

— C'est pour ça que tu t'es lancé dans la recherche biomédicale, n'est-ce pas ? Pour aider à développer des traitements qui permettent de mieux soigner les soldats.

— Oui.

De nouveau, j'attends la suite, interminablement. Mais lorsqu'il reprend la parole, ça rachète tous les non-dits, tous les manques de confiance du passé.

— Le jour où il est parti pour sa dernière mission, je l'ai supplié de ne pas y aller. Il était tout le temps absent, tu sais, jamais là pour toutes ces choses auxquelles assistaient les autres papas, et j'en avais marre. Je devais jouer mon premier match de baseball le samedi suivant, et je voulais qu'il vienne. Je voulais mon père à la maison.

— Ça peut se comprendre.

— Oui. Je sais. J'étais juste un gamin qui veut son papa. Mais deux jours plus tard, quand est arrivée l'heure de son départ, j'ai refusé de sortir de ma chambre. Je ne voulais pas lui dire au revoir. Quand il a essayé de me prendre dans ses bras, je lui ai dit que ce n'était pas la peine qu'il s'embête à revenir. Que s'il ne pouvait pas être un papa comme ceux de mes amis, je ne voulais pas de lui. Ce sont les derniers mots que je lui ai adressés.

— Oh, Seigneur ! Ethan…

Je tends les bras pour le serrer contre moi, et il ne me repousse pas, mais ne se laisse pas non plus aller dans mon étreinte. Il se contente de rester assis, comme anesthésié par son récit.

— Je n'avais jamais raconté ça à personne.

— Je m'en doute. Merci de te confier à moi...

— Je t'aime, Chloe.

— Je sais.

— Et ce n'est pas à toi que je ne fais pas confiance. C'est à moi.

Je pose les mains sur ses joues, tourne son visage vers moi afin de pouvoir regarder ses yeux, son expression.

— Je ne comprends pas...

— Toute ma vie, j'ai laissé tomber les gens.

— C'est faux...

— Non, c'est vrai. Mon père voulait que je prenne ses absences comme un homme. Il voulait que je sois l'homme de la maison quand il n'était pas là. Mais moi, je lui disais que je le détestais et je pleurais tous les soirs. Ma mère voulait que je me lance dans la politique, comme les membres de sa famille. Elle voulait que je tire parti des états de service de mon père et que je m'en serve pour viser la présidence des États-Unis. Au lieu de ça, je me suis tourné vers l'ingénierie biomédicale, et elle a quasiment oublié mon existence. Elle ne m'appelle que si elle a besoin de quelque chose. Pareil avec mon frère et mes grands-parents. De même qu'avec les petites amies que j'ai eues au fil des années. J'étais juste assez bien pour s'éclater au lit, sortir ensemble quelque temps, mais jamais assez pour rester.

— Tu es le meilleur parti de toute la Californie.

— À cause de ma fortune, pas de mes qualités.

Il énonce ça comme une vérité indiscutable.

— Et puis, tu es arrivée, reprend-il, et dès le premier instant, j'ai voulu tout faire bien. Résultat, je n'aurais pas pu foirer davantage, même si je l'avais voulu. Je me demandais si je pourrais t'inciter à m'aimer suffisamment. À oublier Brandon et ma mère, et toutes les merdes qui se sont passées avant… et si, dans ce cas, tu resterais. Et tout ce que j'ai réussi à faire, c'est à t'éloigner de moi.

— Mais je suis toujours revenue.

— Ouais…, acquiesce-t-il avec un sourire triste. Je me demande bien pourquoi.

— Tu te fous de moi ? Tu es le meilleur parti de Californie, et tu ne vois pas ce que je te trouve ?

— Arrête tes conneries. C'est juste un titre de magazine à la con…

— Peut-être. Mais c'est quand même vrai.

Il secoue la tête comme s'il voulait discuter de tout sauf de cet article, de ce titre de journal.

— Je suis désolé, Chloe. J'ai merdé.

— C'est vrai.

— Je ne sais pas quoi te dire d'autre…

— Il n'y a rien d'autre à dire, pas vrai ? Tu as merdé dans les grandes largeurs.

Il semble écrasé par cet acquiescement, déchiré, comme s'il avait traversé l'enfer. Je connais cette sensation – trop bien, hélas – et ma conscience me rattrape. Parce qu'il n'est pas le seul à avoir commis des erreurs, et je lui dois moi aussi des excuses.

— Tu as merdé, et j'ai abandonné. Je t'ai quitté, alors que je t'avais promis de ne plus le faire.

— Tu étais dans ton bon droit. Je ne te le reproche…

— Ouais, mais moi, je me le reproche. Tu m'as fait mal.

— Je sais. J'aimerais tellement pouvoir tout effacer, Chloe. Tellement… Ma chérie, je t'aime si fort que ça me rend idiot, ça me fait peur et je suis faible. Je t'aime tellement, je voulais tellement te garder que j'ai fini par t'éloigner. Je t'ai blessée alors que c'était le contraire de ce que je souhaitais, et je le regretterai toute ma vie.

C'est tout ce que je voulais entendre, tout ce que j'avais besoin d'entendre. Ça et le bracelet, les promesses qui brillent dans ses yeux où la tempête fait rage, c'est plus que suffisant pour moi. Sauf que… en réalité, ça ne suffit pas. Ni pour lui ni pour moi.

Ethan a fait son mea culpa, et il ne l'a pas raté. Il m'a ouvert son cœur pour la première fois, montré des parts de lui dont j'ignorais même l'existence.

Depuis le jour où je l'ai rencontré, il s'est montré si sûr de lui, si confiant, si parfait que je n'ai jamais imaginé que ce ne soit pas le cas. Qu'il puisse foirer à ce point.

Aux yeux du reste du monde, Ethan Frost est un superhéros parfait et inaccessible, qui peut sauter d'un immeuble à l'autre et sauver le monde de n'importe quelle menace. Mais ici, devant moi… c'est juste un homme. Humble, abattu, terrifié d'avoir foiré si complètement qu'il ne peut pas réparer les dégâts.

Et je l'aime d'autant plus. Je l'aime pour sa vulnérabilité qui a provoqué tout ça, et pour sa force qui va tout reconstruire. Mais seulement si j'ai moi aussi la force de tendre la main vers lui.

Et je l'ai. Oh, Seigneur, oui, je l'ai, cette force. Parce que la vie sans Ethan ne vaut pas la peine d'être vécue. Il est mon addiction, mon obsession, mon amour. Et je suis les siens. Tant que je garde cela en tête, je pense que tout peut s'arranger.

— Tu sais ce que je vois, quand je te regarde ? dis-je.

— Un connard qui t'a fait du mal ?

Il me contemple, ses yeux bleus si tristes que ça me brise le cœur, y cause une nouvelle fissure.

— Pas du tout.

Je l'embrasse avant de reprendre la parole, et laisse ma bouche collée à la sienne jusqu'à le sentir frissonner de soulagement.

— Je vois l'homme le plus honorable que je connaisse. Un homme qui, lorsqu'il voit que quelque chose ne va pas, tente d'y remédier. Un homme qui travaille sans relâche à améliorer la vie de gens qu'il ne connaît pas. Un homme qui donne tant de lui – à son boulot, à ses causes, à moi. Un homme qui, malgré toutes les horreurs de son passé, est décidé à sauver le monde, une personne ou une cause à la fois.

Je l'embrasse encore, car je ne peux m'en passer. Parce que je veux consacrer le reste de ma vie à l'embrasser.

— Je vois un homme qui a accepté ma peur de la sexualité et qui, par sa tendresse, son amour et ses promesses, m'a transformée en accro aux galipettes. Un homme qui m'a défendue quand je ne savais pas comment me défendre. Qui m'a dit qu'il m'aimait quand je n'avais même pas le courage de lui dire qu'il me plaisait – et qui m'a parlé de mariage. Un homme qui m'aime à ce point. Et plus encore.

— Je t'aime, confie-t-il, la voix et les mains tremblantes. Et je suis désolé de t'avoir caché la vérité. Désolé que tu l'aies découverte ainsi, et que tu aies cru que je ne te faisais pas confiance. Je suis désolé parce que peut-être que c'était un petit peu vrai. Et surtout, je suis désolé que ma famille…

Je lui coupe la parole par un baiser.

— Nouvelle règle.

— Laquelle ? demande-t-il.

— Tu peux t'excuser pour des actes que tu as commis, mais pas pour ceux de ta famille.

— Ils t'ont fait du mal.

— C'est vrai. Mais c'était il y a longtemps. Et oui, ça m'a démolie pendant une éternité. Mais ensuite je t'ai rencontré, et le passé a perdu de son importance. Jusqu'à ce que… Tu sais bien.

— Oui, je sais. Ça me tue de ne pouvoir réparer ce qui t'est arrivé, ni effacer le rôle que j'ai joué.

Il ferme les yeux et appuie son front sur le mien.

— Mais je te promets que Brandon n'aura plus l'occasion de blesser une femme comme il t'a blessée. J'ai embauché des détectives privés pour trouver d'autres femmes qu'il pourrait avoir violées. J'ai utilisé tout mon poids politique pour empêcher sa candidature de gagner du terrain. Et je suis arrivé à un accord avec ma mère concernant son ingérence – dans notre vie comme dans sa campagne.

— Tu n'avais pas besoin de faire ça.

Lorsqu'il ouvre les yeux, ils brillent de colère et de regret.

— C'est la moindre des choses, au contraire. Quand je pense aux années de souffrance que tu as traversées, et au temps dont il a disposé pour faire du mal à d'autres femmes… Je ne pouvais pas faire moins. Et ma mère a tenté de te blesser personnellement…

C'est pour tout ça que j'aime cet homme.

— Ta mère n'a aucune importance. La seule chose qui compte, maintenant, c'est toi et moi, et l'avenir que nous allons bâtir ensemble.

Il acquiesce, son regard chargé d'une intensité que je ne lui ai jamais vue.

— Ça me va. À une condition.

— Laquelle ? dis-je alors que je connais très bien la réponse.

— Que tu m'épouses.

— Je t'ai déjà dit que je finirais par le faire.

Il sourit.

— Laisse-moi reformuler ma demande. Épouse-moi aujourd'hui.

— Aujourd'hui ? Mais on ne se connaît même pas depuis deux mois !

— Et alors ? Tu comptes changer d'avis ?

— Bien sûr que non !

— Dans ce cas, qu'est-ce que ça change qu'on se marie aujourd'hui ou l'année prochaine ?

Il arbore un grand sourire, mais je décèle l'incertitude sur son visage, et soudain je ne vois aucune raison d'attendre un jour de plus, encore moins un an. Je tends la main vers l'écrin et en sors le bracelet sous le regard attentif d'Ethan.

Je l'ouvre et l'étale sur la table devant lui.

— Tu sais ce que ça signifie pour moi, n'est-ce pas ?

Il le regarde, les mâchoires serrées.

— Oui, je sais très bien.

Il tend la main et nous regardons tous deux, solennels et muets, alors que je fixe la gourmette autour de son poignet.

Puis je l'attire vers moi et l'embrasse avec passion.

— Tu es à moi, dis-je.

Il passe un bras autour de ma taille, glissant les doigts sous mes vêtements pour caresser ma chaîne. Les maillons des deux bijoux sont identiques.

— Depuis toujours, Chloe. Et pour toujours.

C'est la meilleure réponse. D'un autre côté, c'est Ethan Frost. Il a toujours la bonne réponse – sauf, bien sûr, quand ce n'est pas le cas. Mais ça me va. Mieux que ça, même. Car il m'appartient et je lui appartiens, et le reste n'a aucune importance.

Soudain, son idée ne me semble plus si mauvaise.

— Tu sais, Las Vegas n'est qu'à une heure d'avion. Tu crois que tu peux nous trouver des billets, à la dernière minute comme ça ?

Il me dévisage, bouche bée. Puis il sourit du plus grand sourire du monde.

— Peut-être, peut-être pas. Mais je sais où trouver un hélicoptère.

Épilogue

En cet instant, je n'ai jamais rien vu de plus magnifique qu'elle. Et ce n'est pas rien, quand on sait combien de fois cette pensée m'est déjà venue.

Nous sommes dans mon domaine viticole de Toscane, et les vignes s'étendent à perte de vue.

En début de soirée, le ciel s'embrase de teintes ocre, rouge et or.

La beauté – riche, puissante, inoubliable – apparaît dans chaque pouce de terrain, chaque bouffée d'air.

Et malgré tout, Chloe Girard Frost est ce qu'il y a ici de plus beau.

En cet instant, elle se tient pieds nus au milieu d'un ancien pressoir à vin, ses longs cheveux roux volant au vent, sa jupe coincée entre ses cuisses. Elle a les pieds bordeaux alors qu'elle piétine les grappes sans relâche, et ses mains sont posées sur son ventre arrondi.

L'un des vignerons s'adresse à elle, et je la vois rejeter la tête en arrière pour rire à gorge déployée. C'est un son sublime, magique. Et qui pour moi n'ira jamais de soi.

Elle est entrée dans ma vie il y a un an, une année pendant laquelle elle m'a entièrement retourné. Elle a creusé en moi, m'a ouvert. Mis à nu. Et je ne regrette pas un seul moment que nous avons partagé.

Elle m'a donné tout ce qui me manquait, alors même que je n'en étais pas conscient. Tout ce dont j'ignorais avoir besoin…

Parfois, je me réveille au milieu de la nuit, le cœur battant, le souffle court, les muscles si tendus qu'il me semble que je vais me casser en deux. Terrifié à l'idée qu'elle soit partie. Que je l'aie perdue. Mais elle est là, et sa main trouve la mienne dans l'obscurité, son corps épouse le mien si parfaitement… Dans ces moments-là, je sais que je pourrais mourir pour elle, tuer pour elle.

Elle dit que je suis son addiction, son obsession. Ça n'est que justice car elle est autant pour moi, et plus encore. Elle est mon cœur, mon âme, mon tout, et elle l'a été depuis l'instant de notre rencontre.

Je ne sais pas ce que j'ai fait pour mériter cette bénédiction, mais je remercie le ciel tous les jours. Et chaque matin, je fais le vœu de prendre soin d'elle et de notre enfant à naître. De la rendre heureuse. De la faire sourire.

Parce qu'elle est belle, à l'extérieur comme à l'intérieur.

Belle, parfaite, et mienne.

Remerciements

Je ne sais même pas par où commencer. En premier lieu, je dois remercier Sue Grimshaw et Gina Wachtel qui se sont montrées tellement adorables. Merci de m'avoir supportée tout au long de l'écriture de ce livre. Je sais que j'ai été horrible et je vous suis infiniment reconnaissante de votre aide, de votre soutien et de votre compréhension. J'ai beaucoup de chance d'écrire pour vous. Merci, merci, merci !

Je remercie toute l'équipe de Random House, y compris Madeline Hopkins qui a réussi d'excellentes corrections dans un délai très serré, Penelope Haynes qui supporte mes retards chroniques et s'occupe de mes livres à merveille, Matt Schwartz, Kimberley Cowser et April Flores dont les brillantes stratégies marketing m'ont valu un certain succès. Merci à vous tous. Travailler avec des gens comme vous est une bénédiction.

Merci à Emily Sylvan Kim, mon agent et amie très chère. Tu me sauves de la folie, et je ne sais pas ce que je ferais sans ton soutien !

Merci à Emily McKay, Shellee Roberts et Tera Lynn Childs pour les brainstormings, les encouragements, et les coups de pied au cul quand j'en avais besoin. Peut-être que sans vous, je serais capable d'écrire, mais je n'en aurais certainement pas envie !

Martin Torres, merci mille fois pour l'idée du feu de forêt… et surtout pour ton amitié et ton soutien. Avec toi, tout est bien plus drôle. Je t'adore !

Merci, maman, pour ton aide précieuse à la maison, et pour ton écoute constante. Je t'aime.

Et pour finir, merci à tous mes proches de s'être adaptés à mon planning délirant et d'avoir continué à m'aimer malgré tout. Je vous aime. Sans vous, rien de tout cela ne serait possible.

Achevé d'imprimer en juin 2017
Par CPI France
N° d'impression : 3023694
Dépôt légal : juillet 2017
Imprimé en France
81122651-1